Charlotte's heißer Sommer

Jaci Burton

Charlottes heißer Sommer

Erotischer Roman

Übersetzt von Malina Sophie Meyer

ANAIS

Widmung

Für Charlie. Ohne Dich hätte ich dieses Buch, das für uns beide auch heute noch etwas ganz Besonderes ist, niemals geschrieben. Ohne Dich hätte ich nie die zauberhafte Liebe gefunden, die mich inspiriert. Du bist der Grund für dieses Buch, und du bist der Grund dafür, dass ich glücklich bin. Ich liebe Dich, Babe.

Kapitel 1

Charlotte Weston holte tief Luft, als sie draußen vor dem Haus stand und nervös auf das Firmenschild an der Eingangstür blickte: »TNT Construction«.

Es war schon schlimm genug, dass sie hier in Magnolia sein musste. Das Einzige, was diese Kleinstadt in ihr auslöste, waren schlechte Erinnerungen, und Charlotte hatte die Absicht, dieses Kaff so schnell wie möglich wieder zu verlassen. Ihr Leben wartete in New York auf sie. Obwohl sie in South Carolina aufgewachsen war, fühlte sie sich hier nicht mehr zu Hause.

Nur noch eine Sache – eine einzige, große Sache – musste sie noch erledigen, dann würde sie Magnolia für immer hinter sich lassen. Zu dieser großen Sache gehörte allerdings auch, dass sie durch die Tür jenes Gebäudes gehen und sich ihrer Vergangenheit stellen musste. Sie würde alles tun, um endlich ihre schlechten Erinnerungen loszuwerden.

Charlotte nahm ihren Mut zusammen, öffnete die Tür und betrat das Gebäude. Es ging schließlich um ihren großen Traum. Ganz egal, wer der Boss von TNT Construction sein mochte, sie war nun mal auf die Hilfe der Baufirma angewiesen. Und wenn es bedeutete, dass sie dafür Sam Tanner wiedersehen musste, dann sollte es wohl so sein.

Die kühle Luft der Klimaanlage fühlte sich wesentlich angenehmer an als die feuchte Wärme draußen, die so typisch für einen Sommer in South Carolina war. Eine junge, attraktive Blondine hinter einem großen Tresen aus Eichenholz in der Mitte des Büros empfing Charlotte mit einem Lächeln.

»Kann ich Ihnen helfen?«, fragte die Frau. Die Wimpern über ihren blauen Augen trugen so viel Mascara, dass es eigentlich ein Wunder war, dass sie überhaupt noch etwas sehen konnte.

Die Mode hier im verschlafenen South Carolina unterschied sich doch merklich von der in New York City. Hatte Charlotte damals auch solche Klamotten getragen wie die Frau hinter dem Tresen? Hatte sie auch zu viel Make-up aufgelegt? Es war schon so lange her, dass sie sich nicht mehr erinnern konnte.

Oder besser gesagt: dass sie sich nicht erinnern wollte – wie an so viele Dinge, die Magnolia betrafen.

»Ich möchte gern mit Sam Tanner sprechen.« Charlotte hätte wohl jeden anderen Bewohner Magnolias lieber getroffen, aber sie hatte keine Wahl. Sam war der Einzige, der ihr helfen konnte.

»Haben Sie einen Termin?«

»Nein, tut mir leid. Ich möchte mit ihm über einen Auftrag sprechen.«

Die Frau griff zum Telefonhörer und drückte einen Knopf auf der Tastatur. Ihre langen Fingernägel waren knallrot lackiert. »Ich sage Sam, dass Sie hier sind. Wie lautet Ihr Name?«

»Charlotte Weston.« Er würde sich wahrscheinlich nicht an sie erinnern. 14 Jahre waren eine lange Zeit. Und sie waren nicht einmal ein Paar gewesen. Charlotte war einfach nur ein Name auf der Liste der Mädchen, die Sam aufgerissen und verarscht hatte.

Dabei hatte es diesen einen wundervollen Moment zwischen ihnen gegeben – als er sie geküsst hatte.

Sam hatte das wahrscheinlich absolut nichts bedeutet. Aber damals, im Alter von 16 Jahren, hatte es Charlottes Herz zum Schmelzen gebracht. Sie und Sam, vereinigt in diesem einen Kuss, das war pures Verlangen, es waren ihre ersten richtigen Liebesgefühle. Der Traum eines jeden Mädchens.

Aber ihre erste Liebe, dieser erste Kuss, war schon lange her. Seitdem war viel passiert. Sie hatte sich verändert, und die typischen Probleme eines Teenagers, mit denen sie damals zu kämpfen hatte, waren mittlerweile so gut wie vergessen.

Jetzt ging es darum, das Haus ihrer Großmutter reparieren zu lassen und zu verkaufen, um so schnell wie möglich wieder aus dieser Gegend zu verschwinden.

Die Blondine am Empfangstresen legte den Telefonhörer auf und sagte: »Sam kommt gleich. Nehmen Sie doch so lange Platz.«

Charlotte setzte sich in die Nähe des Fensters und blickte nach draußen. Magnolia hatte sich überhaupt nicht verändert, seitdem sie fortgegangen war. Die altmodischen Familienbetriebe entlang der Main Street versprühten noch immer den Charme einer Kleinstadtidylle.

Sie erinnerte sich an ihre Kindheit und die Ausflüge mit ihrer Großmutter in die Stadt, die sie fast jeden Samstag unternommen hatten, um dort einkaufen zu gehen. Die Ladenbesitzer hatten Charlotte gut gekannt und ihr oftmals Süßigkeiten geschenkt.

Jede Erinnerung an die Zeit, die sie mit ihrer Großmutter verbracht hatte, gehörte zu den guten Erinnerungen. Jetzt, da Grandma nicht mehr lebte, konnte Charlotte sich für immer von diesem Ort lösen.

Charlotte hatte nicht vorgehabt, nach der Beerdigung im vergangenen Monat noch einmal nach Magnolia zurückzukehren. Grandma war ihre letzte Verbindung zu diesem Ort gewesen, sie hatte Charlotte großgezogen, während ihre Mutter immer zu sehr damit beschäftigt gewesen war, ihr eigenes Leben zu vermasseln, anstatt sich Zeit für ihre Tochter zu nehmen.

Grandma hatte Charlotte immer gesagt, dass sie ihr Leben leben und niemals zurückblicken solle. Genau das hatte Charlotte getan, als sie nach New York gegangen und nur gelegentlich wieder hergekommen war, um ihre Großmutter zu besuchen.

In den vergangenen Jahren war Charlotte immer seltener nach Magnolia gekommen, und zum Schluss hatte sie ihre Besuche ganz eingestellt. Grandma hatte New York geliebt, und so hatte Charlotte dafür gesorgt, dass ihre Großmutter sie einige Male im

Jahr besuchen kam und sie sich die neuesten Musicals gemeinsam ansehen konnten.

Irgendwann war Grandma allerdings zu alt und gebrechlich dafür geworden, und Charlotte hatte sich nicht mehr überwinden können, sie in Magnolia zu besuchen. Obwohl Grandma es verstanden hatte, konnte Charlotte es sich nicht verzeihen, ihre Großmutter nicht noch einmal besucht zu haben, bevor diese starb.

Jetzt war Charlotte aber wieder hier. Der Anruf von Grandmas Notar hatte sie zur Rückkehr gezwungen, wenigstens für ein paar Wochen. Und nun hatte sie die Firma TNT Construction aufgesucht und wartete darauf, Sam Tanner wiederzusehen.

Die Doppeltür hinter dem Empfangsbereich öffnete sich. Charlotte konnte die Stimmen zweier Männer hören, ohne sie zu sehen. Sie holte tief Luft und wartete.

Er würde sich nicht an sie erinnern, da war sie sich ganz sicher. Es war ja auch nur ein Kuss gewesen, für ihn alles andere als unvergesslich.

Eine tiefe Stimme war aus dem Flur hinter der Doppeltür zu hören. »Das ist kompletter Schwachsinn, Tony, und das weißt du! Für das Projekt wurde bereits vor sechs Monaten ein Angebot angenommen. Sag den Kunden, dass sie ihre müden Ärsche in Bewegung setzen und nicht weiter versuchen sollen, uns wegen der Kosten über den Tisch zu ziehen. Sieh zu, dass die Sache endlich in Gang kommt!«

»Genau das versuche ich doch die ganze Zeit, Mann! Du brauchst mich deshalb nicht anzuschreien.« Ein großer, gut aussehender Mann mit hellblonden Haaren und braunen Augenbrauen kam lässig durch die Tür geschlendert. »Ich bin nicht taub, okay?« Er hielt kurz am Empfangstresen an und lächelte der Blondine zu. Offensichtlich hatte ihn die vorausgegangene Auseinandersetzung nicht besonders wütend gemacht. »Bis später, Cookie.«

»Bis später, Tony«, hauchte die Blondine zurück, und ihr lüsterner Blick folgte dem attraktiven Mann, als er sich auf den Weg nach draußen machte.

Cookie? Die Blondine hieß Cookie? Charlotte musste sich das Lachen verkneifen.

Bevor Tony das Gebäude verließ, blieb er an der Tür stehen, wo er Charlotte sitzen sah. »Kümmert sich schon jemand um Sie, Schätzchen?«

Charlotte stand auf, um ihm zu antworten, aber bevor sie dazu kam, ertönte hinter Tony eine Stimme: »Ich kümmere mich um sie.«

Tony blickte über seine Schulter, sah dann wieder zu Charlotte und grinste breit. »Ja, da bin ich mir ganz sicher. Schade, Sie hätten sicherlich lieber mit mir zu tun gehabt, Schätzchen.« Er zwinkerte ihr zu und verließ das Gebäude.

Als Tony gegangen war, konnte Charlotte endlich auch den zweiten Mann sehen. In diesem Augenblick hätte sie sich gewünscht, noch zu sitzen, denn was sie erblickte, haute sie beinahe um.

Ein 1,90 Meter großer, umwerfend gut aussehender Mann stand vor ihr. Er trug ein Poloshirt mit der Aufschrift »TNT Construction«, das sich eng an seinen Oberkörper schmiegte, sowie Jeans, die seine muskulösen Oberschenkel wie eine zweite Haut umspannten. Er hatte pechschwarze, kurze glatte Haare. Seine funkelnden türkisblauen Augen erinnerten Charlotte an die Farbe des Meeres, das sie im Urlaub in Mexiko gesehen hatte. In New York hätte dieser Typ sofort einen Job als Model bekommen. Muskelprotze wie er waren in der dortigen Modewelt schwer gefragt.

Er war ganz anders, als Charlotte ihn in Erinnerung hatte – noch attraktiver als damals in der Highschool. Sie hatte erwartet, dass er verdammt alt geworden sei – vielleicht hatte sie das aber auch nur gehofft. Stattdessen hatte er sich von einem gut aussehenden Jungen zu einem atemberaubenden Mann entwickelt.

Er war perfekt.

»Sieh an«, sagte er und schlenderte lässig auf Charlotte zu. Mit ihren 1,70 Metern wirkte sie ihm gegenüber fast winzig. »Charlotte Lee Weston, das Mädchen aus der Großstadt hat es zurück nach Magnolia verschlagen.« Sein umwerfendes Lächeln und sein durchdringender Blick brachten Charlotte völlig durcheinander.

»Sam«, entgegnete sie ihm in einer Stimmlage, die ihr selbst viel zu tief und sexy vorkam, als dass sie von ihr stammen könnte.

Atmen, Charlotte, atmen! Du kommst in New York City mit den Haien der Großstadt klar, also kannst du es auch verdammt noch mal mit diesem Provinzschönling Sam Tanner!

»Wir haben uns seit Ewigkeiten nicht mehr gesehen.« Seine tiefe, volle Stimme ging ihr durch Mark und Bein und wärmte sie von innen. Die Mauer aus Eis, die sie um sich herum errichtet hatte, schmolz einfach so dahin, und sie spürte, wie ein seit langem schlummerndes Gefühl plötzlich wieder erwachte.

»Ja, da hast du recht.« Er war also immer noch ein heißer Typ – nein, noch viel heißer, als sie ihn in Erinnerung hatte.

Denk ans Geschäft. Denk ans Geld. Denk an alles andere, aber nicht an seinen durchdringenden Blick oder daran, wie er riecht, so maskulin, so überwältigend … potent.

Was war nur los mit ihr? Sie sollte wohl besser etwas sagen, aber in ihrem Kopf herrschte gähnende Leere. Immerhin hatte sie ihre akademische Laufbahn mit magna cum laude vollendet und war normalerweise nicht auf den Mund gefallen. Und jetzt stand sie dem Mann ihrer Mädchenträume sprachlos gegenüber. Der früher schon gut aussehende Kerl hatte sich zu einem sehr großen, irgendwie verstörenden Prachtstück von Mann entwickelt.

»Lass uns in mein Büro gehen«, sagte er. Charlotte war froh, dass er damit ihrer Sprachlosigkeit ein Ende setzte.

Sie folgte Sam durch die Doppeltür und bemerkte, wie Cookie die Augenbrauen hochzog und ihr neugierig nachblickte. Das Getratsche würde also nicht lange auf sich warten lassen. Charlotte konnte sich gut vorstellen, was in diesem Moment im Kopf der jungen Blondine vorging. Sie hätte wetten mögen, dass Cookie gleich zum Telefon greifen würde, um sich Informationen über Charlotte zu beschaffen.

Sam führte sie in sein geräumiges Büro. Ein großer Tisch aus Eichenholz stand mitten im Raum, davor zwei Stühle mit grauem Stoffbezug. Auf der linken Seite des Tisches befand sich ein akkurat sortierter Stapel Papiere und in der Mitte ein Laptop.

Wie ordentlich.

Ein großes Panoramafenster bot einen hervorragenden Blick auf das Treiben auf der Main Street. Sam bat Charlotte, sich zu setzen, während er auf seinem Bürostuhl Platz nahm.

»Wenn ich mich recht erinnere«, sagte er in einer Stimmlage, die wesentlich tiefer war, als Charlotte sie in Erinnerung hatte, »habe ich dich zuletzt beim Frühjahrsschulball gesehen. Ich war in der zwölften Klasse und du ein Jahrgang unter mir. Wir hatten uns in eine ruhige Ecke verzogen, wo ich dich geküsst habe, und du bist wie ein verschrecktes Kaninchen weggerannt.«

Verdammt. Er konnte sich also doch noch daran erinnern.

»Du wirkst immer noch ein wenig ängstlich, Charlotte. Aber jetzt hast du doch sicherlich keine Angst mehr vor mir, oder?«, sagte er mit seinem unwiderstehlichen Lächeln. Sie spürte, dass ihr heiß wurde, trotz der kühlen Luft im Büro.

Charlotte hob ihr Kinn. »Ich hatte nie Angst vor dir«, log sie. Allerdings war ihre jetzige Beklemmung nichts im Vergleich zu damals. Sam hatte sie vor all den Jahren dazu gebracht, Dinge zu wollen, die sie sich zuvor nie hatte vorstellen können.

Dinge, an die sie nicht mehr gedacht hatte, seitdem sie Magnolia nach der Highschool verlassen hatte. Dinge, an die sie auch jetzt nicht denken wollte.

»Ich hab mich immer gefragt, warum du nach unserem Kuss weggerannt bist. An dem Kuss selbst konnte es nicht gelegen haben. Kein anderes Mädchen vor oder nach dir hat sich einfach so aus dem Staub gemacht.« Er hielt sich anscheinend für äußerst witzig, weil er die ganze Zeit süffisant grinste. »Die anderen Mädchen haben mir im Gegenteil bestätigt, dass ich verdammt gut küssen könne.«

Sie hätte gern über seine Überheblichkeit gelacht, aber er hatte leider recht. Sam war im Küssen wirklich verdammt gut. Er hatte es schließlich geschafft, in ihr die Lust auf Sex zu wecken, ein Verlangen, das sie nie zuvor verspürt hatte. Genau das hatte sie damals dazu gebracht, in Panik wegzulaufen.

Charlotte gab sich gelassen. »Sam, das ist 14 Jahre her. Ich kann mich an den Kuss kaum noch erinnern.« Na klar – nur, dass sie jedes Mal an ihn denken musste, wenn irgendein anderer sie küsste! Und keiner hatte je das Feuer der Leidenschaft so sehr in ihr entfachen können, wie Sam es damals getan hatte.

Sie konnte sich immer noch genauestens daran erinnern, wie seine Lippen über ihre geglitten waren, fordernd, überwältigend, wie seine Zunge ihre Mundhöhle erforscht hatte, wie Sam in ihr diese unglaubliche Lust geweckt hatte – bis sie plötzlich erkannt hatte, was sie tat, und davongerannt war, als ginge es um ihr Leben.

»Vielleicht kannst du dich nicht daran erinnern, aber ich weiß es noch genau.« Ihre Blicke berührten sich einen Moment lang, und Charlotte glaubte, in seinen Augen ein leichtes Aufflammen von Zuneigung zu sehen, das aber sofort wieder verschwand. »Bist du aus geschäftlichen Gründen hier, Charlotte, oder willst du mit mir nur über die guten alten Zeiten plaudern?« Von seinem sinnlichen Blick war plötzlich nichts mehr zu sehen. Lässig lächelte er sie an.

Wie schnell er seinen Charme ein- und ausschalten konnte! Typisch für Männer wie ihn! »Ich bin hier, weil ich mit dir über Belle Coeur sprechen möchte. Ich habe das Haus geerbt, und es muss dringend repariert werden, um es zu erhalten.«

»Ich habe gehört, dass Lilian verstorben ist. Zu dem Zeitpunkt war ich nicht in der Stadt und konnte deswegen auch nicht zur Beerdigung kommen. Mein Beileid.«

»Danke«, sagte sie und erkannte, dass er es mit dem Mitgefühl ernst meinte. Sie blickte auf den Boden und kämpfte gegen das Gefühl der Trauer an, das sie immer noch verspürte. »Jedenfalls möchte ich TNT den Auftrag erteilen, die Reparaturarbeiten am Haus vorzunehmen.«

Das war ein bisschen gelogen. Charlotte wollte eigentlich nichts mehr mit Sam Tanner zu tun haben, aber sie hatte herausgefunden, dass TNT als einzige Firma vor Ort dazu in der Lage war, die umfangreichen Arbeiten an Belle Coeur durchzuführen.

»Über welche Art von Reparaturen sprechen wir?« Sam schnappte sich einen gelben Notizblock und zog einen Kugelschreiber hervor.

Charlotte verschränkte die Beine und lehnte sich zurück. Jetzt konnte sie sich wenigstens ein wenig entspannen, weil sie sich nun über das Haus unterhielten und nicht mehr von dem Kuss die Rede war. »Ehrlich gesagt, kann ich es nicht genau sagen. Ich weiß nur, dass das Haus baufällig ist und wahrscheinlich sehr viel daran gemacht werden muss, aber ich habe keine Ahnung, was genau zu tun ist.«

Sams Blick folgte jeder ihrer Bewegungen und glitt kurz auf ihre Beine hinab, bevor er mit einem kleinen Lächeln schnell wieder zu ihr aufblickte. Charlotte zog verlegen am Saum ihres kurzen Rocks. Hätte sie doch bloß eine Hose angezogen!

»Es kommt darauf an, was du mit dem Besitz vorhast.«

»Ich beabsichtige, Belle Coeur zu verkaufen.«

»Verkaufen?« Sam war sichtlich überrascht. »Bist du sicher, dass Lilian das gewollt hätte? Ich dachte, Belle Coeur gehört schon seit Generationen eurer Familie.«

Sie nickte und verdrängte sogleich jegliches Schuldgefühl. »Ja, das stimmt, aber ich habe nicht vor, jemals wieder nach Magnolia zurückzukehren. Mein Leben findet jetzt anderswo statt, und dort will ich auch bleiben. Ich habe Pläne.«

Große Pläne. Mit dem Geld aus dem Verkauf des Hauses könnte sie ihren Traum verwirklichen, ein Theater in New York zu eröffnen. Auch wenn sie es vielleicht einmal zutiefst bereuen würde, ihr Familienhaus verkauft zu haben, schob sie jeglichen Anflug von Sentimentalität beiseite. Dies war eine geschäftliche Entscheidung.

»Ach ja, New York, stimmt's?« Charlotte nickte bestätigend. »Dort, wo das Theater zu Hause ist. Das passt ja zu deiner dramatischen Ader.« Er wurde sarkastisch, und Charlotte konnte sich genau vorstellen, was er jetzt dachte. Die kleine Leiterin des Highschool-Theaterkurses strebt nach Ruhm und Erfolg im Big Apple.

Sie lächelte und hütete sich davor, ihm zu zeigen, wie sehr seine Kommentare sie ärgerten. »Ja, das ist in der Tat recht passend.«

»Ich dachte, du hättest nach der Highschool die Lust an dieser Theatersache verloren. Anscheinend nicht.«

Charlotte merkte, wie Wut in ihr aufstieg, sie schoss zurück: »Ich dachte, du hättest nach der Highschool die Lust daran verloren, ein sarkastisches Arschloch zu sein. Anscheinend nicht.«

Er formte seine Lippen zu einem gequälten Lachen. »Touché. Das heißt also, du arbeitest immer noch am Theater?«

»Ja, Regieassistenz am Manhattan Community Playhouse.« Jedenfalls momentan noch. Bis sie ihr eigenes Theater eröffnen konnte. Dann würde sie als Leiterin ihre eigenen Stücke aufführen.

»Was? Du bist keine Schauspielerin?«

Die Art, wie er das Wort »Schauspielerin« betonte, hörte sich für sie wie eine Beleidigung an. Jetzt wurde Charlotte wirklich sauer. »Hast du irgendein Problem mit meiner Berufswahl?«

Sein Lächeln wurde immer breiter und Charlotte immer unsicherer. »Würde es dich stören, wenn es so wäre?«, fragte er.

Auch wenn sie ihm jetzt am liebsten sein blödes Grinsen aus dem Gesicht geschlagen hätte, schüttelte sie nur den Kopf und schenkte ihm ein freundliches Lächeln. »Nicht im Geringsten. Würde es dich stören, wenn ich dich für einen arroganten Scheißkerl halten würde?«

Er ahmte ihre Antwort nach und sagte sanft: »Nicht im Geringsten.«

Sie erinnerte sich plötzlich wieder daran, wie sehr er ihr in der Highschool das Leben schwer gemacht hatte, indem er sie in peinliche Situationen gebracht und sie ständig nur gehänselt hatte. Er war der einzige Typ, in den sie unsterblich verknallt gewesen war, und er hatte sie stets nur für eine Theaterverrückte gehalten. Offensichtlich tat er das immer noch. Genauso wie Magnolia hatte sich auch Sam überhaupt nicht verändert.

»Ich würde diese Angelegenheit gern auf beruflicher Basis belassen, Sam. Wir haben keine gemeinsame Vergangenheit, wir waren nicht mal Freunde. Bist du nun an meinem Angebot interessiert, oder soll ich zu einer anderen Firma gehen?«

Sam stand auf und kam langsam auf sie zu. Auch Charlotte hatte sich erhoben und kämpfte gegen den Wunsch an, vor ihm zurückzuweichen. Tief im Inneren wollte sie standhaft bleiben und Sam zeigen, dass sie keine Angst davor hatte, in seiner unmittelbaren Nähe zu sein. Auch wenn ihr Herz vor Aufregung raste.

Sams mysteriöse türkisblaue Augen musterten sie. Sie wollte ihren Blick abwenden, konnte aber nicht.

»Sorry, aber du kannst nirgendwo anders hingehen. Dies ist die einzige Baufirma in der Stadt. Daher sieht es wohl so aus, dass du dich mit mir arrangieren musst. Also, wenn du magst, komme ich morgen vorbei, sehe mir das Haus an und mache dir einen Kostenvoranschlag für die Reparaturen.«

Er wollte persönlich vorbeikommen? Hatte er keine Angestellten, die solche Dinge für ihn erledigten? Es passte ihr gar nicht, sich nochmals mit ihm abgeben zu müssen.

»Kannst du nicht jemand anderes schicken?«

Er zog die Mundwinkel leicht nach oben. »Warum? Hast du Angst davor, mit mir allein zu sein?«

Verdammt, warum hatte sie ihn das bloß gefragt? Charlotte sträubte sich dagegen, Angst vor Sam zu haben. Soll er doch vorbeikommen und die Arbeit selber machen!

Schließlich empfand sie gar nichts mehr für ihn. Wenn sie sich das weiterhin einredete, würde sie es vielleicht irgendwann glauben. Schön wär's.

»Ich habe keine Angst davor, mit dir allein zu sein. Mir gefällt bloß deine Art nicht.«

Sam lachte sie an. »Meine Art? Du meinst mein Interesse, nicht wahr?«

»Interesse? Wohl kaum.« Sam war ganz sicher nicht an ihr interessiert. Genauso wenig wie sie an ihm.

»Ich habe das Gefühl, dass ich dir noch immer Angst mache, Charlotte. Allerdings frage ich mich, ob du nicht generell Angst vor Männern oder vielleicht nur vor dir selbst hast?«

Ihre Blicke trafen sich und ließen nicht mehr voneinander ab. Charlotte hätte gern gewusst, ob er auch nur im Geringsten eine Ahnung davon hatte, wie treffend seine Vermutungen waren, was ihre Ängste betraf.

Als sie nicht antwortete, zuckte er mit den Schultern. »Aber wenn du dich nicht traust, mit mir allein zu sein, schicke ich dir auch gern Tony vorbei.«

Charlotte spürte, dass sie in eine Falle getappt war. Wenn sie ihn bat, Tony zu schicken, würde Sam wissen, dass sie immer noch etwas für ihn empfand. Auf keinen Fall wollte sie sich die Blöße geben und erneut vor ihm wegrennen. Schließlich waren sie nicht mehr in der Highschool! Charlotte hatte keine Angst vor ihm. Sie versuchte, lässig zu bleiben. »Du kannst schicken, wen du willst. Es ist mir egal, wer von deiner Firma vorbeikommt.«

»Dann sehen wir uns morgen. Ich werde früh bei dir auf der Matte stehen!«

»Schön. Bis dann.« Als sie sich umdrehte, um zu gehen, bemerkte sie ein kurzes vergnügliches Grinsen auf seinem Gesicht. Zuerst wollte sie stehen bleiben, um eine Bemerkung zu machen, überlegte es sich dann aber anders. Als sie das Büro verlassen hatte, hielt sie an der Doppeltür zum Empfangsbereich kurz an und atmete tief ein in der Hoffnung, ihre Nerven beruhigen zu können.

Warum beschäftigte er sie nach all diesen Jahren immer noch so sehr?

*

Sam knipste die Schreibtischlampe an und lehnte sich in seinem Bürostuhl zurück. Er blickte auf seine Armbanduhr und bemerkte, dass es mittlerweile schon neun Uhr abends war. Wieder mal Überstunden. Kein Wunder, dass er schon seit Ewigkeiten keine Frau mehr flachgelegt hatte. Wie sollte er auch eine kennenlernen, wenn sein Leben nur aus Arbeit bestand? Er nahm sich hier und jetzt vor, diesen Zustand zu ändern, sobald sich die Gelegenheit ergeben würde.

Dann müsste er nicht ständig an vergangene Zeiten denken, so wie an diese Frau, die er ja doch niemals haben könnte. Er schüttelte den Kopf. Wie zu Highschoolzeiten! Er konnte sie schon damals nicht haben.

Charlotte Weston. Kein Wunder, dass er jetzt an Sex denken musste. Sie nach all den Jahren wiederzusehen regte schlagartig seine Libido an. Das hatte er nicht erwartet! Er musste sich schon lange nicht mehr mit den Gefühlswallungen eines Teenagers herumschlagen, aber als er Charlotte heute gesehen hatte, war ihm eindeutig heiß und kalt geworden. Ihm kam es vor, als wären all die Jahre nicht verstrichen, als wäre der Frühjahrsschulball erst gestern gewesen. Er konnte sich immer noch genau an den Geschmack ihrer Lippen und den Kuss erinnern. So süß, so unschuldig und dennoch so fordernd.

Damals hatte er sich so sehr danach gesehnt, dass er noch heute spürte, wie es sich angefühlt hatte. Aber das alles lag in der Vergangenheit, und dort sollte die ganze Sache vielleicht auch besser bleiben.

Aus Charlotte war eine attraktive Frau geworden, woran Sam nie gezweifelt hatte. In der Highschool fing ihre Schönheit gerade erst an, sich zu entfalten.

Damals hätten ihn seine Freunde ausgelacht, wenn sie gewusst hätten, dass er etwas für dieses Mädchen empfand. Er hatte sich ihre Reaktionen vorstellen können, wenn sie herausgefunden hätten, dass der Bad Boy der Schule in die Leiterin des Theaterclubs verknallt war.

Deshalb hatte er es auch immer für sich behalten. Nicht mal Charlotte sollte es wissen. Vor allem nicht Charlotte. Sie war so klug und hübsch, so jung und unschuldig gewesen. Die ersten Anzeichen ihrer umwerfenden Schönheit waren damals schon zu erkennen. Aber Sam hatte das getan, was er zu jener Zeit tun musste, um sich vor seinen Freunden nicht zum Idioten zu machen. Er hatte Charlotte gnadenlos gehänselt, verunsichert, er hatte alles getan, um sie von sich fernzuhalten.

Jedes Mal, wenn sie ihn mit ihren funkelnden, smaragdgrünen Augen angesehen hatte, mit einer Mischung aus junger Liebe und Verlangen, hatte es ihm beinahe den Boden unter den Füßen weggerissen. Es war damals schon offensichtlich, dass Charlotte etwas für ihn empfand. Und das durfte er nicht zulassen. Er wäre nicht der Richtige für sie gewesen.

Als jemand an die Tür klopfte, wurde Sam abrupt wieder in die Gegenwart zurückgerissen. Tony betrat den Raum, ging auf Sams Schreibtisch zu und ließ sich auf einen der Stühle davor fallen.

»Und?« Tony sah ihn erwartungsvoll an.

»Was ist?«

»Rück schon raus mit der Sprache – wer war diese heiße Lady mit den dunkelbraunen Haaren, die du heute Morgen empfangen hast? Mann, sah die scharf aus!«

Sam schüttelte den Kopf über das Grinsen im Gesicht seines besten Kumpels und Geschäftspartners.

Tony war überzeugt davon, dass er für den größten Teil der weiblichen Bevölkerung auf der ganzen Welt einfach unwiderstehlich war. Und ein bisschen hatte er damit auch noch recht. Sein Charme und sein sichtliches Interesse am schönen Geschlecht sorgten dafür, dass bei ihm kein Mangel an Dates mit heißen Bräuten herrschte.

»Da gibt es nichts Aufregendes zu berichten. Sie will einige Reparaturen an Lilian Lakes Haus vornehmen lassen. Deshalb war sie hier, um sich einen Kostenvoranschlag geben zu lassen.«

»Und?«

»Und was?«

»Du kennst sie. So viel ist sicher.«

»Wir waren zusammen auf der Highschool. Das ist alles.«

»So, so. Ich hatte den Eindruck, als sei da mehr gewesen.« Tony blickte Sam ernsthaft an und hob eine Augenbraue. Er erwartete offensichtlich schmutzige Details.

Sam schnappte sich verlegen ein paar Papiere, die auf seinem Schreibtisch lagen, und gab vor zu arbeiten. Dabei vermied er jeglichen Augenkontakt mit seinem Kumpel. Tony erkannte immer, wenn Sam ihn anlog. »Nein, da war wirklich nicht mehr. Sie war die Leiterin des Theaterkurses. Wir hatten nichts gemeinsam, außer dass wir zusammen in einigen Kursen waren. Sie war nicht mein Typ. Und das ist sie auch heute nicht.«

»Klar. Atemberaubend schöne Frauen mit dunkelbraunen Haaren, langen Beinen und perfekten Brüsten sind nicht dein Typ.«

Tony hatte ihn wieder mal eiskalt erwischt.

Sam grinste. »Du hast recht. Ich habe gelogen. Sie ist hübsch. Aber trotzdem ist sie nichts für mich. Sie lebt in New York.«

»Oh, ich verstehe. Das Mädchen aus der Großstadt, was?«

»Ja, genau.«

Tony stand auf und streckte sich, dann ging er zur Tür. »Ja, dann ist sie wirklich nicht dein Typ. Vielleicht sollte ich mal mein Glück versuchen.« Sam bemerkte, wie die Augen seines besten Freundes zu funkeln begannen, ein Blick, den Sam schon allzu oft gesehen hatte, wenn Tony die Chance auf eine neue Eroberung witterte.

Allein der Gedanke, dass Tony Charlotte anbaggern, berühren oder sogar küssen könnte, war für Sam wie ein Schlag in die Magengegend.

»Das kannst du dir sparen. Du würdest es nicht mal schaffen, dass sie dich zur Tür hereinlässt.«

Tony sah ihn einen Moment lang verständnislos an. »Okay, wenn du meinst. Schade! Sie ist echt eine Schönheit. Wir sehen uns morgen.«

Sam verabschiedete sich von Tony und wollte sich wieder auf seinen Papierkram konzentrieren. Aber jetzt waren seine Gedanken vollkommen abgelenkt. Er musste ständig an die Frau denken, die doch eigentlich gar nicht sein Typ war.

Sie war genauso hübsch geworden, wie er es sich immer vorgestellt hatte. Charlottes Gesicht konnte Männer dazu verleiten, Gedichte zu verfassen – leicht gebräunte Haut, volle Lippen, die man einfach nur küssen möchte, und eine Stupsnase, auf der zarte Sommersprossen verstreut waren. Ihre smaragdgrünen Augen, heller und klarer als jeder Edelstein, faszinierten ihn. Und dieses wundervolle Gesicht war von glänzendem, langem dunkelbraunen Haar umgeben, das zur Berührung einlud.

Und ihr Körper – was für ein Kunstwerk!

Diese Frau war an den passenden Stellen mit atemberaubenden Kurven ausgestattet, sie hatte einen süßen, runden Arsch und wohlgeformte, feste Brüste, die darum bettelten, berührt, geküsst und geleckt zu werden.

Aber besonders sexy waren ihre langen, schlanken Beine mit den wohlgeformten Waden. Sam stellte sich vor, wie sich diese Beine um seine Hüfte schlangen, während er tief in ihre feuchte Wärme eindrang …

Herrgott noch mal! Während er wie irgendein gottverdammter Poet über Charlottes Schönheit philosophierte, hatte er auch noch einen Ständer bekommen, nur weil er an sie gedacht hatte.

Das hier war nicht mehr die Highschool, und er stand nicht auf Frauen wie sie!

Mittlerweile hatte er die Nase gestrichen voll von Frauen, die dachten, dass in Kleinstädten nur sprechende Heuhaufen und jodelnde Hinterwäldler lebten. Frauen, die auf den Glanz und Glamour einer Großstadt standen, waren einfach nichts für ihn. Er brauchte eine, die mit dem zufrieden war, was er zu bieten hatte. Hier in Magnolia.

Charlotte zählte sicherlich schon die Minuten, bis sie endlich wieder aus dieser Kleinstadt verschwinden konnte. Mit einer Frau wie dieser konnte er ganz bestimmt nichts anfangen.

Nachdem er die Papiere wieder säuberlich auf seinem Schreibtisch gestapelt hatte, erhob er sich und knipste die Lampe aus. Aber anstatt das Büro zu verlassen, blieb er im Dunkeln stehen und starrte aus dem Fenster auf die menschenleere Main Street. Er dachte noch immer an Charlotte.

Was er zu Highschoolzeiten für sie empfunden hatte, spielte keine Rolle mehr, die Dinge waren nun anders. Auch wenn er ein unglaubliches Verlangen spürte, sie zu berühren, ihre vollen Lippen zu küssen und Charlottes süßen Geschmack zu kosten, musste Sam sich der Realität stellen.

Schließlich war er der Bauerntrampel vom Land und sie die heiße Lady aus der Großstadt. Und auf so was wollte er sich nie wieder einlassen, nicht nach alledem, was Penny ihm angetan hatte. Klar, Sam liebte Frauen. Aber es ging ihm hauptsächlich nur um Spaß und Sex. Er wollte keine langfristige Beziehung, jedenfalls nicht, solange er keine Frau fand, die sich mit Magnolia zufrieden geben konnte. Sam wollte sich nicht schon wieder die Finger verbrennen.

Er würde Charlotte einen Kostenvoranschlag für die Arbeiten an Belle Coeur machen, und wenn sie das Angebot annahm, würde er ein Team rausschicken, das den Job erledigte. Das war alles. Eher würde er zur Hölle gehen, als sich mit Charlotte Weston einzulassen.

Kapitel 2

Ein Klingeln irgendwo in der Ferne riss Charlotte aus ihrem tiefen Schlaf. Zuerst dachte sie, es sei das Telefon neben ihrem Bett, aber als sie den Hörer abnahm, ertönte nur das Freizeichen. Mürrisch drehte sie sich auf den Bauch und vergrub ihren Kopf unter dem Kissen, um das Klingeln nicht mehr hören zu müssen.

Als der Lärm nicht aufhörte und sie ihn nicht länger ertragen konnte, richtete sie sich in ihrem Bett auf, strich sich die Haare aus dem Gesicht und bemühte sich, wieder zu Sinnen zu kommen. Die Türklingel, das war es! Wie spät war es überhaupt? Den Lichtverhältnissen im Schlafzimmer nach zu urteilen, musste es noch mitten in der Nacht sein.

Sie sprang aus dem Bett und stieg benommen die Treppe hinunter zur Haustür. Das schreckliche Geräusch hielt immer noch an.

»Bin schon unterwegs! Ja doch!«, rief sie dem Besucher vor der Tür zu, wer immer es auch war. »Eine Sekunde, verdammt, ich komm ja schon!«

Sie riss die Tür auf und erkannte sofort, dass sie es besser nicht getan hätte. Dort stand niemand anderes als Sam, frisch rasiert, hellwach und dämlich grinsend.

»Bist du etwa noch nicht aufgestanden?«

»Doch, jetzt schon«, sagte sie trocken und war noch immer nicht ganz wach. »Was willst du in aller Herrgottsfrühe hier? Wie spät ist es überhaupt? Es ist noch dunkel draußen!«

Sam stand vor ihr, gegen den Türrahmen gelehnt, ihm war es sichtlich egal, dass die Sonne noch nicht aufgegangen war und dass er Charlotte gerade aus den süßesten Träumen gerissen hatte. »Ich bin hier, weil du mich darum gebeten hast. Es ist halb sieben, eine ganz normale Zeit für das arbeitende Volk. Außerdem habe ich dir gesagt, dass ich früh auf der Matte stehen werde.«

Charlotte gähnte. »Halb sieben ist zu früh. Komm bei Tageslicht wieder.« Sie wollte ihm die Haustür vor der Nase zuknallen, aber er hielt seine Hand dagegen.

»Nein, das werde ich nicht tun.« Er schob die Tür wieder auf und betrat den Hausflur. »Erstens bin ich bereits hier, und deshalb werde ich auch bleiben. Zweitens brauchst du einen ordentlichen Kaffee und ein gutes Frühstück, damit du wach wirst.« Er ergriff sie bei den Schultern, drehte sie um und schob sie in Richtung Küche. »Setz dich an den Küchentisch. Wir können uns unterhalten, während ich das Frühstück vorbereite.«

Als sie sich nicht weiter bewegte, schloss Sam die Haustür und ging an Charlotte vorbei den langen Flur entlang. »Ich kenne den Weg zur Küche«, rief er ihr über die Schulter zu.

Charlotte starrte ihm entgeistert hinterher. Was war denn hier los? Schlief sie etwa noch und hatte einen Albtraum? Sie dachte kurz nach und entschied, dass sie definitiv wach sein musste. Ein wahr gewordener Albtraum, das war es!

Sie folgte ihm in die große Küche. Als sie den Raum betrat, sah sie ihren Albtraum, wie er aus einer Dose Kaffeepulver in einen Filter löffelte. Während er Wasser in die Kaffeemaschine goss, blickte er sie an.

»Magst du deinen Kaffee stark? Dann wirst du schneller wach.« Sam wartete auf eine Antwort, aber Charlotte hatte ihm nichts zu sagen. Schulterzuckend sagte er: »Na gut, dann mache ich ihn nach meinem Geschmack, mal sehen, ob du ihn magst.« Er warf ihr ein verschmitztes Lächeln zu. »Ich wette, wir haben in vielen Dingen denselben Geschmack, meinst du nicht?«

Es reichte. Charlotte stand in der Tür, mit den Händen auf ihren Hüften. »Was ich meine, ist, dass ich dich gebeten hatte zu gehen! Was ich meine, ist, dass du unhöflich und unprofessionell bist, indem du einfach in mein Haus gestürmt kommst und so tust, als sei es dein Zuhause! Was ich meine, ist, dass meine ursprüngliche Einladung, dich später hier in meinem Haus zu empfangen, immer noch gilt! Und falls es dir nichts ausmacht – ich bin der Meinung, dass du dich jetzt verziehen solltest!«

Er blickte nicht einmal auf, sondern schnappte sich Eier und Schinkenspeck aus dem Kühlschrank und legte sie auf die Arbeitsplatte neben dem Herd. »Nein, das macht mir gar nichts aus. Ich mache mir mein Frühstück immer selbst, allerdings hatte ich heute Morgen keine Zeit dazu. Ich bin fast am Verhungern, du nicht?«

Charlotte warf verärgert die Hände in die Luft. Sam war offensichtlich zu dämlich, um mitzubekommen, dass sie ihn anbrüllte. Ihre Wut machte sie sprachlos.

Sie starrte ihn einige Minuten lang an in der Hoffnung, dass er den Wink mit dem Zaunpfahl verstand und endlich verschwand. Aber das tat er nicht.

Als die Eier und der Speck in der Bratpfanne brutzelten, drehte sich Sam zu Charlotte um und musterte sie von oben bis unten, wobei er vor lauter Erstaunen seine Augenbrauen hochzog. »Meine Güte, Charlotte, du siehst aber verdammt heiß aus, dafür dass du gerade aus dem Bett kommst. Vielleicht sollte ich jetzt immer morgens vorbeikommen und dir Frühstück machen.«

Seine Blicke gaben ihr das Gefühl, als hätte man einen Eimer kaltes Wasser über ihrem Kopf ausgekippt. Erst jetzt wurde ihr klar, dass das alte weiße T-Shirt, das sie zum Schlafen trug, mehr zeigte als verbarg. Schnell setzte sie sich an den Küchentisch, um wenigstens das letzte bisschen Anstand zu wahren.

»Würdest du bitte verschwinden?« Gereizt zeigte sie zur Haustür.

Sam lachte. »Ich ärgere dich doch nur ein bisschen, Charlotte. Unglaublich, wie leicht du dich auf die Palme bringen lässt, bevor du deinen ersten Kaffee getrunken hast.« Er stellte eine dampfende Tasse vor ihr auf den Tisch. »Milch oder Zucker?«

Es war sinnlos, er hörte einfach nicht zu. Vielleicht verstand er ihre Sprache nicht, einfachste Dinge wie »Verschwinde!«, »Verpiss dich!« oder »Hau ab!«. Charlotte gab schließlich auf.

»Danke, ich kann für mich selbst sorgen.« Sie erhob sich von ihrem Stuhl, erinnerte sich aber sogleich an das weiße Nichts, das sie trug, und setzte sich schnell wieder hin. Da sie nun in der Falle saß, kam sie zu der Überzeugung, dass die einzige Möglichkeit, ihn schnellstens loszuwerden, darin bestand, sich nicht gegen ihn zu wehren. »Etwas Milch, bitte«, antwortete sie kühl. Sam grinste boshaft und stellte die Milch auf den Tisch.

»Du hättest sie dir selber holen sollen«, sagte er mit seinem breiten Grinsen. »Der Anblick hätte mir gefallen!«

Charlotte seufzte, sie hatte bereits jetzt genug von ihm, obwohl er gerade erst zehn Minuten im Haus war. War Sex eigentlich das Einzige, woran Männer wie er denken konnten? Typisch. Gut, dass sie sich nie auf jemanden wie ihn eingelassen hatte. Charmante Kerle wie Sam waren nur an einer Sache interessiert, und sobald sie ihr Ziel erreicht hatten, zogen sie weiter zur nächsten Eroberung. Ihre Mutter war an einen solchen Mann geraten, und diesen Fehler wollte Charlotte nicht auch machen.

Ihr Magen knurrte, als sie den gebratenen Speck roch. Während sie an ihrem Kaffee nippte, sah sie Sam beim Kochen zu. Sie musste zugeben, dass er atemberaubend aussah. Er hatte ihr den Rücken zugekehrt, sodass sie seine breiten Schultern, seinen kräftigen Rücken und seine muskulösen Beine mustern konnte. Er trug eine verwaschene Levis-Jeans und ein blaues, ärmelloses T-Shirt, das sich eng an seinen Körper schmiegte. Und was für ein Hintern! Wenn sie Interesse an dieser Art von Männern hätte, würde sie ihm wohl sofort alle Kleider vom Leib reißen.

Es war gut, dass Charlotte in ihrem Leben mit so vielen anderen Dingen beschäftigt war, sodass sie weder eine Liebesbeziehung noch fantastischen Sex brauchte. Andererseits würde sie nie wissen, was denn eigentlich fantastischer Sex war, wenn sie nicht danach suchen würde. Es war natürlich ihre eigene Entscheidung, die Finger von jeglichen Abenteuern zu lassen, aber hin und wieder kam sie doch ins Grübeln und bereute ihren Entschluss.

Gedankenverloren sah sie zu, wie Sam die Teller mit dem Frühstück auf den Tisch stellte. Er setzte sich neben sie und fing an zu essen. Auch Charlotte, die fast schon am Verhungern war, nahm ihre Gabel in die Hand und aß. Es schmeckte überraschend gut.

»Wer hat dir das Kochen beigebracht?«, fragte sie kauend.

»Kochen ist nicht schwierig. Ich habe vor langer Zeit gelernt, mich selbst zu versorgen. Richtig kochen gelernt habe ich nach meiner Scheidung.«

»Ich wusste nicht, dass du verheiratet warst. Wann war die Scheidung?« Aus irgendeinem Grund schmerzte sie die Tatsache, dass er geheiratet hatte. Aber warum? Charlotte und er hatten schließlich nie eine Liebesbeziehung gehabt. Im Grunde hatten sie gar keine Beziehung gehabt. Sie waren kein Liebespaar gewesen, hatten sich niemals auf ein Date getroffen, und es hatte schließlich nur einen Kuss gegeben.

Behalte das immer im Hinterkopf, Charlotte.

»Vor etwa drei Jahren.« Er hob den Blick und lächelte. »Wir haben uns im College kennengelernt.« Charlotte blickte ihn überrascht an, worauf er gleich reagierte. »Ja, ich war auf dem College. Ich habe sogar meinen Abschluss gemacht.«

Es gab so viele Dinge, die sie über Sam nicht wusste. Zum Beispiel war er im letzten Schuljahr plötzlich wie vom Erdboden verschluckt gewesen. Nach dem Frühjahrsball hatte Charlotte ihn nie wiedergesehen.

»Sie kam ebenfalls aus einer Kleinstadt, und daher dachte ich, dass sie genau dasselbe wollte wie ich«, sagte Sam. »Ich hatte mich aber geirrt. Wir heirateten, kurz bevor wir unseren Collegeabschluss machten, und ich habe sie hierher nach Magnolia geholt, als ich TNT auf die Beine gestellt hatte. Allerdings träumte sie schon ein Jahr später von größeren und besseren Dingen.«

»Was waren das für Dinge?«, fragte Charlotte. Okay, sie hatte auch nicht in Magnolia bleiben wollen, aber das bedeutete schließlich nicht, dass andere Frauen hier nicht glücklich werden konnten.

»Dinge, die ich ihr nicht geben konnte. Oder besser gesagt, Dinge, die ich ihr einfach nicht geben wollte. Ein Leben in der Großstadt, mit tollen Shoppingmeilen, Prestige und viel Geld. Ich schätze mal, sie hatte für sich entschieden, dass ein Leben mit mir ihr nicht das bieten konnte, was sie ihrer Meinung nach brauchte. Deshalb verließ sie mich, fertig, aus.«

Sam hatte Charlottes Frage so nüchtern beantwortet, als sei ihm die Frau, mit der er mal verheiratet gewesen war, völlig egal.
»Du hast sie also einfach so gehen lassen?«, fragte Charlotte.

Ihre Blicke trafen sich, seiner war völlig emotionslos. »Ich wollte nicht an einer Frau festhalten, die anderswo glücklicher sein würde. Wir haben uns sowieso nicht wirklich geliebt, also warum hätte ich das Unvermeidliche unnötig hinausschieben sollen? Ich war glücklich hier in Magnolia, aber sie war es nicht. Sie träumte von einem Leben in der Großstadt, aber ich wollte nicht wegziehen. Ende der Geschichte.«

Charlotte schob ihren leeren Teller beiseite und lehnte sich zurück, wobei sie darüber nachdachte, was Sam gerade gesagt hatte. Warum war er hier so glücklich? In der Highschool hatte sie immer den Eindruck gehabt, dass er völlig rastlos sei. Okay, sie waren damals nicht die besten Freunde gewesen, aber sie hatten einige Kurse zusammen besucht, und er hatte sie öfter gefragt, ob sie ihm bei den Hausaufgaben helfen könne.

Diese Bitte um Hilfe hatte sie immer überrascht, weil Sam eigentlich sehr intelligent war. Im Unterricht hatte er in der Regel auf die Fragen der Lehrer richtige Antworten geben können. Wenn sie sich nachmittags zu gemeinsamen Hausaufgaben getroffen hatten, sprachen sie oftmals darüber, was sie nach dem Schulabschluss tun wollten. Er hatte immer große Pläne gehabt, wollte reisen, exotische Orte besuchen oder Dinge tun, die hier in Magnolia niemals möglich gewesen wären. Er hatte vorgehabt, die kleine Stadt für immer zu verlassen. Charlotte fragte sich, warum er seine Meinung geändert hatte.

»Wolltest du nach der Highschool nicht unbedingt weg von hier? Ich dachte, du wolltest auf Reisen gehen.«

Sam nickte und nahm einen Schluck aus seinem Kaffeebecher. »Ja, das hab ich auch getan. Ich hab mir die Welt angesehen, so wie ich es vorhatte. Ich bin viel herumgereist und dann wieder nach Magnolia zurückgekommen.«

»Warum bist du zurückgekommen?« Charlotte hatte immer angenommen, dass er so sei wie sie. Raus aus Magnolia und niemals zurückblicken. Sie hatte es geschafft, aber er hatte nicht nur zurückgeblickt, sondern war sogar zurückgekehrt.

Er stand auf, stellte das Geschirr zusammen und räumte es in die Spüle. Dann ging er auf Charlotte zu und blieb nur wenige Zentimeter vor ihr stehen. Sie traute sich fast nicht zu atmen. Er war frisch geduscht und roch umwerfend, und Charlotte war sich sicher, dass er noch besser schmeckte als das Frühstück, das er gerade gezaubert hatte.

Sam beugte sich zu ihr hinunter und legte seine Arme auf die Stuhllehne, sodass Charlotte gezwungen war, ihn anzusehen. Sein Blick war stechend und durchdringend, als würde er sie genauestens kennen, als könnte er ihre Gedanken lesen. Lächerlich, dachte Charlotte, wenn man bedenkt, dass sie sich kaum kannten.

»Manchmal ist das, was man sich vom Leben wünscht, genau das Gegenteil von dem, was man wirklich will. Na los, zieh dich an, Charlotte.« Er richtete sich wieder auf, verließ die Küche und ging durch den Flur zur Haustür. »Ich werde mir mal die Vorderseite des Hauses ansehen. Wir treffen uns draußen, wenn du fertig bist, dann besprechen wir, welche Arbeiten notwendig sind.«

An seiner Betrachtung über das Leben war wirklich etwas Wahres dran. Aber darüber wollte sie jetzt nicht nachdenken, jedenfalls nicht im Zusammenhang mit dem Verlauf ihres eigenen Lebens.

Nachdem Sam das Haus verlassen hatte, stand Charlotte vom Tisch auf und machte sich auf den Weg ins Obergeschoss, um sich anzuziehen. Wo war er bloß hingegangen, nachdem er Magnolia vor all den Jahren verlassen hatte, und was hatte er die ganze Zeit lang gemacht? Warum war er hierher zurückgekommen, obwohl er hungrig auf Reisen und Abenteuer gewesen war und es damals kaum hatte erwarten können, die Stadt zu verlassen?

Besonders seltsam erschien ihr, dass er damals ganz plötzlich verschwunden war. Möglicherweise hatten seine Eltern gewusst, wo er steckte, hatten aber niemandem etwas verraten. Wo ist er gewesen, und warum ist er später zurückgekehrt?

Und weshalb zum Teufel interessierte sie das? Darauf fand Charlotte an diesem Tag definitiv keine Antworten.

Als sie ihr Schlafzimmer betrat, hielt sie erneut inne und wunderte sich über ihre Neugier. Warum interessierte sie sich für Sams Vergangenheit? Sie wollte nichts von ihm, sie kannte ihn schließlich nur aus der Highschool, und jetzt würde er für sie einen Job erledigen. Es sollte ihr eigentlich egal sein, was er gemacht hatte und warum seine Ehe in die Brüche gegangen war.

Außerdem verkörperte er alles, was sie in ihrem Leben vermeiden wollte. Er war wie ihr Vater. Gut aussehend, charmant. Ein Herzensbrecher. Aber sie wollte sich von keinem das Herz brechen lassen. Sie hatte es nunmehr dreißig Jahre lang beschützt, und nicht ein einziger Mann hatte es brechen können. Der Einzige, der es beinahe geschafft hatte, stand jetzt gerade draußen vor dem Haus und wartete auf sie.

Hör auf, dich mit ihm zu beschäftigen. Hör auf, ihm Fragen zu stellen. Hör auf, etwas für ihn zu empfinden.

Sie musste sich einfach nur darauf konzentrieren, Sams Fachkompetenz zu nutzen, damit Grandmas Haus – nein, *ihr* Haus – repariert wurde.

Danach würde sie Magnolia endlich wieder den Rücken kehren können.

*

Sam holte sein Clipboard aus dem Truck und wendete sich dem alten Haus zu, um es genauestens zu betrachten. Er lehnte sich dabei an die offene Fahrertür und wartete darauf, dass Charlotte herauskam. Er musste daran denken, wie sie heute Morgen ausgesehen hatte, als sie ihm die Tür geöffnet hatte. Ihr Haar war zerwühlt, und sie trug nur ein dünnes T-Shirt, das ihr gerade mal bis über den Po ging. Ihr Gesicht sah völlig verschlafen aus, was er ungeheuer sexy fand.

Als sie so vor ihm gestanden hatte, war ihm fast die Luft weggeblieben. Er hatte ein plötzliches Verlangen gespürt, die schlaftrunkene Charlotte auf der Stelle über seine Schulter zu werfen, mit ihr die Treppe zum Schlafzimmer hochzugehen und ihren warmen Körper zu spüren, wie sie sich leidenschaftlich um ihn klammerte. Er fragte sich, wie es wohl sei, neben ihr im Bett aufzuwachen, nachdem sie sich die ganze Nacht hindurch geliebt hatten.

Sam fluchte leise und richtete seine Jeans, die in der Leistengegend plötzlich sehr eng geworden war. Wenn sein Schwanz immer hart werden würde, wenn sie in der Nähe war, würde er diesen Job wohl nicht überleben. Sie war ja nicht mal sein Typ. Sie erinnerte ihn an Penny mit ihrer Abneigung gegenüber Kleinstädten. Er und Charlotte hätten außerdem unterschiedlicher gar nicht sein können. Sie verkörperte Glamour, Raffinesse und Partyleben, er stand für Jeans, T-Shirt und Eckkneipen. Er hatte so etwas schon mal durchmachen müssen und wollte diesen Weg nicht noch einmal einschlagen.

Nur weil sie sexy aussah, gut roch und einen Körper hatte, den er liebend gern berühren wollte, war das für Sam noch lange kein Grund, sich an sie ranzumachen. Es gab doch genügend andere Frauen, die mehr als willig waren, sich von ihm abschleppen zu lassen. Er hatte bisher nur leider keine Zeit für sie gehabt.

Aber genau das wollte er schließlich ändern. Nach der fünften oder sechsten Frau würde er Charlotte schon längst wieder vergessen haben. In diesem Moment öffnete sich die Haustür, und Charlotte trat heraus. Sie hatte sich die Haare zum Zopf zusammengebunden, und einige lange braune Strähnen schwangen hin und her, als sie die Treppe hinunterging. Sie trug eine kurze blaue Jeans, Sandalen und ein *I LOVE N.Y.*-T-Shirt, das ihren flachen Bauch nicht ganz bedeckte.

Als Sam bei diesem Anblick schlucken musste, fühlte sich sein Mund wie eine Wüste an. Er starrte auf ihr Bauchnabelpiercing, einen Ring mit funkelndem Stein.

Verdammt, war das sexy! Er musste seinen prallen Ständer mit dem Clipboard verdecken und versuchte krampfhaft, nicht daran zu denken, wie er ihren gepiercten Bauchnabel leckte, auf seinem Weg weiter nach unten.

Wie sie ihn anlächelte, brachte ihn fast zur Verzweiflung. Obwohl sie sich in New York in den Kreisen der angesagten Leute aufhielt, trug ihr Gesicht immer noch die Züge der Unschuld und Naivität eines Mädchens vom Lande.

Sie hatte kein Make-up aufgelegt, was sie aber nicht weniger attraktiv machte. Im Gegenteil, sie sah dadurch jugendlich und frisch aus. Und unglaublich begehrenswert! Er spürte, wie seine Eier schmerzhaft anschwollen.

Verdammter Ständer, verschwinde! Mit Charlotte Weston wirst du garantiert keine Bekanntschaft machen!

Diese ganze Sache würde viel schwieriger werden, als er angenommen hatte.

*

Das Anwesen Belle Coeur hatte Charlottes Vorfahren schon vor dem amerikanischen Bürgerkrieg gehört. Es war ihr alles andere als leichtgefallen, sich für den Verkauf zu entscheiden. Aber was blieb ihr anderes übrig? Dieses Haus, dieses Stück Land war einst der Traum eines anderen Menschen gewesen. Waren ihre Träume heute nicht genauso wichtig?

Das weiße Gebäude war Charlotte immer wie ein gemütliches, kleines Zuhause vorgekommen, trotz seiner überwältigenden Größe. Sie stand am Ende der langen Auffahrt, die zum Haus führte, und betrachtete von dort aus das imposante Bauwerk. An beiden Seiten der Eingangstreppe erhoben sich mächtige dorische Säulen, die das schwere Dach ohne Probleme trugen. Grandmas stets tadellos gepflegte Geranien blühten prächtig in den weißen handgefertigten Blumenkästen vor den Fenstern und in den grünen Plastiktöpfen, die auf der Veranda standen.

Als Charlotte und Sam auf das Haus zugingen, zeigte er ihr verschiedene Stellen, die ausgebessert werden mussten. »Hier hat sich Schimmel gebildet, und die Bretter dort oben müssen ausgetauscht werden.« Sie gingen die Eingangstreppe hinauf. »Die gesamte Fassade benötigt einen neuen Anstrich.«

Charlotte sah, dass die weiße Farbe von den Holzschindeln abblätterte, ein stilles Zeugnis der Verwitterung in all den Jahren. Auch wenn das Haus langsam verfiel, hatte es immer noch seine Schönheit behalten. Zumindest in Charlottes Augen. Jeder potenzielle Käufer würde wohl nur einen alten Kasten sehen, der dringend renoviert werden müsste, aber für Charlotte war es ein Zuhause.

Nein, das war nicht ganz richtig. Grandma war ihr Zuhause gewesen, aber Grandma war nicht mehr da.

Charlottes Zuhause war nun New York.

Sie stimmte allen Arbeiten zu, die Sam für notwendig hielt. Sie hatte bereits mit dem Schlimmsten gerechnet. Grandma war eine tadellose Hausfrau gewesen, aber eine alleinstehende Frau in ihrem Alter hatte nicht viel tun können, um das Haus in Schuss zu halten. Zum Glück hatten sich Freunde und Nachbarn um die Gartenanlagen gekümmert, sie hatten den Rasen gemäht, Bäume und Büsche beschnitten und Unkraut gejätet. So war die üppige Schönheit des Anwesens immer bewahrt worden, und die großen Zypressen neigten sich über die lange Auffahrt, als würden sie sich vor Besuchern verbeugen. Azaleen und Kamelien, die die Auffahrt säumten und vor dem Haus angepflanzt worden waren, standen jedes Frühjahr in prächtiger Blüte.

Sam reichte Charlotte sein Clipboard und holte eine Leiter von seinem Truck. Er ging zum Haus, legte die Leiter an und kletterte flink aufs Dach. Charlotte war überrascht, wie trittsicher er war, er bewegte sich fast so graziös wie eine Katze. Allein ihn zu beobachten, brachte ihr Herz zum Rasen und ließ ihre Hormone durchdrehen. Sie verspürte ein plötzliches und heftiges Verlangen, sie spürte, wie sich ihre Nippel aufrichteten und sie feucht wurde.

Es war ihr noch *nie* passiert, dass sie heiß wurde, nur weil sie einen Typen ansah! Was zum Teufel war los mit ihr?

Hör um Himmels willen auf, dich wie ein Teenager zu verhalten! Das hier ist schließlich kein Striptease, er läuft doch bloß auf dem Dach herum.

Bei der Vorstellung, wie Sam sich nackt auf dem Dach von Belle Coeur räkelte, musste sie kichern. Gut, dass er sie nicht hören konnte.

»Das gesamte Dach muss ausgetauscht werden«, sagte er, als er die Leiter wieder herunterkam.

Nein, sie würde *nicht* auf seinen süßen Arsch starren, während er vom Dach kletterte.

»Ich vermute, dass Regenwasser ins Haus läuft, weil einige Dachziegel fehlen. Ich glaube, wir müssen uns die Wände und Decken im Inneren mal genauer ansehen.«

Im Haus gab es tatsächlich einige Wasserschäden. Am schlimmsten hatte es das Wohnzimmer, den größten Raum im Haus, getroffen. Charlotte hatte sich immer vorgestellt, wie in der Zeit vor dem Sezessionskrieg in diesem Saal Bälle veranstaltet wurden. Sie erinnerte sich, wie sie als Kind mitten im Raum gestanden und sich ständig im Kreis gedreht hatte. Dabei hatte sie sich in einem Reifrock gesehen, einen schönen Südstaatler an ihrer Seite.

Im Laufe der Jahrzehnte war der Saal mit immer mehr Möbeln ausgestattet worden, bis er zu einem Wohnzimmer geworden war. Zwei riesengroße Sofas und einige Sessel mit hohen Lehnen standen rund um den Kamin und luden zum Lesen oder zum Aufwärmen an kalten Wintertagen ein. Große Wollteppiche bedeckten den Boden aus massivem Holz. An den Wänden links und rechts vom Kamin gab es gewaltige Bücherregale, die vom Boden bis zur Decke reichten und mit Klassikern der Literaturgeschichte gefüllt waren. Manche Bücher stammten tatsächlich noch aus der Zeit vor dem Bürgerkrieg, und einige davon waren sicherlich ein kleines Vermögen wert.

Charlotte blieb wohl nichts anderes übrig, als sie alle durchzusehen, bevor sie das Haus verkaufte. Sie hatte sich noch gar keine Gedanken darüber gemacht, was sie mit den antiken Möbeln und all den anderen wertvollen Dingen tun sollte, die seit Jahrhunderten in dem Haus standen. Manches wollte sie behalten, und den Rest würde sie im Rahmen einer Auktion verkaufen oder an Grandmas Freunde verschenken.

Als ihr klar wurde, dass sie sich von all diesen Dingen trennen musste, traf sie wieder dieser Schmerz. Es war, als würde sie die Geschichte ihrer eigenen Familie – vor allem Grandmas Geschichte – einfach verscherbeln. Aber was sollte sie mit dem Zeug hier anfangen, wenn sie es nicht verkaufte? Ihr Apartment in New York war ungefähr so groß wie ein Schuhkarton, dort hatte sie nicht mal Platz für ihre eigenen Sachen und schon gar nicht für alte Bücher oder Möbelstücke aus diesem riesigen Haus.

»In dieses Zimmer werden wir die meiste Arbeit stecken müssen.«

Kreuzunglücklich stimmte sie Sam nickend zu, während er ihr die Bereiche zeigte, wo die Wasserschäden am schlimmsten waren.

»Sieh mal hier«, sagte Sam und hielt an, als sie beide die Treppe zum Obergeschoss hinaufgingen. »Das Geländer ist locker. Könnte sein, dass es morsch ist, vielleicht muss es aber auch nur richtig befestigt werden.«

»Tatsächlich? Das war mir noch gar nicht aufgefallen.« Als sie sich über das Geländer beugte, um es genauer zu betrachten, hörte sie, wie Sam hinter ihr tief einatmete, und drehte sich zu ihm um. Er musterte sie mit seinen dunklen Augen und einem hungrigen Blick. Das Treppenhaus kam ihr plötzlich eng und heiß vor. Ihr Gesicht hatte sich leicht gerötet, daher war ihr wohl so warm.

Meine Güte, wie alt war sie eigentlich? Schließlich war es ja nicht das erste Mal in ihrem Leben, dass ein Mann ihr schöne Augen machte.

Klar, vor zehn Jahren hätte sie sogar freiwillig eine Niere gespendet, wenn es geholfen hätte, nur damit Sam sie so ansah, wie er es jetzt tat.

Charlotte drehte sich hastig um und ging schnell hinauf ins Obergeschoss – bevor sie noch auf die wirklich dumme Idee kam, ihn hier und jetzt auf der Treppe zu bespringen.

Sie ignorierte die anschwellende Hitze zwischen ihren Beinen, folgte Sam von Raum zu Raum und sagte nichts, während er sich Notizen machte.

»Die drei kleinen Zimmer sind in Ordnung. Dort gibt es keine Wasserschäden, da reicht es, wenn die Wände einen neuen Anstrich bekommen«, sagte er und machte sich weiterhin Notizen, während er den Flur entlang zum großen Schlafzimmer ging.

Sie betraten den Raum, der früher Grandmas und jetzt Charlottes Schlafzimmer war. Charlotte liebte den Raum, in dem es einen kleinen Kamin mit einem gemütlichen Sofa davor gab. Früher hatten sie und Grandma an kalten Winterabenden dort zusammengesessen und sich in eine warme Decke gekuschelt, und Grandma hatte ihr etwas vorgelesen.

Auf der gegenüberliegenden Seite stand ein großes altes Himmelbett aus Kirschbaumholz. Grandmas handgefertigter blauer Quilt und einige farblich passende Kissen zierten das Bett. Sam sah sich in dem Raum um, setzte sich dann auf die Bettkante und machte sich wieder Notizen.

Abgesehen von seinem heißen Blick auf der Treppe war er seit dem Frühstück ganz Geschäftsmann. Charlotte fragte sich, warum sie eine gewisse Enttäuschung darüber verspürte. Sie wollte schließlich nicht, dass er sie beachtete, mit ihr flirtete oder sie neckte. Also woher kam dann dieses Gefühl?

Als sie ihn auf ihrem Bett sitzen sah, überkamen sie plötzlich unerwünschte Fantasien. Sie stellte sich vor, wie sie neben ihm saß und ihre Finger über seine Haut fuhren. Das Verlangen, ihre Hand auszustrecken und seine muskulösen Arme und seine Brust zu berühren, war kaum zu ertragen. Sie schloss die Augen und malte ihre Vision weiter aus.

Würde er nicht lange fackeln und sich nehmen, was er von ihr wollte? Würde er sie stürmisch an sich ziehen und sie wild küssen, würde seine Zunge fordernd in ihren Mund eindringen?

Ja, das war es, was sie wollte. Dass er es sich nahm, dass er es forderte. Er würde an ihren Klamotten zerren, egal ob er sie dabei zerriss oder nicht. In einem Rausch der Lust würde er ihren Slip herunterziehen und sein Gesicht zwischen ihren Beinen vergraben.

Ihre Muschi schwoll an, die Erregung wärmte jeden Bereich ihres Körpers. Sie fächelte ihrem Gesicht kühle Luft zu und stellte sich vor, wie seine heiße Zunge langsam ihre Klit umrundete, wie er sie wahnsinnig machte und in ihr das Verlangen weckte zu kommen.

Dann würde er sie aufs Bett stoßen, ihr Gesicht zur Matratze gewendet, und ihre Beine mit seinen Knien auseinanderdrücken. Sie würde kurz ausharren, vor lauter Erwartung zittern bis zu dem Moment, in dem er mit seinem Schwanz in sie eindrang und sie vor Lust laut stöhnen ließ.

Sam würde sicher nicht zu diesen Typen gehören, bei denen nach einer Minute schon wieder alles vorbei war. Er würde Charlotte stundenlang ficken und dafür sorgen, dass sie nach mehr bettelte. Er würde sie bis an den Rand des Wahnsinns treiben, immer und immer wieder, bis sie mit einem wollüstigen Schrei zum Orgasmus kam und auch er sich mit einem tiefen Stöhnen in ihr entlud.

Das würde aber noch nicht alles sein. Er würde sie nochmals ficken, dieses Mal in den Arsch, er würde mit seinem harten Schwanz in sie eindringen und sie dazu bringen, mit den Fingern ihre Muschi zu streicheln, bis sie kam. Und nochmals kam und …

Um Himmels willen, woher kommen diese Gedanken?

Ihre Augen flogen auf und trafen Sams Blick, gleichzeitig versuchte sie, die Fantasien an heißen, animalischen Sex mit ihm zu verdrängen. Mit leicht gesenkten Augenlidern und einem Lächeln, das man nur als umwerfend sexy beschreiben konnte, sah Sam sie an – so als hätte er ihre Gedanken lesen können. Jetzt war es kein überhebliches Grinsen mehr. Er fixierte sie mit seinen Augen. Charlotte erwiderte den Blick, sie konnte sich nicht dagegen wehren. Eine unsichtbare Kraft zwischen ihnen sorgte dafür, dass sich ihr Blick an seinen heftete.

Ihr Körper war heiß, erregt, scharf auf Sex. Wusste Sam das? Konnte er ihr Verlangen spüren? Was würde sie tun, wenn ihre Fantasie Wirklichkeit würde?

Charlotte hatte das Gefühl, dass der Raum zu schrumpfen begann, als ihre Blicke nicht voneinander abließen. Ein gewaltiger Rausch überkam ihren Körper. Ihr Puls wurde schneller, und ihre Lippen öffneten sich, ihr Atem wurde immer unregelmäßiger. Sam heftete seine Augen auf ihren Blick, und er hielt sie in einer Art Zeitschleife, in der niemand außer ihnen beiden existierte. Nichts anderes war jetzt von Bedeutung.

Als würde sie ein plötzlicher Kälteschauer überkommen, wurden ihre Nippel hart, ohne jegliche Berührung. Die Vorstellung, was sie und Sam in dem Bett tun könnten, raste ihr immer noch durch den Kopf. Sams heißer, vielversprechender Blick entzündete in ihr ein Feuer nach dem anderen.

Sam stand auf und ging auf sie zu. Mit Lichtgeschwindigkeit überwand er die Distanz zwischen ihnen. Charlotte wusste, dass sie sich wegdrehen, ihn in ein lockeres Gespräch verwickeln oder einfach irgendwas tun sollte, anstatt einfach nur regungslos dazustehen. Aber sie konnte nicht. Aus irgendeinem Grunde konnte sie sich nicht rühren.

Sein Blick musterte sie und glitt wie eine Liebkosung über ihren Körper. Als er seine Hand hob und zärtlich über eine ihrer langen braunen Haarsträhnen strich, die aus ihrem Zopf gerutscht waren, musste sie nach Luft schnappen. Ohne den Blickkontakt zu unterbrechen, rieb er die Strähne leicht zwischen den Fingern. Sie erzitterte, als sie das sanfte Ziehen spürte. Was für eine einfache Geste, aber doch so erotisch!

Oh Gott, er würde sie küssen. Seine vollen Lippen waren nur noch wenige Zentimeter von ihren entfernt. Charlotte musste ihn hier und jetzt stoppen, weil sie nicht sicher war, ob sie dazu noch in der Lage sein würde, wenn sein Mund ihren traf. Sie nahm den letzten Rest Stärke, den sie noch in sich trug, zusammen und stammelte: »S-sollen wir mal einen Blick ins Badezimmer werfen?«

Sam hielt inne. Sein warmer Atem streichelte ihr Gesicht, als er gedankenverloren reagierte. »Hm?«

»Das … das Badezimmer. Ich dachte, du willst vielleicht noch einen Blick in den Raum werfen, ob auch dort Reparaturen notwendig sind.«

Sam neigte den Kopf zur Seite und sah sie an, als versuchte er, einen geheimen Code zu entschlüsseln. Plötzlich war das Feuer in seinen Augen verschwunden. Er atmete tief ein, trat ein paar Schritte zurück und nahm das Clipboard von ihrem Bett.

»Klar. Das Badezimmer. Lass uns nachsehen.«

Charlotte ließ den Atem heraus, den sie angehalten hatte, und spürte, dass ihr Herzschlag sich langsam wieder normalisierte. Um den Kopf frei zu bekommen, holte sie tief Luft, dann wollte sie Sam ins Badezimmer folgen.

Aber er war schon auf dem Weg nach draußen. »Ich glaube, ich habe alles gesehen. Ich gehe nach unten und überschlage die Arbeiten, dann können wir über den Preis reden.« Er drehte sich um, ohne sie nochmals anzusehen, und ging zur Tür hinaus.

Charlotte saß auf dem Rand der Badewanne und konzentrierte sich einen Moment lang, um sich wieder zu beruhigen. Sie hatte sich völlig verschätzt, was ihr Interesse an Sam betraf. Zuerst hatte sie gedacht, dass es nur ein Aufflackern ihrer ersten großen Liebe sei. Aber jetzt musste sie feststellen, dass das, was immer sie für ihn mit 16 Jahren empfunden hatte, nichts im Gegensatz zu dem war, was jetzt in ihr vorging.

Dies durfte nicht geschehen. Sie wollte für jemanden wie Sam Tanner keine Gefühle haben. Er hatte überhaupt keinen Platz in ihren Plänen, und sie wollte sich auch nicht in jemanden wie ihn verlieben, der vor Charisma und Sex nur so strotzte.

Sobald er den Auftrag erhalten hatte und ein paar Arbeiter nach Belle Coeur schickte, würde sie jeglichen Kontakt zu ihm abbrechen. Eigentlich wäre jetzt der richtige Zeitpunkt, dieser Sache ein Ende zu setzen. Charlotte konnte es kaum erwarten, dass er endlich aus ihrem Haus verschwand.

Nachdem sie beschlossen hatte, die Angelegenheit so schnell wie möglich über die Bühne zu bringen, ging sie die Treppe hinunter ins Erdgeschoss und hoffte, dass Sam mit dem Kostenvoranschlag für die Reparaturen fertig sei.

Sie fand ihn in der Küche, mit seinem Clipboard und einem Taschenrechner vor sich auf dem Tisch.

»Okay, ich glaube, ich bin fertig.« Die heißen Blicke, die er mit Charlotte ausgetauscht hatte, waren in weite Ferne gerückt. Stattdessen war er nun völlig distanziert. »Das hier ist meine Auflistung, inklusive Material und Arbeitsstunden. Ich denke, das ist ein fairer Preis für die Menge an Arbeit, die hier getan werden muss.« Er schob das Clipboard zu ihr hinüber.

Der Preis schien tatsächlich fair zu sein. Charlotte fragte sich, wie er bei diesem Angebot überhaupt noch Gewinn machen konnte, aber sie war sicher, dass er wusste, was er tat.

»Das Geld ist momentan etwas knapp bei mir, aber es dürfte wohl keine Schwierigkeiten geben, dich zu bezahlen, sobald das Haus verkauft ist.« Sie überlegte, in welcher Form sie ihm einen Vorschuss geben könnte, und fragte: »Brauchst du irgendwas im Voraus?«

Er packte seine Sachen zusammen und erhob sich vom Tisch. »Nein, das ist nicht notwendig. Du kannst alles auf einmal bezahlen, wenn die Arbeiten abgeschlossen sind und das Haus verkauft ist. Ich werde einen Vertrag vorbereiten und ihn dir heute Nachmittag vorbeibringen lassen, damit du ihn unterschreiben kannst.«

»Gut. Wann schickst du dein Team raus?« Charlotte konnte es kaum erwarten, ihn aus ihrem Leben zu verbannen, aus ihrem Haus und aus ihren Gedanken. Je schneller die Arbeit erledigt wurde, umso schneller konnte sie wieder zurück zu ihrem Leben in New York.

Du läufst davon.

Nein, das tat sie nicht. Und die leise Stimme in ihrem Kopf fing an, sie zu nerven.

»Es wird kein Team kommen. Meine Männer sind gerade alle mit dem neuen Einkaufszentrum in der Stadt beschäftigt. Aber zufälligerweise habe ich gerade etwas Zeit, und wenn ich bedenke, wie sehr ich dieses Haus immer gemocht habe, werde ich persönlich das Projekt in die Hände nehmen.«

»Was?« Hatte sie gerade richtig gehört?

»Ich werde morgen früh frisch auf der Matte stehen. Ich werde die Arbeit selber erledigen«, sagte er und verließ die Küche. Charlotte hörte, wie er die Haustür hinter sich schloss.

Es konnte nicht wahr sein! Das konnte er ihr doch nicht antun! Sie würde ihn ständig sehen, er würde immer in ihrer Nähe sein, den ganzen Tag, jeden Tag, bis die Arbeit erledigt war. Als Charlotte daran dachte, was sich gerade im Obergeschoss abgespielt hatte, war sie sich nicht mehr sicher, ob sie genügend Willenskraft haben würde, um Sam Tanner widerstehen zu können.

Was nun? Sie konnte schließlich nicht den ganzen Tag herumsitzen und ihn ansehen. Das würde sie in den Wahnsinn treiben. Nach dem Vorfall im Badezimmer lagen ihre Nerven jetzt schon blank, und das war nur ein Blick gewesen. Wenn sie das jeden Tag durchmachen musste …

Charlotte musste etwas unternehmen. Aber was?

Vielleicht sollte sie morgen in die Stadt gehen und sich in der Bibliothek einige Bücher ausleihen, sich ein Projekt suchen, an dem sie arbeiten könnte, oder vielleicht den Kontakt zu ein paar alten Freunden wieder auffrischen. Irgendwas, um zwischen ihr und Sam etwas Abstand zu schaffen.

Kapitel 3

Was hatte der Kerl bloß für ein Problem mit dem Timing? Charlotte hetzte die Treppe hinunter, ihren Körper bedeckte nichts weiter als ein spärlicher Bademantel. Sie hatte noch unter der Dusche gestanden, als an der Tür Sturm geklingelt wurde, und war noch immer klitschnass.

Sie riss schwungvoll die Tür auf, um Sam mal gehörig die Meinung zu sagen – und erstarrte bei seinem Anblick. Er stand vor ihr in alten zerfledderten Hosen und einem ärmellosen Muskelshirt. Wie konnte sie ein Mann nur so in Rage bringen und gleichzeitig das Verlangen in ihr wecken, ihn am T-Shirt zu packen und ihm heiße, feuchte Küsse auf seine vollen, süßen Lippen zu drücken?

»Verdammt, Charlotte!« Seine unwiderstehlichen Augen strichen über ihren halbnackten Körper. »Du weißt aber wirklich, wie man sich an der Haustür in Szene setzt! Gestern dein sexy T-Shirt, heute dieser knappe Bademantel – wie wär's morgen mit … nackt?«

Charlotte zog gereizt den Bademantel enger um ihren nassen Körper. »Hör mal, Sam, ich habe es heute Morgen ziemlich eilig, ich bin, wie du siehst, patschnass. Könntest du beim nächsten Mal nicht einfach reinkommen und anfangen zu arbeiten, statt dich an meine Klingel zu lehnen, um deine Ankunft mit Pauken und Trompeten zu verkünden?«

Er grinste frech und betrat das Haus. »Na klar, lässt sich machen. Ich habe mir nur gedacht, dass es dir vielleicht ganz lieb ist, wenn ich dir einen guten Kaffee koche, bevor ich mit der Arbeit anfange. Ganz abgesehen davon möchte ich nicht gern auf diesen herrlichen Anblick am Morgen verzichten.«

Schwachsinn, dachte sie. *Er will dich nur zur Weißglut bringen.* Und das Dumme war – er hatte auch noch Erfolg damit.

»Du bist ja ganz nass. Warum gehst du nicht hoch und ziehst dich an, dann koche ich uns in der Zeit Kaffee.« Er ging in die Küche und ließ Charlotte in einer kleinen Pfütze sprachlos an der Haustür stehen.

Fluchend stampfte sie die Treppe hinauf. »Das ist immer noch mein Haus«, murmelte sie vor sich hin. »Ich brauche keinen Mitbewohner, der mir sagt, was ich tun soll, und sich breitmacht, als wär er hier zu Hause.«

Der Mann hatte echt Nerven. Offensichtlich besaß er überhaupt keine Manieren. Drang er immer in wildfremde Häuser ein, wenn er Hunger hatte oder einen Kaffee brauchte? Oder fand er es nur tierisch amüsant, Charlotte zu irritieren?

Sie schnappte sich ein paar Klamotten, zog sie über und kämmte eilig ihre Haare. Dann ging sie wieder nach unten, um ihren unwillkommenen Gast aus der Küche zu jagen.

Sam hatte bereits den Kaffee aufgesetzt und Tassen und Milch auf den Tisch gestellt, als Charlotte die Küche betrat. Er sah sie an und lächelte. »Ich bin enttäuscht, du hast ja Klamotten an!«

Sie ignorierte seinen Kommentar und fragte: »Wie sehen deine Pläne für heute aus?«

»Ich dachte, ich fange am besten draußen an«, antwortete er, während er Kaffee eingoss. »Ich werde die alte Farbe von der Fassade schleifen und ein paar Bretter erneuern, sodass ich mit dem Anstrich beginnen kann.«

Sie nahm den Becher entgegen, den er ihr anbot, murmelte ein leises »Danke« und nippte an dem heißen Getränk.

»Ich verstehe immer noch nicht, warum du diese Arbeit selber machst. Du hast doch sicherlich Arbeiter, die das für dich erledigen könnten.«

»Das macht mir nichts aus. Ich mag es, mit meinen Händen zu arbeiten, und im Moment bin ich knapp an Personal. Meine Männer sind alle mit anderen Projekten beschäftigt. Bevor ich dich um einen Monat oder länger vertrösten muss, erledige ich den Job lieber selbst. Ich weiß doch, dass du es eilig hast.«

»Ich hätte auch noch ein wenig warten können.«

»Ach ja? Einen Monat oder länger?«

Er hatte ja recht. »Nein, aber –«

»Jedenfalls ist diese Arbeit für mich besonders attraktiv«, sagte er lächelnd. »Für das Vergnügen, in der Nähe einer wunderschönen Frau zu sein, werde ich auch noch bezahlt. Was will man mehr?«

»Tja, du musst heute wohl ohne mich auskommen. Ich werde in die Stadt fahren und vermutlich den ganzen Tag unterwegs sein.« Sie versuchte die Tatsache zu ignorieren, dass er sie als wunderschön bezeichnet hatte.

»Du hältst es wohl in meiner Gegenwart nicht aus, was?«

Das Ego dieses Mannes war unglaublich. »Davon träumst du wohl. Ich gehe einfach nur shoppen.« Da sie von seinen Kommentaren schon mehr als genug hatte, erhob sie sich vom Tisch und ging zur Spüle, um ihren Becher abzuwaschen. Als sie sich wieder zu ihm drehte, sah er sie schmunzelnd an.

»Ich glaube, du kannst nicht damit umgehen, in meiner Nähe zu sein.«

Sie wollte sich nicht auf sein Spielchen einlassen und erwiderte: »Und ich glaube, du kannst nicht damit umgehen, dass dich eine Frau abblitzen lässt.«

Langsam und mit bedächtigen Bewegungen ging er auf sie zu. Er lehnte sich gegen den Küchentresen, seine Hüften streiften die ihren. Die Berührung seines Körpers zerrte an ihren Nerven. Charlotte spürte die Hitze zwischen ihnen und blickte zu ihm auf. Sein Gesicht war nur wenige Zentimeter von ihrem entfernt.

Er flüsterte beinahe, als er sich ihr näherte: »Oh, ich glaube schon, dass ich damit klarkäme, wenn eine Frau mich nicht wollen würde. Aber das ist hier ja wohl nicht der Fall.«

Seine unmittelbare Nähe ließ sie nicht mehr klar denken. Er versuchte bewusst, sie durcheinanderzubringen, um eine Reaktion zu erzwingen, für die sie nicht bereit war oder die sie ihm einfach nicht zeigen wollte.

»Ich will dich nicht, Sam«, log Charlotte, senkte ihren Kopf und starrte auf ihre Füße. So konnte sie seinem stechenden Blick wenigstens entkommen.

Geistesabwesend berührte er eine ihrer langen Haarsträhnen und sagte: »Ich glaube, Charlotte, dass du etwas empfindest, wenn ich dir so nahe komme wie jetzt, und das macht dir höllische Angst – das bringt dich dazu, weglaufen zu wollen.«

Du rennst davon.

Verflucht, dieses Gespräch ging in eine Richtung, die Charlotte gar nicht gefiel. Sie stellte ihren Kaffeebecher auf den Tresen und legte ihre Hände auf seine Brust, um ihn von sich wegzuschieben. Aber stattdessen ließ sie die Hände dort liegen und rührte sich nicht. Sie konnte sein Herz schlagen fühlen. Wie ihr eigenes schlug auch das von Sam sehr schnell, er atmete hastig, und Charlotte spürte, dass er die Berührung genauso aufregend fand wie sie. Was würde wohl passieren, wenn sie sich ihm jetzt näherte, anstatt von ihm wegzugehen?

Ein großes Desaster, das würde passieren.

»Ich laufe nicht weg, und ich habe auch keine Angst vor dir. Aber ich will das hier einfach nicht«, sagte sie und starrte weiter auf seine Brust, weil sie sich nicht in diesen tiefen blauen Augen verlieren wollte.

»Warum nicht?« Sie spürte seinen Atem in ihrem Haar, während er seinen Zeigefinger zärtlich ihren Rücken entlangfahren ließ. Auch wenn die Morgenhitze schon fast unerträglich war, erschauderte sie. Als er sich leicht gegen ihre Hüfte lehnte, konnte sie deutlich seine Erektion spüren. Charlotte fand das so unglaublich erotisch, dass ihre Beine schwach wurden. Sie spürte das Blut in ihren Adern, und wenn sie sich nicht sofort von Sam entfernte, würde sie etwas tun, was sie später sicherlich bereute.

Ernüchtert durch diese Erkenntnis wehrte sie sich gegen die Hitze, die sich zwischen ihr und Sam aufgebaut hatte. Genauso wie ihre Mutter hatte auch sie eine Schwäche für charmante Männer. Und schon vor langer Zeit hatte sich Charlotte geschworen, nie wie ihre Mutter zu werden.

Ihr Körper verlangte nach Sam, aber ihr Verstand war stärker und sträubte sich dagegen.

»Geh mir aus dem Weg, Sam«, sagte sie mit Nachdruck. »Ich will das nicht.«

Sam hielt für einen Moment inne. Er atmete aufgeregt, und Charlotte konnte immer noch seinen rasenden Puls unter ihrer Hand spüren. Schließlich trat er einen Schritt zurück, sodass sie ihn ansehen konnte. Was sie erblickte, raubte ihr den Atem. Vor lauter Verlangen hatten sich seine Augen verdunkelt wie der Himmel vor einem Sturm. Er fuhr sich mit der Hand durch die Haare und seufzte tief.

»Ich wünsche dir einen schönen Tag in der Stadt«, sagte er mit schroffer Stimme, während er sich von ihr wegdrehte. »Ich werde den ganzen Tag draußen sein, aber vielleicht könntest du die Tür offen lassen, damit ich mir zwischendurch mal was zu trinken holen kann.«

Sie spürte, wie ihr Herz gegen die Rippen schlug, als er sich entfernte. Ihr Körper stand nach seiner Berührung immer noch gänzlich in Flammen. Er hatte es geschafft, ihre Gefühle aufzuwühlen und sie komplett zu verwirren. Vielleicht lag es daran, dass sie bisher keinen wie Sam getroffen hatte, dass sie sich nie auf Beziehungen mit Männern wie ihm einlassen wollte.

Natürlich hatte sie schon einige Beziehungen und Sex mit Männern gehabt. Aber immer hatte sie Typen gewählt, in die sie sich nie verlieben würde. Männer, deren Attraktivität nicht dazu ausgereicht hätte, Charlottes Gefühlsleben völlig auf den Kopf zu stellen. Sie hatte immer die Kontrolle behalten.

Bis jetzt. Und nun brachte Sam sie dazu, dass sie völlig neben sich stand. Sie verspürte den Drang zu flüchten, schnappte sich ihre Tasche und die Autoschlüssel und machte sich auf den Weg in die Stadt.

*

Charlotte lenkte den Wagen in eine Parklücke vor der Bibliothek. Vielleicht würde sie in der Bibliothek ein paar gute Theaterstücke oder sogar etwas von Shakespeare finden.

Wenn sie ihr eigenes Theater eröffnet haben würde, wollte sie ein paar Klassiker, einige Dramen aus dem 20. Jahrhundert und natürlich Musicals aufführen. Vielleicht würde sie auch Schauspielunterricht oder den einen oder anderen Kurs für Bühnenproduktionen geben.

Sie freute sich wie ein Kind auf ihr eigenes Theater. Seitdem sie in der siebten Klasse die Rolle der bösen Königin in der Schulaufführung von *Schneewittchen* gespielt hatte, hatte sie das Theaterfieber nicht mehr losgelassen. Zuerst hatte sie nur das Schauspielen interessiert, aber im Laufe der Highschoolzeit hatte sie im Theaterkurs von Mrs David auch vieles andere gelernt. Sie wusste alles über Bühnenbilder, Beleuchtung und Inszenierungen. Charlotte war als Leiterin der Theatergruppe in der Highschool sogar Regisseurin eines Stückes gewesen.

Als sie das Gebäude betrat, ging sie zuerst zur Information. Da es keine große Bibliothek war, saß nur eine Person am Tresen, um den Besuchern Auskunft zu erteilen, Bücher entgegenzunehmen oder herauszugeben.

Als die Frau am Tresen Charlotte bemerkte, strahlte sie vor Freude. »Charlotte Lee, wie schön, dich wiederzusehen!«

»Mrs Cutter, freut mich ebenfalls.« Emily Cutter und ihr Ehemann James waren die Besitzer von Cutter Clothing, einer Boutique und eines der ältesten Geschäfte auf der Main Street.

Emily war eine kleine, schlanke Frau mit kurzen grauen Haaren, sie trug eine Brille mit dicken Gläsern, die für ihr Gesicht viel zu groß war. Emily war immer sehr nett zu Charlotte gewesen, wenn sie und Grandma das Geschäft der Cutters besucht hatten. »Wie geht es Ihnen und Ihrem Mann?«, fragte Charlotte.

»Uns geht es gut, Liebes. James hat wie immer viel im Laden zu tun, ständig werden neue Kollektionen geliefert. Im Moment sind viele Artikel in unserer Western-Abteilung heruntergesetzt, du musst unbedingt im Laden vorbeischauen! Mr Cutter würde sich ganz bestimmt sehr freuen, dich zu sehen. Bist du nach Magnolia zurückgezogen? Deine Großmutter hatte sich immer so sehr gewünscht, dass du nach Hause zurückkehrst.«

Charlotte war erstaunt über die Fähigkeit der meisten Menschen in dieser Stadt, über zehn verschiedene Themen in einem Atemzug zu sprechen.

»Danke, Mrs Cutter. Ich bin nur zu Besuch hier. Ich werde etwa einen Monat lang bleiben, um Grandmas Haus reparieren zu lassen und es danach zu verkaufen. Dann werde ich mich wieder auf den Weg zurück nach New York machen.«

»Ich habe davon gehört, dass du Lilians Haus verkaufen willst«, sagte Emily, die die Traurigkeit in Charlottes Gesicht bemerkt hatte.

Charlotte war überhaupt nicht überrascht, dass jeder in Magnolia wusste, dass Grandmas Haus verkauft werden sollte, in einer Kleinstadt sprach sich eben alles schnell herum.

»Ja, das Haus wird verkauft.«

»Darüber sind wir alle sehr traurig. Wir haben gehofft, dass du es übernehmen und dorthin zurückkehren würdest, wo du hingehörst. Aber ihr jungen Dinger müsst ja immer nach den Sternen greifen, stimmt's?«

Charlotte lachte. »Das kann ich nicht bestätigen, Mrs Cutter. Aber ich bin glücklich in New York, und ich habe Pläne für die Zukunft. Ich möchte mein eigenes Theater eröffnen. Deshalb bin ich auch hier. Haben Sie in der Bibliothek irgendwelche Bühnenstücke, vielleicht Shakespeare oder Hemingway?«

Emily war offensichtlich etwas in Gedanken. »So, so, Theater, was für eine schöne Idee. Das muss sehr aufregend für dich sein, Charlotte. Ach ja, die Bücher. Reihe zwölf, auf der linken Seite, dort wirst du finden, was du suchst.«

Als Charlotte sich bedankt hatte und weitergehen wollte, sagte Emily: »Übrigens, Charlotte Lee, vielleicht hast du ja Lust, mal bei der Laientheatergruppe von Magnolia vorbeizuschauen. Sie proben gleich nebenan, und ich habe gehört, dass man dort ein Stück für das Sommerfest vorbereitet. Vielleicht können die Leute deine Hilfe gebrauchen.«

Laientheater? In Magnolia? Manche Dinge hatten sich anscheinend doch geändert. Hier hatte es nie ein Laientheater gegeben, geschweige denn irgendetwas anderes Kulturelles außer den Theateraufführungen an der Highschool. Charlotte war neugierig geworden. »Ich werde mal reinschauen, Mrs Cutter. Ich danke Ihnen, es hat mich sehr gefreut, Sie wiederzusehen.«

Charlotte ging zu dem Bücherregal, sah sich dort etwas um und wählte schließlich ein paar Titel aus, die vielversprechend klangen.

Sie wünschte, dass sie ihre eigenen Bücher über Produktion und Bühnendesign eingepackt hätte, und musste sich nun mit Hemingway, Shakespeare und einigen romantischen Romanen begnügen, die sie in einem anderen Regal gefunden hatte. Gut, warum nicht? Nur weil sie sich vornehmlich mit klassischen Stücken beschäftigte, hieß das noch lange nicht, dass sie nicht dann und wann auch mal in ein nettes literarisches Liebesabenteuer abtauchen konnte. Außerdem gab es wilden Sex mit dem Traummann sowieso nicht im wahren Leben, sondern nur in erfundenen Geschichten.

Allenfalls mithilfe von Vibratoren und einer blühenden Fantasie, die Charlotte definitiv hatte. Außerdem besaß sie einen ganzen Koffer voll Sexspielzeug, mit dem sie sich vergnügen konnte.

Sex mit einem Vibrator war immer der sicherste Weg. So würde ihr niemand das Herz brechen, und sie würde sich auch niemals in den falschen Mann verlieben.

Charlotte setzte sich in die Leseecke in der Bibliothek und blätterte die Bücher durch, die sie sich ausleihen wollte. Aber sie konnte sich nicht aufs Lesen konzentrieren, da sie an ihr zukünftiges Theater denken musste.

Sie war sicher, dass der Verkauf von Grandmas Haus und Grundstück eine gute Geldsumme bringen würde. Aber bei den horrenden Preisen auf dem New Yorker Immobilienmarkt würde es wohl nicht für ein außergewöhnliches Zuhause reichen. Darauf kam es ihr nicht an. Ihr Traum war schließlich ihr eigenes Theater, und der Erfüllung dieses Traumes war sie noch nie so nahe gewesen.

Mit den ausgeliehenen Büchern verließ Charlotte die Bibliothek und ging zum Nachbargebäude. Auf einem Schild über dem Eingang stand »Magnolia Community Theater«. Als sie durch eines der Fenster hineinsah, erblickte sie eine kleine Menschengruppe, von denen einige an einer Kulisse arbeiteten. Die anderen schienen sich offenbar zu streiten, aber Charlotte konnte nicht hören, worum es ging. Ihre Neugier siegte, und sie öffnete die Tür und betrat das Gebäude. Hier schien gerade die Hölle loszubrechen.

»Lola, du hast keinen blassen Schimmer, wie man ein Stück aufführt! Ich möchte gern mal wissen, was dich dazu bringt, hier den Boss zu spielen?«, hallte eine tiefe Männerstimme durch den fast leeren großen Raum.

Charlotte erkannte Lola Feldman, eine der berühmten Wichtigtuerinnen Magnolias. Sie war etwa vierzig und hatte blond gefärbte Haare, die übermäßig in die Höhe toupiert waren. Lola war immer im Mittelpunkt und übernahm gern bei allem das Kommando.

»Ganz einfach!«, schnaubte sie. »Irgendwer muss die Zügel ja in die Hand nehmen, und ich sehe niemanden, der dazu bereit ist. Ehrlich gesagt, habe ich auch keine Lust dazu. Aber weil ich das hier schon so lange mache, weiß ich, dass es kein Theaterstück bei unserem Sommerfest geben wird, wenn sich niemand darum kümmert. Denkt doch mal daran, wie enttäuscht unsere Fans sein würden!«

Eine kleine junge Frau mit kurzen dunklen Haaren, die aussah wie eine Elfe, mischte sich in den Streit ein. Charlotte lächelte, es war ihre alte Freundin Katie Grayson, die Tochter von Grandmas Nachbarin Millie. Katie und Charlotte hatten als Kinder zusammen gespielt. Wenn es jemanden in Magnolia gegeben hatte, mit dem Charlotte wirklich eng befreundet gewesen war, dann war es Katie. Leider hatten sie im Laufe der Jahre den Kontakt verloren. Okay, sie war es selbst, die die Verbindung abgebrochen hatte.

Warum dachte sie eigentlich immer nur Schlechtes über Magnolia? Sie hatte doch auch gute Erinnerungen.

»Fans? Wir haben Fans?« Katie blickte sich mit gespielter Neugier in dem großen Raum um. »Und wo sollen diese angeblichen Fans sein? Komm schon, Lola, du weißt ganz genau, dass dies unsere erste Aufführung ist und dass wir für die Leute in der Gegend so gut wie noch gar nicht existieren. Klar, die Leute sind total aus dem Häuschen, weil es hier wieder Theateraufführungen geben soll, aber das kann man wohl kaum als Fanclub bezeichnen.«

Charlotte erblickte noch einen weiteren Freund aus Highschoolzeiten: George Lewiston. »Katie hat recht, Lola. Aber du auch. Es ist unsere Verantwortung, dieses Stück aufzuführen. Ein Laientheater, das nicht mal ein Stück auf die Beine stellen kann, ist völlig sinnlos. Wir haben auf diese Gelegenheit lange warten müssen. Das Problem ist nur, dass keiner von uns Ahnung davon hat, ein Stück zu inszenieren. Was sollen wir also tun?«

Charlotte konnte sich das Lachen nicht länger verkneifen. Das hier war ein typisches Kleinstadtdrama. Sie beschloss, auf sich aufmerksam zu machen. »Entschuldigung?«, rief sie der Gruppe vorsichtig zu. Im Raum waren etwa zwanzig Leute, die sich nun alle zu Charlotte umdrehten.

Katie stand neben ihrer Mutter Millie. Diese war klein und mollig und ein richtiges Energiebündel. Außerdem war sie für ihren fantastischen Pfirsichkuchen bekannt, und sie war eine von Grandmas engsten Freundinnen gewesen.

»Charlotte!«, kreischte Katie vor Freude. »Wie schön, dich zu sehen!« Sie kam herbeigerannt und umarmte Charlotte fest. »Ich freue mich so, dass du hier bist! Wir hatten ja bisher noch keine Gelegenheit zum Reden, seitdem du wieder da bist.«

»Ich weiß. Ich habe viel zu tun.« Charlotte hatte wirklich vorgehabt, bei Katie vorbeizuschauen, aber sie …

Ja, was? Saß grübelnd zu Hause? Versteckte sich? Rannte davon?

»Komm rein«, sagte Katie. »Vielleicht kannst du uns ein paar Ratschläge geben. Bist du gekommen, um uns zu helfen?«

Millie rannte ebenfalls auf Charlotte zu, und bevor Katies Frage beantwortet werden konnte, hatte Millie schon ihre dicken Arme um Charlotte geworfen und drückte sie herzlich an sich.

»Charlotte Lee Weston! Warum hast du dich noch nicht bei mir blicken lassen? Ich habe gestern vier Kuchen gebacken, weil ich gehofft hatte, dass du kurz reinschauen würdest, damit wir ein wenig miteinander plaudern könnten.«

Von wegen plaudern! Millie hatte doch nur gehofft, dass Charlotte vorbeikommen würde, damit sie sie über Sam und jedes private Detail aus ihrem Leben ausquetschen konnte. Millie war zwar sehr gutmütig und eine absolut wundervolle Frau, aber sie war auch die Tratschkönigin von Magnolia.

Charlotte lachte. »Tut mir leid, Millie. Ich versuche vielleicht morgen mal vorbeizukommen. Was euer Theaterstück betrifft, weiß ich nicht, welche Art von Hilfe ihr benötigt. Ich hab eigentlich nur meinen Kopf durch die Tür gesteckt, um zu sehen, was hier los ist. Was habt ihr denn für Sorgen?«

Lola hatte sofort eine Antwort parat. »Wir haben ein Problem. Unsere frühere Leiterin, Betsy Daniels, ist offensichtlich mit ihrem jungen Verlobten durchgebrannt, der einen Job in Virginia angeboten bekommen hat. Betsy hat uns hier völlig planlos sitzen gelassen. Da sie mit ihren zwei Semestern Theaterwissenschaft am College von uns die meiste Erfahrung gehabt hat, müssen wir nun jemanden finden, der die Inszenierung unseres Stückes übernimmt.«

Millie mischte sich ein. »Charlotte Lee kann das doch machen. Sie ist Theaterexpertin. Sie arbeitet sogar in einem Theater in New York City!«

Charlotte war es extrem unangenehm, als alle in der Gruppe ihre Theatererfahrung mit freudigem »Oooh« und »Aaah« zur Kenntnis nahmen. Warum war sie nicht einfach schnurstracks zu ihrem Auto gegangen?

»Ich bin leider nur ein paar Wochen in der Stadt. Aber trotzdem vielen Dank für das Angebot.« Auf keinen Fall wollte sie in diese Sache hineingezogen werden.

Aber Katie flehte sie an. »Komm schon, Charlotte. Es wäre das Größte für uns, wenn du die Regie übernehmen würdest. Wir wollen für unser Sommerfest nächsten Monat das Stück *The Music Man* aufführen. Die Proben hatten gerade erst begonnen, als Betsy beschloss, auf der Stelle zu heiraten. Wir stehen jetzt ohne Regisseur da. Bitte sag ja!«

Charlotte musterte Katie misstrauisch. Sie wollte sich nicht davon beeinflussen lassen, dass Katie sie mit ihren tiefblauen Augen ansah und dabei unschuldig mit ihren Wimpern klimperte.

Charlotte lächelte freundlich. »Tut mir leid, ich kann wirklich nicht. Ich habe während der kurzen Zeit, die ich in der Stadt bin, noch so viele Dinge zu erledigen, und ich könnte mich deshalb nicht ausreichend genug eurem Stück widmen.«

Im Raum wurde es still. Wie begossene Pudel stand die Theatergruppe vor ihr und blickte sie enttäuscht an. Charlotte fühlte sich schuldig.

Nein, nein und nochmals nein! Sie würde sich nicht überreden lassen, dieses Stück zu inszenieren. Sie hatte andere Dinge zu erledigen und keine Zeit dafür. Auch wenn es ihr sicherlich Spaß machen würde.

Plötzlich überkam Charlotte ein Gedanke: Wenn sie mit der Regie des Stückes beschäftigt wäre, könnte sie Sam aus dem Weg gehen. Und das wäre es doch wohl wert!

»Wann ist das Sommerfest?«, fragte sie, obwohl sie es selber kaum glauben konnte, dass sie die Möglichkeit tatsächlich in Erwägung zog.

»In einem Monat«, antwortete Katie. »Du überlegst, nicht wahr? Du konntest mir doch noch nie etwas abschlagen!«

Charlotte lachte. Witzig, wie schnell sie in die alten Gewohnheiten zurückfiel. Bis zum Sommerfest würde sie sogar in der Stadt sein, da sie sich selbst mindestens einen Monat gegeben hatte, um ihre Angelegenheiten zu regeln. Immerhin wäre es auch ein gutes Training für später, wenn sie endlich ihr eigenes Theater besitzen würde. Außerdem musste sie zugeben, dass *The Music Man* eines ihrer Lieblingsstücke war.

Als sie in die erwartungsvollen Gesichter blickte, gab sie nach. »Okay. Ich helfe euch gern.«

Der Raum füllte sich mit Jubel, und sogleich kamen alle, die Charlotte noch nicht kannte, auf sie zu und stellten sich ihr vor.

Plötzlich öffnete sich die Tür, und ein großer Mann betrat den Raum. »Bin ich zu spät?«

Charlotte war überrascht, Tony Darnell zu sehen, Sams Geschäftspartner bei TNT Construction. Offenbar war er genauso überrascht, Charlotte hier anzutreffen und zu erfahren, dass sie die neue Regisseurin war.

»Na, diese Rolle dürfte doch für Sie absolut perfekt sein, Schätzchen?«, sagte er mit einem Augenzwinkern.

»Welche Rolle spielen Sie in dem Musical, Tony?«

»Die Hauptrolle natürlich«, sagte er und grinste sie wie ein kleiner Junge an. Charlotte schüttelte lächelnd den Kopf. Es überraschte sie nicht, dass die halbe Stadt in diese Theateraufführung verwickelt war, in welcher Weise auch immer. Es war ihr jedoch ein Rätsel, wie die Leute ihren Lebensunterhalt verdienten und trotzdem noch Zeit für solche Dinge fanden.

George sagte: »Wir treffen uns drei Mal in der Woche abends sowie samstags und sonntags zum Proben. Heute sind wir bloß zufällig hier, weil Betsy uns sitzen gelassen hat und wir ein Notfallmeeting einberufen mussten, um zu besprechen, wie wir weiter vorgehen wollen. Es war wohl das Schicksal, das dich zu unserer Tür geführt hat, Charlotte. Wir sind wirklich froh, dass du hier bist.«

Sie glaubte nicht an Schicksal, aber freute sich nun doch, dass sie über diese Gelegenheit gestolpert war, auch wenn sie die Arbeit nur für eine kurze Zeit übernehmen konnte. Damit würde sie die Langeweile bekämpfen und sich von Sam ablenken, an den sie seit ihrer Ankunft schon viel zu viele Gedanken verschwendet hatte.

Den Rest des Tages verbrachte Charlotte mit der Theatergruppe und ging mit ihr die verschiedenen Rollen durch. Sie wollte das Textbuch und den Plan für das Bühnendesign mit nach Hause nehmen, um sich ein paar Notizen zu machen. Die Darsteller würden sich am morgigen Samstag im Haus von Charlotte treffen und gemeinsam den Text durchgehen, also musste Charlotte sich noch heute Abend mit dem Stück vertraut machen.

Wenn sie sich Besuch ins Haus holte, errichtete das einen Puffer zwischen ihr und Sam. Sie spürte, dass es genau das war, was sie verzweifelt brauchte. Es hatte bereits schon zu viele nahe Begegnungen mit ihm gegeben. Auch wenn sie ihre Vorsätze meistens streng befolgte, war sie schließlich nicht Johanna von Orléans. Sie hatte bisher niemals wirklich großartigen Sex gehabt, und jemandem so nahe zu sein, von dem sie dachte, dass er ihr das geben könnte, musste ihr definitiv Probleme bereiten.

Wie traurig war die Erkenntnis, dass sie den letzten wirklich guten Sex mit einem ihrer vielen Vibratoren gehabt hatte.

Sie brauchte dringend einen Mann.

Nein, eigentlich brauchte sie das gar nicht. Ihre Mutter hatte ständig geglaubt, einen Mann in ihrem Leben zu benötigen. Und als sie in Magnolia keinen finden konnte, hatte sie sich aus dem Staub gemacht und ihre Tochter zurückgelassen.

Charlotte würde sich niemals so sehr nach einem Mann sehnen, dass sie sich auf die Jagd begeben müsste.

Sie verdrängte die Gedanken an Männer und Sex, vor allem die an einen bestimmten Mann, und konzentrierte sich auf das Theaterstück. Zugegeben, sie fand es aufregend, das Musical zu inszenieren, auch wenn es nur ein Kleinstadt-Event sein würde. Und wenn sie danach zurück nach New York ging und ihr eigenes Theater eröffnete, würden alle ihre Träume in Erfüllung gehen. Sie würde keine Liebe brauchen und keinen Mann, um glücklich zu sein.

Viele Frauen fanden Erfüllung in ihren Karrieren, anstelle einer Beziehung. Charlotte war schließlich nicht wie ihre Mutter. Sie war zufrieden damit, dass sie ihre Arbeit hatte. Sie brauchte die Liebe nicht, und sie brauchte definitiv nicht Sam Tanner.

Kapitel 4

Charlotte war eifrig damit beschäftigt, über Regieanweisungen, Kulissen und das Bühnenbild nachzudenken, als sie mit dem Auto die Auffahrt zu ihrem Haus hinauffuhr.

Sie stieg aus dem Wagen und ging die Treppen zum Haus hoch. Der Stapel Papiere, den sie bei sich trug, drohte ihr aus den Händen zu gleiten. Deshalb sah sie nicht, dass Sam mit dem Rücken zu ihr vor der Haustür stand, und prompt stieß sie mit ihm zusammen. Dabei ließ sie alles fallen, was sie in den Händen hielt.

»Hey, hey, Vorsicht!« Er stützte Charlotte, und während sie sich daran machte, ihren Papierkram aufzusammeln, kniete er sich neben sie, um ihr zu helfen.

»Es ... es tut mir leid«, stammelte sie. »Ich war völlig in Gedanken und habe mich so sehr darauf konzentriert, meine Papiere festzuhalten, dass ich dich nicht gesehen habe. Gott, was für ein Chaos.« Eine leichte Brise wehte plötzlich einige der Blätter von der Veranda auf den Hof. »Oh, nein! Die brauche ich noch!«

»Keine Panik«, beruhigte Sam sie, »ich helfe dir beim Einsammeln.« Die beiden machten sich auf, hinter den Papieren herzulaufen und sie einzufangen, als seien es Schmetterlinge. Immer wenn einer der beiden ein Papierstück greifen wollte, kam ein Windstoß und wehte es wieder ein paar Meter weiter. Charlotte und Sam jagten lachend auf dem Hof den fliegenden Blättern hinterher.

Als sie schließlich alles wieder eingesammelt hatten, warfen sie sich völlig erschöpft in die Hollywoodschaukel auf der Veranda. Sam half ihr beim Sortieren.

Er nahm eines der Blätter und warf einen Blick darauf. »Notizen für eine Inszenierung?«

Charlotte lächelte. »Ja, sieht so aus, als sei ich heute über einen Teilzeitjob gestolpert. Ich werde das Musical für das Sommerfest inszenieren.«

»Na, dann war deine Ankunft ja ein richtig gutes Timing. Tony hat mir erzählt, dass Betsy Hals über Kopf die Stadt verlassen hat und die Theatergruppe deshalb nach einem neuen Regisseur sucht.«

»Sieht so aus, als sei ich die Glückliche.«

Seine Miene wurde ernst. »Charlotte, dieses Laientheater bedeutet den Einwohnern von Magnolia sehr viel. Nimm es nicht auf die leichte Schulter, nur weil es nicht der Broadway ist.«

Diese Bemerkung verletzte sie mehr, als sie zugeben wollte. »Nur weil ich in einer Großstadt lebe, heißt das nicht, dass ich eine Aufführung hier nicht schätzen kann. Ich bin hier aufgewachsen, Sam. Ich weiß, wie wichtig die kleinen Dinge sind, wenn man nicht die Gelegenheit für große Dinge geboten bekommt!«

Sam hob abwehrend seine Hände. »Hey, jetzt bleib mal auf dem Teppich. Es ist doch Tatsache, dass du keine Kleinstädte magst. Ich hätte nicht gedacht, dass du dir deine Zeit mit einer bedeutungslosen Aufführung vertreibst, die hier in Magnolia stattfinden wird.«

Vielleicht hatte sie anfangs wirklich nicht in die Sache hineingezogen werden wollen, aber im Laufe des Tages hatte sie immer mehr Gefallen an der Idee gefunden. Hatte sie denn auf die Bewohner der Stadt wirklich einen so hochnäsigen Eindruck gemacht? »Ich halte die Aufführung absolut nicht für bedeutungslos. Schätzt du mich wirklich so ein?«

Er antwortete mit einem lässigen Schulterzucken. »Ich kann nur meinen Eindruck wiedergeben.«

Sie ignorierte den Schmerz in ihrer Magengegend. »Wer bist du denn, dass du dir ein Urteil erlauben könntest? Wir kennen uns doch überhaupt nicht!«

»Habe ich einen wunden Punkt getroffen? Vielleicht verrätst du gerade mehr über deine wahre Natur, als dir lieb ist.«

Eigentlich wollte sie gar nichts über sich preisgeben. Sie wollte sich einfach nur in Magnolia die Zeit vertreiben, bis das Haus verkauft war, und dann ganz schnell wieder verschwinden. Ohne Bindung, ohne Freundschaften, ohne irgendwas.

»Ich verrate gar nichts.« Ihre Wut schwoll immer stärker an, je mehr ihr klar wurde, dass Sam sich Gedanken machte, wer sie war und was sie dachte. Und das, obwohl er sie gar nicht richtig kannte.

»Genau das ist dein Problem, Charlotte. Du lässt niemanden an dich heran, deshalb reimen sich die Leute die Dinge über dich zusammen. Viele hier haben eine Meinung über dich und darüber, warum du abgehauen und nie zurückgekehrt bist. Die meisten denken, dass du auf der Suche nach Glanz und Glamour warst, was man in einem Ort wie Magnolia ganz klar nicht finden kann.«

»Ich scheiß auf Glanz und Glamour«, antwortete sie trotzig und war wütend auf die Denkweise, die für Leute vom Land so typisch war. »Die meisten wollen doch gar nichts von mir wissen. Die Wichtigtuer und Tratschtanten erzählen irgendeinen ausgedachten Mist über mich, genauso wie sie es bei meiner Mutter und auch bei dir getan haben. Sie glauben, was sie glauben wollen, was anstößig, schmutzig und skandalös ist. Mit der Wahrheit haben sie nichts im Sinn!«

Ein zartes Lächeln formte sich auf seinen Lippen. »Ausgedachter Mist über mich? Jetzt machst du mich aber neugierig. Sind da auch interessante Geschichten dabei?«

Es schien, als ließen Sam jegliche Tratschgeschichten über seine Person völlig kalt. Männer, denen der Ruf des bösen Buben anhaftete, betrachteten Gerüchte wohl eher als Ehre anstatt als Kritik. Wenn Frauen sich falsch verhielten, wurden sie gleich als Schlampen abgestempelt.

Klassisch engstirnige Denkweise! Ein weiterer Grund, warum sie es hasste, hier zu sein.

»Sag schon, was hast du über mich gehört?«

Charlotte schüttelte den Kopf und wehrte sich dagegen, über sein Interesse zu schmunzeln. »Es heißt, du hättest Ärger am Hals gehabt und deswegen die Stadt verlassen müssen. Nichts Konkretes, aber genug, um die neugierigen Plappermäuler der Stadt aktiv werden zu lassen. Die Mundpropaganda hat dann den Rest erledigt.«

»Zum Beispiel?«

»Ich habe gehört, man hätte dich eingesperrt, weil du angeblich mit Drogen gehandelt hast. In einer anderen Version hieß es, dass du irgendwas mit organisiertem Verbrechen zu tun gehabt hättest und ins Zeugenschutzprogramm aufgenommen werden musstest, nachdem du gegen einen Mafiaboss ausgesagt hattest.«

Sam hielt ungläubig inne und warf dann seinen Kopf mit schallendem Gelächter zurück. »Ohne Scheiß? Zeugenschutzprogramm?« Er konnte nicht aufhören zu lachen, bis auch Charlotte sich ihr Lachen nicht länger verkneifen konnte.

»Und? Ist irgendwas davon wahr?«

Er prustete und schüttelte den Kopf. »Nö.«

»Siehst du? Genau das meine ich. In der Regel sind das alles nur Fantasiegeschichten. Die meisten Leute wissen so gut wie gar nichts über mich, warum ich fortgegangen bin oder was ich mache.«

»Dann sag's mir.«

Die Ernsthaftigkeit seiner Aufforderung verunsicherte sie. »Was soll ich dir sagen?«

»Erzähl mir was über dich, Charlotte. Ich möchte gern wissen, warum du weggegangen bist und was du bisher so gemacht hast, was deine Träume sind.«

»Warum sollte dich das denn interessieren?«, platzte es aus ihr heraus, und sie bereute sofort, dass sie das gesagt hatte.

»Weil du mich interessierst. Ich will dich kennenlernen.«

»Was heißt das, ich interessiere dich?«

Er lächelte. »Du kannst diesen ängstlichen Blick wieder absetzen. Es ist nicht *diese* Art von Interesse.«

Charlotte entspannte sich, dann dachte sie nach. Plötzlich fragte sie sich, warum Sam nicht »*diese* Art von Interesse« hatte. Was stimmte an ihr nicht? Sie war nicht abstoßend, konnte sich gut mit ihm unterhalten und zeigte sogar auch hin und wieder mal ihre humorvolle Seite. Warum war Sam nicht auf »*diese* Art« an ihr interessiert?

»Warum nicht?«, fragte sie.

Sam sah verwirrt aus. »Was meinst du mit ›Warum nicht?‹«

»Warum bist du nicht an mir auf diese Art interessiert?«

»In welcher Art?«

»Sam! Du weißt genau, wovon ich rede! Hör auf, mich durcheinanderzubringen.«

»Ich bringe dich durcheinander? Meinst du nicht, dass es genau andersrum ist?«

»Beantworte meine Frage!« Mann, dieser Kerl war echt frustrierend.

»Welche Frage?«

»Meine Güte, bist du schwer von Begriff! Du weißt genau, welche Frage!«

Er lachte, und als sie darüber nachdachte, musste sie auch lachen.

»Ehrlich, ich bin interessiert. Ich will alles über dich wissen. Du machst mich neugierig, und manchmal verwirrst du mich, aber trotzdem bin ich immer noch interessiert.«

»Womit verwirre ich dich?«

»Ich kann mir nicht erklären, warum du damals die Stadt verlassen hast. Ich habe genauso gehandelt wie du, ich habe gedacht, dass ich mein Leben irgendwo außerhalb von Magnolia finden würde. Es war für mich aber nicht das Richtige. Ich würde nur zu gern wissen, ob es für dich das Richtige ist.«

Der Blick seiner türkisfarbenen Augen war bohrend und neugierig und außerdem viel zu sexy für Charlottes Geschmack.

War es das, was ihre Mutter erlebt hatte? Das Verlangen danach, dass ein Mann sich für sie interessierte, nach einem, der wissen wollte, was sie machte? Charlotte verspürte ein Verlangen, ihm alles über sich zu erzählen, sie wollte, dass er über sie Bescheid wusste. Und sie wollte alles über ihn wissen. Aber Dinge über Sam Tanner erfahren zu wollen bedeutete, etwas für ihn zu empfinden – was sie definitiv nicht tat! Jedenfalls würde sie sich nie erlauben, Gefühle für ihn zu entwickeln.

Sie fühlte sich zu wohl. Neben Sam auf der Hollywoodschaukel zu sitzen kam ihr so normal vor, als kannten sie sich schon jahrelang. Je länger sie dort saß und sich mit ihm unterhielt, umso mehr wollte sie über ihn wissen. Aber das war alles viel zu gefährlich. Es waren Signale, dass sie an einer Beziehung interessiert war. So wie sich ihr Körper in den letzten Tagen angefühlt hatte – so sehr im Einklang mit Sam –, wusste Charlotte, dass es nur Ärger bedeuten würde. Es war an der Zeit, die Flucht anzutreten.

»Ich würde gern den ganzen Tag mit dir hier sitzen und über mich plaudern, aber ich muss noch einiges erledigen.« Sie erhob sich, kramte ihre Papiere zusammen und blickte auf Sam hinab, der weiterhin gemütlich in der Schaukel sitzen blieb. »Außerdem – bezahle ich dich nicht dafür, deine Arbeit am Haus zu machen? Oder hast du vor, mir bloß meine Zeit zu stehlen und untätig hier herumzusitzen?«

»Warum siehst du dir nicht erst mal an, was ich bereits geschafft habe, und sagst mir dann, ob du glaubst, dass du was für dein Geld bekommst?«

Als sie nach Hause gekommen war, hatte sie nur Augen für ihre davonfliegenden Papiere gehabt und nicht bemerkt, was

Sam an diesem Tag geschafft hatte. Erst jetzt, als er sie darauf hingewiesen hatte, sah sie, dass er alle faulenden Bretter an der Fassade, der Treppe und der Veranda ausgetauscht und die Eingangstür und die Veranda frisch gestrichen hatte.

Er hatte an diesem Tag verdammt viel geschafft. Und sie hatte es überhaupt nicht bemerkt.

Wäre sie aufmerksamer gewesen, hätte sie die Farbspritzer und die Schmutzflecken gesehen, die auf Sams T-Shirt und Hose verteilt waren. Er war schmuddelig und verschwitzt ... und sah absolut umwerfend aus. Auf seinen muskulösen Armen und Schultern konnte sie kleine Schweißperlen entdecken, und selbst der Schmutzfleck auf seiner Wange lenkte nicht von seinen attraktiven Gesichtszügen ab. Wenn sie ihn ansah, geschahen seltsame Dinge mit ihr – sie spürte ein Beben in Bereichen ihres Körpers, in denen sie so etwas noch nie gefühlt hatte. Und er setzte dem Ganzen noch die Krone auf, indem er sich neugierig gab und mit ihr über sie und ihr Leben reden wollte, als würde es ihn wirklich interessieren. Nein, auf diesen Trick würde sie nicht hereinfallen.

Es war das Beste, die Dinge zwischen Sam und ihr auf einer geschäftlichen Basis zu belassen, egal was ihr Körper und ihr Herz wollten.

»Ja, ich sehe, dass du heute gut vorwärtsgekommen bist«, sagte sie und fügte ihrer Stimme absichtlich einen schroffen Ton hinzu. »Jetzt entschuldige mich bitte, ich muss noch arbeiten. Du kannst dein Zeug wegräumen und Feierabend machen, wann immer du magst.« Sie drehte sich um, ging schnell ins Haus und schloss die Tür hinter sich.

Sie lehnte sich von innen dagegen, schloss die Augen und schämte sich für ihr zickiges Verhalten. Eigentlich war sie gar nicht so. Sam hatte heute schwer geschuftet, und sie hätte es bemerken und ihm ihre Dankbarkeit zeigen müssen. Stattdessen hatte sie seine Arbeit ignoriert und ihn beleidigt.

Was zum Teufel war bloß mit ihr los?

Die Antwort lag auf der Hand. Es brachte sie durcheinander, in seiner Nähe zu sein, und sie fühlte Dinge, die sie nicht fühlen wollte. Flucht war ihr einziger Gedanke. Einfach nur weglaufen, genauso wie Sam gesagt hatte. Sie hatte es immer getan, wenn sie in seiner Nähe war. Und es stimmte, sie rannte immer noch davon.

Frustriert und wütend auf Sam und sich selbst lief sie die Treppe hinauf ins Schlafzimmer und setzte sich auf ihr Bett. Angst überkam sie, zu viele Emotionen, die sie am liebsten ignoriert hätte, durchfuhren ihren Körper.

Entspann dich, Charlotte. Hör auf, so viel nachzudenken.

Klar. Als ob das so einfach wäre.

Es gab jetzt nur eine Sache, die sie beruhigen konnte. Sie musste sich abreagieren, und zwar mit Sex.

Da sie aber wusste, dass sie in absehbarer Zeit keinen Sex mit einem Mann haben würde, musste sie sich mit ihren Vibratoren begnügen. Rotierende, pulsierende Gummispielzeuge waren jetzt die einzige Möglichkeit, sich sexuell zu entspannen. Aber wenigstens konnte sie dabei ungestört an Sam und daran denken, was zwischen ihnen hätte sein können.

Er würde es niemals erfahren, dass sich ihre Sexfantasien um ihn drehten, dass sie sich vorstellte, ihn zu ficken, während sie es sich mit ihrem Vibrator machte.

Allein der Gedanke daran ließ ihre Pussy anschwellen.

Mit einem erwartungsvollen Seufzer legte sie sich aufs Bett und griff in die Schublade ihres Nachtschranks.

*

Sam kletterte auf das Baugerüst an der Hauswand, um die Farbeimer und Pinsel zu holen. Er war so stinksauer, dass er keinen klaren Gedanken fassen konnte.

Ihn einfach stehen zu lassen! Sie war wortlos gegangen und hatte ihn einfach so zurückgelassen.

Na gut. Morgen würde er ein paar Männer herschicken, die den Job zu Ende bringen sollten. In der Firma hatte er sowieso noch eine Menge zu tun, die Arbeit stapelte sich mittlerweile auf seinem Schreibtisch. Er musste sich diesen Scheiß von einer Frau nicht bieten lassen. Besonders nicht von einer Frau, die ihn im Grunde gar nicht interessierte.

Als er oben auf dem Gerüst angekommen war, ging er in die Knie und schnappte sich den Pinsel, den er nahe dem Schlafzimmerfenster liegen gelassen hatte.

Ein flüchtiger Blick ins Zimmer führte dazu, dass sich alle Gedanken, sich schnellstens aus dem Staub zu machen, in Luft auflösten. Charlotte lag auf dem Rücken auf ihrem Bett und hielt einen pinkfarbenen Vibrator in der Hand. Sie hatte offensichtlich ihre Klamotten ausgezogen und war in einen kurzen, seidenen Morgenmantel geschlüpft, der dieselbe Farbe hatte wie ihre dunkelbraunen Haare. Ihre Augen waren geschlossen, ihr offenes Haar lag um ihren Kopf ausgebreitet wie eine züngelnde Flamme, ihre Lippen waren leicht geöffnet, und mit der Hand streichelte sie durch den Mantel zart ihre Brüste.

Sam wurde sofort hart und fiel beinahe vornüber auf seine Knie. Charlotte war die Fantasie seiner Jugend gewesen – sie war intelligent, wunderschön, kühl und unnahbar, sie war damals alles gewesen, was er wollte. Und was er nie bekommen hatte.

In so vielen Nächten hatte er sich als Teenager einen runtergeholt, in Gedanken an ihr Gesicht und ihren wundervollen Körper. Er hatte sich dabei immer vorgestellt, wie es wäre, sie nackt zu sehen, ihre weiche Haut zu berühren und ihren süßen Mund zu küssen.

In Wirklichkeit hatte er immer geglaubt, sie sei zu reserviert, um Spaß am Sex zu haben. Jetzt würde er gleich den Beweis geliefert bekommen, dass er mit dieser Annahme völlig falsch gelegen hatte.

Charlotte schaltete den Vibrator ein und schob den Morgenmantel beiseite. So wie sie auf dem Bett lag, bot sich Sam ein perfekter Blick auf ihren Körper. Ein schmaler Streifen dunkelbrauner Locken bedeckte ihren Hügel, und ihre geschwollenen Schamlippen waren deutlich zu erkennen. Durch das Licht, das in den Raum und auf das Bett fiel, konnte er den Balsam zwischen ihren Schenkeln funkeln sehen. Sie war heiß, geschwollen und feucht. Er leckte seine Lippen, er konnte sich fast vorstellen, wie sie schmeckte, und wünschte sich, dass er jetzt durchs Fenster klettern und sein Gesicht in ihrer Muschi vergraben könnte, bis sie vor lauter Lust schrie und ihr süßer Saft seinen Mund erfüllte.

Aber das ging nicht. Im Moment fühlte er sich wie ein Voyeur, ein dreckiger alter Mann, der einer Frau bei ihren privatesten Handlungen zusieht. Und er wäre verdammt, wenn er sich in diesem Moment auf dem Gerüst nur einen Millimeter vom Fleck bewegen würde.

Stattdessen rieb er seinen harten Schwanz, den er durch die Hose fühlen konnte, und sah aufmerksam dabei zu, wie sie ihre Klit und ihre Schamlippen mit dem Vibrator verwöhnte. Das leise Summen des Sexspielzeugs war das einzige Geräusch in dem sonst völlig stillen Raum.

Bis sie stöhnte. Gott, er liebte es, wenn eine Frau lustvolle Geräusche von sich gab! Sein praller Schwanz, den er immer noch rieb, forderte mehr Aufmerksamkeit. Sam hielt sich mit der anderen Hand am Geländer des Gerüstes fest und warf vorsichtig einen Blick über das Gelände.

Um ihn herum verdeckten Bäume die Sicht auf ihn und das Schlafzimmer, niemand konnte ihn dort oben sehen.

Er zog die Hose herunter bis unter seine Eier, nahm seinen Schwanz in die Hand und fing an, ihn kräftig zu reiben, wobei er Charlotte nicht aus den Augen ließ. Sie hatte den Morgenmantel mittlerweile geöffnet und ihn von ihrem Oberkörper rutschen lassen. Sam blieb fast der Atem stehen, als er ihre perfekten, vollen Brüste sah, die korallenroten Nippel aufgerichtet, während Charlotte sie mit den Fingern ihrer freien Hand zärtlich umkreiste. Mit der anderen Hand ließ sie den Vibrator weiterhin ihre Klit liebkosen.

Dann wanderte die freie Hand zwischen ihre Beine, und sie öffnete die Schenkel weiter, um den Vibrator hineingleiten zu lassen. Dabei hob sie ihre Pobacken vom Bett und schrie lustvoll auf.

»Oh ja! Das ist so gut, Sam. Fick mich tiefer!«

Seine Hand auf seinem Schwanz hielt inne. Heilige Scheiße. Sie hatte seinen Namen gerufen! Sie stellte sich vor, mit ihm Sex zu haben! Verdammt, das war so erotisch, dass er seine Ladung beinahe hier und jetzt abfeuerte. Stattdessen drückte er seine Eichel zusammen, um den süßen Moment der Erleichterung hinauszuzögern.

Er wollte gleichzeitig mit ihr kommen. Vielleicht war es der einzige Sex, den er je mit Charlotte haben würde.

Sie zog den Vibrator fast vollständig aus ihrer Muschi, und er war komplett mit ihren Säften überzogen, die sie auf ihrem Körper verstrich. Die Feuchtigkeit funkelte im Sonnenlicht.

Dann machte Charlotte etwas, womit Sam niemals gerechnet hätte. Sie drehte sich auf den Bauch, schob ein Kissen darunter und streckte ihr Hinterteil in die Höhe. Sie griff in die Schublade des Nachttisches und holte ein weiteres phallisches Sexspielzeug heraus, das kleiner und dünner als der große Vibrator war, und etwas Gleitcreme, die sie großzügig auf das Sextoy auftrug.

Dann erhob sie sich auf alle viere und umkreiste ihren Anus mit dem kleinen Dildo.

Verdammte Scheiße! Ihre Knospe zuckte, als Charlotte sie mit der Gleitcreme bearbeitete und den Dildo einen Zentimeter hineinschob und ihn wieder herauszog.

»Ja, Sam, genau so! Nimm meinen Arsch, Baby!«

Männer wie er kippten normalerweise nicht so leicht aus den Latschen, aber um Himmels willen, sie war gerade dabei, ihn umzubringen! Seine Eier waren prall und kurz davor zu explodieren, sein Schwanz war so hart, dass er ihn an die Stahlstangen des Geländers hätte klopfen können, ohne etwas zu spüren.

Als sie den Dildo ganz in ihren Hintern gleiten ließ und dabei spitze Schreie ausstieß, fing Sam an, seinen Schwanz immer schneller und kräftiger zu reiben. Charlotte schob ihren pinkfarbenen Vibrator jetzt wieder in ihre Muschi und legte sich auf den Bauch, wobei sie ihre Hüften auf und ab bewegte, als wäre es ein richtiger Fick.

Jetzt befriedigte sie gleichzeitig ihren Arsch mit dem Dildo und presste ihre Pussy gegen den surrenden Vibrator, und sie brachte Sam damit an den Rand des Wahnsinns.

»Ja, Sam, fick meinen Arsch! Oh ja, genau so! Härter!«

Er umfasste seinen Schaft noch kräftiger und pumpte immer schneller und stürmischer, wobei er sich vorstellte, wie eng und heiß sie sein würde, wenn er seinen Schwanz in Wirklichkeit ganz tief in ihren Arsch gleiten ließ.

»Oh Gott, Sam! Oh Gott, ich komme!«, schrie sie wimmernd und zuckend, ihr Hintern bewegte sich auf und ab, während sie den Dildo immer härter und schneller in ihren Anus schob.

Dann schrie sie laut auf, und ihr ganzer Körper bebte und zitterte, als hätte sie einen Anfall. Sam konnte sich nicht länger zurückhalten, unterdrücke mit aller Kraft sein Stöhnen und feuerte seine Ladung ab. Ein Spritzer nach dem anderen schoss über das Gerüst hinaus und landete in den Büschen unter ihm. Charlotte drehte und wand sich mit stockendem Atem weiter, bis sie schließlich erschöpft auf der Matratze zusammensank.

Sam war schweißgebadet, seine Beine zitterten. Er zog schnell seine Hose hoch, schnappte sich seine Sachen und kletterte das

Gerüst hinunter, bevor Charlotte bemerken konnte, dass er sie bei ihrem wilden Vergnügen beobachtet hatte.

Und wie wild es gewesen war! Er war sich nicht sicher, ob er sich jemals wieder davon erholen würde. Genauer gesagt, hatte ihn diese ganze Aktion nur noch mehr frustriert. Er wollte sie jetzt mehr denn je und war gleichzeitig stinksauer auf sie, weil sie sich ihm gegenüber so mies benommen hatte.

Sam stapelte Material und Werkzeug in seinem Truck und fuhr nach Hause. Dort angekommen, ging er schnurstracks in die Küche, um sich ein Getränk aus dem Kühlschrank zu holen. Erst dann wollte er den Wagen entladen und seine Arbeitsgeräte säubern.

Ein kühles Getränk, das brauchte er jetzt wirklich. Völlig verärgert über Charlottes Benehmen und gleichzeitig total angeturnt von dem Erlebnis, ihr beim Masturbieren zugesehen zu haben, brauchte er zuerst ein kühles Bier, dann eine noch kühlere Dusche.

Es war an der Zeit, sich auf etwas anderes zu konzentrieren, zum Beispiel auf sein Haus oder sein Werkzeug, irgendwas, nur nicht auf lange Beine und eine süße, weiche Muschi. Er ging wieder nach draußen und blickte auf das weiße alte Haus, das sein Zuhause war und mitten in der Stadt stand. Ja, es war klein, aber zurzeit reichte es für ihn völlig aus.

Er kniete sich hin, um die Pinsel auszuwaschen.

Sein Ärger war nicht verraucht, obwohl er bei Charlottes Selbstfick-Show hatte zusehen dürfen. Er hatte sich heute schließlich den Arsch abgearbeitet in der Hoffnung, dass sie bemerken und anerkennen würde, wie schnell und effektiv er seine Aufgaben erledigte.

Sie hatte gar nicht gesehen, was er geschafft hatte. Als sie mit ihm vor der Haustür zusammenstieß, war sie mit den Gedanken ganz woanders. Sie hatte all ihre Unterlagen fallen gelassen, weshalb sie zunächst den weggewehten Zetteln hinterherlaufen mussten.

Dann hatten sie sich zusammen auf die Hollywoodschaukel gesetzt und sich unterhalten. Das war wirklich nett gewesen. Vielleicht war ja kurzzeitig eine unangenehme Situation entstanden, aber offensichtlich hatte Charlotte sich schnell wieder beruhigt. Zugegeben, er hatte sie wegen des Theaterstücks blöde angemacht, daher hatte sie jedes Recht, wütend auf ihn zu sein.

Von der Idee, Regie bei dem Musical zu führen, war sie ganz klar begeistert, aber aus irgendeinem Grund wollte sie es Sam gegenüber nicht zeigen. Immer wenn er ihr zu nahe kam, wich sie vor ihm zurück oder wechselte das Thema. Besonders wenn er über sie beide sprach.

Da war irgendwas zwischen ihnen. Sam konnte es spüren, und er war sich ziemlich sicher, dass Charlotte es auch fühlte. Aber wenn die Situation ernst wurde, rannte sie jedes Mal davon wie beim Frühlingsball. Warum?

Warum hat sie sich in ihr Schlafzimmer zurückgezogen und es sich mit ihrem Vibrator selbst besorgt, wenn sie einen richtigen Mann aus Fleisch und Blut haben konnte, der keinen Hehl daraus machte, dass er sie wollte? Er war nicht gerade abstoßend, also wovor hatte sie Angst?

Und was war überhaupt so toll an New York? Was konnte sie dort bekommen, was sie in Magnolia nicht fand? Sam hatte auch versucht, woanders zu leben, er war rund um die Welt gereist, hatte sich aber nirgendwo wohlgefühlt, bis er hierher zurückgekehrt war. Klar, sein Familienleben war anders gewesen. Seine Eltern waren immer noch verheiratet, sie waren in dieser Stadt aufgewachsen und lebten hier immer noch zusammen. Das konnte Charlotte von ihrer Familie nicht behaupten.

Sam wusste, dass ihre Eltern sich getrennt hatten, als Charlotte noch ein Baby war, und ihre Mutter war jedem Mann hinterhergelaufen, der sich für sie interessiert hatte. Charlotte hatte ihm erzählt, dass sie die meiste Zeit mit ihrer Grandma verbracht hatte, weil ihre Mutter immer unterwegs war. Kurz nach Charlottes Highschoolabschluss war ihre Mutter mit einem Typen durchgebrannt und nie wieder nach Magnolia zurückgekehrt. Das konnte einen jungen Menschen wahrlich prägen. Es erklärte aber immer noch nicht ihre Angst, ihm näherzukommen.

Sam wurde aus seinen Gedanken gerissen, als er hörte, wie ein Auto auf den Hof fuhr. Es waren seine Eltern. Er lächelte ihnen zu, als sie aus ihrem Wagen stiegen.

Fred und Lois Tanner waren beide Anfang sechzig, erfreuten sich bester Gesundheit und waren immer noch so verliebt wie vor 35 Jahren, als sie geheiratet hatten.

Beide waren sehr schlank und hielten sich damit fit, fast jeden Tag Golf zu spielen. Sams Mutter war in jungen Jahren eine umwerfende Schönheit gewesen und immer noch sehr attraktiv. Sie hatte schwarzes Haar und trug einen kurzen Bob, der ihr schmales Gesicht und ihre liebenswürdigen braunen Augen betonte. Sams Vater war ein attraktiver, großer Mann mit vollem silbergrauem Haar.

»Guten Abend, Sam«, begrüßte ihn sein Vater. »Bist du am Streichen?«

»Ja, ich arbeite am alten Belle-Coeur-Haus.«

»Aha.« Fred Tanner war kein Mann der vielen Worte – außer wenn es etwas Wichtiges zu sagen gab.

»Oh, Lilians Anwesen«, rief Sams Mutter und gab ihrem Sohn einen Begrüßungskuss auf die Wange. »Wie geht die Arbeit voran?«

Natürlich wusste seine Mutter bereits, dass Charlotte in Belle Coeur wohnte, da sie stets sofort mit allen Neuigkeiten versorgt wurde, die in Magnolia passierten. Was den Tratsch in der Stadt betraf, war auch sie nicht gerade untätig.

»Es geht gut voran.«

»Und wie geht es Charlotte Weston?«

»Ihr geht's gut, Mom.«

Sam wusste, was nun folgen würde.

»Sie ist wirklich ein hübsches kleines Ding!«

Na also, da war es.

»Ach, wirklich? Ist mir noch gar nicht aufgefallen.«

Lois Tanner hob eine Augenbraue, wie es nur eine weise Mutter tun konnte. »Bist du etwa blind geworden?«

»Nein.«

»Wie kann dir dann diese attraktive Frau entgangen sein, die in dem Haus wohnt, an dem du gerade arbeitest?«

Sam begleitete seine Eltern auf die Veranda, wo sie Platz nahmen. Er wischte seine schmutzigen Hände an einem Tuch ab.

»Hör mit der Kuppelei auf, Mom.«

Lois gab sich schockiert. »Ich? So was würde ich nie tun!«

Sam lächelte sie an. »Doch, das tust du.«

»Nein, ich frage mich nur, warum mein attraktiver Sohn bei einer hübschen Frau, die perfekt für ihn ist, Scheuklappen trägt.«

»Sie ist alles andere als perfekt für mich.«

»Aber wieso denn?«

Er wusste, dass es überflüssig sein würde, mit seiner Mutter diese Diskussion zu führen. Es war äußerst unwahrscheinlich, dass sie seinen Standpunkt verstehen könnte.

»Zum einen ist sie rechthaberisch und dickköpfig.«

Seine Mutter lachte. »Und das bist du nicht?«

Er ignorierte ihren Kommentar. »Sie ist unhöflich. Beleidigend. Sie hält mich für einen Hinterwäldler.«

»Ich kenne Charlotte Weston, und sie hat nie ein schlechtes Wort über irgendjemanden in Magnolia verloren«, sagte Lois. »Außerdem bist du manchmal auch unhöflich und beleidigend. Das macht einen nicht gleich zu einem schlechten Menschen.«

»Sie hasst Magnolia.« Darauf sollte seiner Mutter erst mal ein passendes Argument einfallen.

»Nein, das tut sie nicht. Sie ist sich dessen nur noch nicht bewusst. Du musst ihr die guten Dinge an Magnolia wieder ins Gedächtnis rufen. Dich, zum Beispiel.«

Das war einfach lächerlich. Egal, wie alt er war, er würde in den Augen seiner Mutter auf immer und ewig ein Jugendlicher bleiben. Außerdem war er ihrer Meinung nach offensichtlich überhaupt nicht in der Lage, für sich selbst zu sorgen, geschweige denn, allein die richtige Frau zu finden.

»Du hast mal wieder mit Millie Grayson getratscht, stimmt's? Ich könnte wetten, dass ihr beide beschlossen habt, Amor ein wenig auf die Sprünge zu helfen, was mich und Charlotte betrifft.«

»Nein, das stimmt nicht!«

Sam musste sich das Grinsen verkneifen. Seine Mutter war so leicht zu durchschauen. Und er liebte sie über alles. Sams Vater saß schweigend im Schaukelstuhl neben ihnen. Er hatte zweifellos jedes Wort mitbekommen, tat aber völlig geistesabwesend.

»Du bist jetzt schon seit einiger Zeit geschieden, Sam«, setzte Lois die Diskussion fort. »Findest du nicht, dass es an der Zeit für dich ist, ein nettes Mädchen zu finden und deinem Vater und mir ein paar Enkelkinder zu schenken?«

Oh, allmächtiger Gott. Nicht schon wieder dieses Thema!

»Wenn mir die richtige Frau begegnet, werde ich euch zu Großeltern machen.«

Lois schwieg einen kurzen Moment und überlegte ihren nächsten Zug. »Weißt du, ich werde nicht jünger.«

»Dir geht es gesundheitlich besser als mir.«

»Okay, dann wirst *du* eben nicht jünger! Ich möchte gern Enkelkinder haben, solange du noch in der Lage bist, welche zu zeugen.«

»Mom!«

Lois musste lachen. »Na gut, Sam, aber du weißt, was ich meine. Es ist Zeit, dich nach einer Frau umzusehen. Heirate, lass dich nieder und gründe eine Familie.«

Sam hörte sich schweigend dieselbe Leier an, die ihm seine Mutter seit Jahren predigte, seitdem er und Penny sich hatten scheiden lassen.

»Das hast du mir alles schon tausend Mal gesagt, Mom. Außerdem habe ich geheiratet. Du hast ja gesehen, wie das ausgegangen ist.«

Lois rümpfte die Nase. »Das war ja schließlich Penny. Sie war nicht die Richtige für dich.«

»Charlotte ist es auch nicht.«

»Bist du sicher?« Prüfend sah sie ihren Sohn an.

Sam antwortete nicht, er hatte keine Lust, seine Meinung über Charlotte zu verteidigen. Die drei saßen noch eine Weile auf der Veranda und sahen den Kindern auf der anderen Straßenseite zu, wie sie im Garten spielten.

Sam beobachtete seine Mutter aus den Augenwinkeln. Er konnte sehen, wie ihr scharfer Verstand gerade am Arbeiten war. Sie brütete wieder etwas Neues aus, und gleich würde sie den nächsten Versuch starten, ihm einzureden, wie gut er und Charlotte zusammenpassten, den er dann auch wieder abwehren müsste.

Aber komischerweise war es dieses Mal sein Vater, der das Bedürfnis hatte, etwas zu sagen. Der Mann der wenigen Worte schaffte es, Sam von Grund auf zu erschüttern, als er bemerkte: »Manchmal, Sohn, steht uns die perfekte Frau direkt vor der Nase, und wir sehen sie nicht mal.«

Als Sam später am Abend allein vor dem Fernseher saß und sich ein Basketballmatch ansah, dachte er darüber nach, was sein Vater gesagt hatte. So, so, die perfekte Frau. Und seine Eltern glaubten wirklich, dass Charlotte Weston für ihn die Richtige sei?

Nicht wirklich. Sie war weiter davon entfernt, perfekt für ihn zu sein, als es jemals eine Frau gewesen war.

Okay, sie war auf perfekte Weise hübsch, das stimmte. Und auch begehrenswert. Aber eine Frau, die perfekt zu Sam passte? Niemals.

Wenn überhaupt, war sie eine perfekte Nervensäge.

Das Problem war allerdings, dass er sie wollte. Er begehrte diese hinreißende Frau mit den dunkelbraunen Haaren, und er konnte nicht klar denken, wenn Charlotte in seiner Nähe war. Er brauchte sie nur anzusehen, und sein Schwanz übernahm die Führung, wobei jede einzelne von Sams Gehirnzellen ausgeschaltet wurde. Kein Wunder, dass er in solch einer Situation nicht logisch denken konnte.

Das musste es sein. Seine Beweggründe waren einzig und allein körperlicher Art. Charlotte nahm ihn in Besitz, brachte ihn dazu, Dinge zu tun, die er normalerweise nie tun würde. Wie zum Beispiel, die Arbeiten an Belle Coeur ohne jegliche Hilfe selber durchzuführen. Was hatte ihn bloß geritten, als er sich dazu entschloss, obwohl er sich geschworen hatte, sich von ihr fernzuhalten? Es gab genügend Männer bei TNT, die den Job hätten erledigen können, aber in allerletzter Sekunde hatte Sam sich dagegen entschieden, es von anderen machen zu lassen. Als ob er Zeit für so was hätte!

Trotz seines Entschlusses, sich von Charlotte fernzuhalten, war er doch immer wieder in ihrer Nähe. Dabei war sie nicht einmal sein Typ! Okay, was ihren Körper betraf, schon. Aber Sam brauchte eine Frau, die in Magnolia glücklich sein konnte und für den Rest ihres Lebens nirgendwo anders sein wollte als an seiner Seite. Das war ganz sicher nicht Charlotte Weston. Er hatte schon einmal einen großen Fehler gemacht. Er würde sich eine Frau suchen, die ihn liebte, wie er war, der es egal war, wo sie lebte, solange sie nur bei ihm war.

Wenn er Charlotte vielleicht das eine oder andere Mal ins Bett kriegen würde, könnte er sie möglicherweise aus dem Kopf bekommen. Er war sich sicher, dass sie ihn wollte. Verdammt, sie hatte sich selbst gefickt und dabei seinen Namen gerufen. Sie fühlte dasselbe wie er, also warum gingen sie nicht beide einen Schritt weiter?

Sobald er sein Verlangen nach ihrem Körper gestillt hatte, würde er sie sicher aus seinem Kopf verbannen können.

Es war also an der Zeit, in die Offensive zu gehen.

Kapitel 5

Charlotte hatte für den nächsten Tag etwas anderes geplant. Sie war früh aufgestanden und hatte im Haus sauber gemacht, weil sie die Theatergruppe erwartete. Als Sam um acht Uhr vor der Tür stand, war sie bereits angezogen. Sie fragte sich, ob er ihr eine Pause gönnen wollte, da er heute relativ spät dran war.

Sie öffnete ihm die Tür und lächelte süffisant, als sie die Verblüffung in seinem Gesicht sah.

»Du bist schon wach?«

»Offensichtlich.«

Er grinste und drehte den Spieß um. »Konntest es wohl keine Minute länger erwarten, mich zu sehen, was?«

Charlotte ignorierte seine Sticheleien, drehte sich um und ging wortlos in die Küche.

Die nächste Überraschung erwartete Sam, als er die Küche betrat und Charlotte ihm einen Kaffee eingoss.

»Deine häusliche Seite gefällt mir«, sagte er, setzte sich an den Tisch und sah ihr beim Aufräumen zu. »Ich kann mir gut vorstellen, wie du morgens Kaffee kochst – nachdem wir die ganze Nacht wach waren. Da können wir ihn sicherlich gut gebrauchen.«

»Du hast eine blühende Fantasie. Ziemlich unwahrscheinlich, dass dies jemals der Fall sein wird.« Sie wollte sich heute Morgen nicht von ihm reizen lassen und setzte sich an den Tisch, um sich auf ihre Notizen zu konzentrieren. Wenn sie ihn ignorierte, würde er sie vielleicht in Ruhe lassen und sich an die Arbeit machen.

»Bist du dir da ganz sicher?« Er fasste über den Tisch hinweg nach ihrer Hand. Dabei strich er mit dem Daumen zärtlich über ihre Fingerspitzen und löste in ihr kleine, wohlige Elektroschocks aus. Als hätte er sie mit seiner Berührung verbrannt, zog sie ruckartig ihre Hand von ihm weg, sprang vom Tisch auf und suchte sich in der Küche eine Beschäftigung.

Ihre Schwäche kotzte sie an. Eine einfache Berührung reichte aus, und ihr Körper ließ sie elend im Stich. Zum Glück bekam sie heute Gesellschaft, weil sie sich nicht länger traute, mit Sam allein zu sein.

»Was hast du heute vor?«, fragte sie und tat so, als würde sie die Küche putzen, um nicht seinen Körper anzustarren. Sie wollte in Bewegung bleiben, weil sie dachte, ein sich bewegendes Ziel sei schwerer zu treffen, und ihr Verlangen nach Sam hatte sie bereits hart getroffen. Während sie sich auf ihre Beschäftigung konzentrierte, sah sie aus dem Augenwinkel Sam grinsend am Küchentisch sitzen. Er hatte anscheinend erkannt, warum sie wie ein umzingeltes Tier auf der Suche nach einer Fluchtmöglichkeit herumflitzte.

»Ich will mir heute die hintere Fassade vornehmen, noch ein paar Bretter austauschen und die Veranda auf der Rückseite des Hauses streichen. Einverstanden, Boss?«

»Ja, das geht in Ordnung. Besser gesagt, das passt mir sehr gut. Ich habe nämlich die Theatergruppe zu mir eingeladen, damit wir das Stück gemeinsam lesen. Deshalb ist es gut, wenn du nicht in der Nähe bist.«

»Du holst dir Verstärkung, Süße?«

Dass er sie »Süße« nannte, löste in ihr eine gewisse Erregung aus. Mist, warum hatte sie letzte Nacht nicht noch mal zu ihrem Vibrator gegriffen, anstatt sich hin und her zu wälzen und sich zu wünschen, dass Sam mit ihr das Bett teilte? »Ich weiß nicht, wovon du redest.«

Sie gab ihr Bestes, kein Interesse zu zeigen, während sie geistesabwesend mit dem Schwamm über den Küchentresen wischte.

Er kam auf sie zu. Sie ging auf Abstand und versuchte, es nicht offensichtlich aussehen zu lassen. Mit gesenktem Kopf schrubbte sie weiterhin den imaginären Schmutz vom Tresen.

»Ich denke, du weißt es genau. Du versuchst, dich von mir fernzuhalten. Außerdem putzt du seit bestimmt fünf Minuten dieselbe Stelle.« Als sie merkte, dass er recht hatte, warf sie den Schwamm in die Spüle und drehte sich zu ihm um, die Hände in die Hüften gestemmt.

»Ich habe versucht, einen Schmutzfleck zu beseitigen«, log sie.

»Das hast du nicht. Du hast bloß versucht, mich zu ignorieren.«

»Stimmt genau. Ich versuche in der Tat, dich zu ignorieren, aber du scheinst den Wink mit dem Zaunpfahl nicht zu verstehen.« Sie schob ihn beiseite und griff nach den Muffins und dem Gebäck, das sie für ihre Gäste gekauft hatte, und stellte es in einer Schale auf den Tisch. »Hast du nichts zu tun?«, fragte sie Sam gereizt.

»Ich werde gleich anfangen. Ich möchte mit dir über etwas sprechen.« Seine Stimme hatte einen ernsten Ton angenommen, und Charlotte hielt einen Moment inne, um ihn anzusehen.

»Worüber?«

»Über dich und mich.«

Diese einfache Aussage beschwor eine bestimmte Vorstellung bei ihr herauf. Kleine schmutzige Bilder von schweißgetränkten Bettlaken und lauten Lustschreien.

Was war bloß mit ihr los? War sie besessen oder so was?

Sie suchte in Sams Gesicht nach einem Zeichen,
aber sie konnte nicht erkennen, was ihn gerade beschäftigte.

Auch wenn sie Angst vor der Antwort hatte, musste sie ihm die Frage stellen: »Was ist mit dir und mir?«

Er ging einen Schritt auf sie zu. In dieser Sekunde klingelte es an der Haustür. Sie stand einen Moment bewegungslos da, ihre Frage schwebte in der Luft. Aber Sam drehte sich von ihr weg. Worüber auch immer er reden wollte, das musste jetzt warten. Charlotte war etwas überrascht, dass sie eine gewisse Enttäuschung verspürte, dann ging sie und öffnete die Haustür.

Alle Mitglieder der Theatergruppe waren gekommen. Charlotte ließ sie alle im großen Wohnzimmer Platz nehmen und servierte ihnen Kaffee und Gebäck. Dann begannen sie, sich über Charlottes Produktionsnotizen und über die Figuren des Theaterstücks zu unterhalten.

Das Treffen hatte gerade erst begonnen, als Sam den Raum betrat und Hallo sagte.

Als Charlotte sah, wie er sich mit den Leuten unterhielt, war sie davon beeindruckt, wie wohl sich Sam in deren Gesellschaft fühlte. Er lachte viel und sprach mit ihnen über ihre Familien und aktuelle Themen, neckte sie und wurde geneckt. Jeder behandelte ihn mit Zuneigung und Wärme.

Wie in einer Familie.

Sie spürte, wie sich ein kleines bisschen Eifersucht und Reue in ihr breitmachten, aber sie verdrängte diese Gefühle schnell wieder. Sie hatte ihre Wahl getroffen. New York gefiel ihr, vor allem wegen der Anonymität der Großstadt. Die Leute dort ließen es einfach nicht zu, sich an jemanden zu binden. Okay, manche taten es doch, nicht aber Charlotte. Das hatte sie vorher nie gestört, warum tat es das jetzt?

»Ich weiß, dass ihr viel zu tun habt, und mein Boss ist eine Sklaventreiberin, die mich nicht bezahlen wird, wenn ich meinen Job nicht erledige. Deshalb gehe ich jetzt wohl besser wieder an die Arbeit.«

Als Sam sich umdrehte und gehen wollte, warf er einen flüchtigen Blick in Charlottes Richtung, und ihre Blicke trafen sich. Er musterte sie ihrer Meinung nach viel zu lang und intensiv, was ihr peinlich war und ihr die Schamesröte ins Gesicht trieb. Aber anstatt den Blick abzuwenden, wie sie es eigentlich hätte tun sollen, sah sie ihn an und ließ sich auf eine Art visuelles Vorspiel mit ihm ein. Charlotte war sich sicher, dass alle anderen im Raum genau dasselbe sahen wie sie – Sams glühend heißen Blick, dem sie nicht entkommen konnte. Dann zwinkerte er ihr zu und verließ den Raum.

Sie schaute noch einen kurzen Moment zu der Stelle, wo Sam bis eben gestanden hatte, während nicht nur Verlangen, sondern auch Verärgerung in ihr anschwollen. Wie konnte er ihr so etwas antun? Sie vor diesen Leuten bloßzustellen, deren Respekt sie sich gerade verdienen wollte? Jetzt dachte wahrscheinlich jeder, dass sie beide eine heiße Liebesaffäre hätten.

Charlotte wandte sich wieder der Gruppe zu und musste entsetzt feststellen, dass alle sie mit einem breiten Grinsen anstarrten. Sie konnte sich genau vorstellen, was die Leute jetzt dachten, nach diesen schmachtenden Blicken zwischen ihr und Sam. In einer Stadt wie Magnolia waren derartig offensichtliche Zeichen immer ein gefundenes Fressen für die ortsansässigen Tratschtanten. Charlotte konnte sich nur zu gut vorstellen, wie die Telefondrähte schon bald zu glühen begannen.

Verdammt noch mal!

Sie räusperte sich und versuchte, die Leute dazu zu bringen, sich wieder auf das Stück zu konzentrieren und nicht auf sie und Sam. »Okay, wo waren wir stehen geblieben?«

Nachdem die Theatergruppe ein paar Stunden eifrig geprobt hatte, machten alle eine Pause und gönnten sich kühle Getränke. Das gab Charlotte die Gelegenheit, die erste Tageshälfte gedanklich Revue passieren zu lassen.

Die Probe war sehr gut verlaufen, und die Gruppe war überraschend talentiert. Charlotte hatte bisher noch niemanden singen hören, aber sie musste zugeben, dass jeder seine Rolle mit Hingabe spielte und es verstand, die Nuancen seiner Figur hervorzuheben. Charlotte konnte es kaum erwarten, jeden Einzelnen und einige gemeinsam singen zu hören.

Die Theatergruppe hatte sich in der Küche versammelt. Tony war nach draußen gegangen, um mit Sam zu sprechen. Millie und Katie blickten durch das große Wohnzimmerfenster und sahen die beiden Männer sich draußen unterhalten.

»Ist Sam nicht wunderbar?«, sagte Millie, sprach dabei aber niemanden direkt an. Sie sagte es aber laut genug, dass Charlotte es hören konnte. »Ist das nicht beachtlich? Obwohl er mit seiner Firma so viel um die Ohren hat, nimmt er sich trotzdem die Zeit, um an Lilians Haus zu arbeiten. Das ist typisch für ihn. Er packt immer mit an, wenn es darum geht, Freunden und Nachbarn zu helfen.«

Welch ein ausgesprochen guter Samariter.

»Oh, da hast du so recht«, stimmte Lola ihr zu. »Letzten Monat hatten wir nach dem schrecklichen Sturm ein undichtes Dach, und Sam hat nicht nur sofort ein Team vorbeigeschickt, sondern ist höchstpersönlich im strömenden Regen aufs Dach geklettert, um sicherzugehen, dass alles richtig abgedichtet wurde! Er hätte dort oben vom Blitz erschlagen werden können, aber das hat ihn nicht gekümmert. Er hat mir gesagt, dass er eine alte Freundin nicht knietief im Wasser sitzen lassen könne, und deshalb habe er alles in Bewegung gesetzt, um mir zu helfen. Das sei für ihn selbstverständlich gewesen.«

Klar. Ich wette, er kann auch übers Wasser laufen.

Sogar Katie ließ sich von den Lobgesängen auf Sam anstecken: »Er hilft den Leuten immer und denkt nicht nur an sich selbst. Er ist wirklich ein netter Kerl.«

Charlotte verdrehte die Augen und verspürte den Drang, Katie zu erwürgen.

Eines konnte man den Leuten hier nicht vorhalten: dass sie zurückhaltend waren. Charlotte fragte sich, wann sie anfangen würden, Sams Einsamkeit zu beschreiben.

»Seit der Scheidung von Penny scheint Sam ziemlich einsam zu sein«, sagte Katie.

Bingo.

»Ja, das ist er tatsächlich«, sagte Millie. »Er hat mit dieser Frau sein Bestes versucht, und sie hat nie gewürdigt, was er getan hat. Immer dachte sie nur an sich selbst. Ich habe mich richtig gefreut, als die Ehe am Ende war. Sie passten einfach nicht zusammen.«

Und jetzt fehlt nur noch die Feststellung, dass er eine neue Frau in seinem Leben braucht.

»Ja«, fügte Millie hinzu. »Dieser Mann braucht eine Frau, so viel ist sicher. Für sein großes Herz braucht er eine Frau, der er seine ganze Liebe schenken kann und die ihn wieder liebt.«

Charlotte konnte es nicht fassen, was diese Frauen für einen Bullshit von sich gaben.

»Und was ist er für ein Musterexemplar von Mann!« Millie seufzte. »Wenn ich dreißig Jahre jünger wäre, würde ich ihn quer durch die Stadt verfolgen. Es gibt ja einige Frauen in Magnolia, die das tatsächlich tun. Aber er hat sich nie für eine von ihnen interessiert.« Dann warf sie einen flüchtigen Blick in Charlottes Richtung und sagte: »Vielleicht war ja noch nicht die Richtige für ihn dabei. Noch nicht.«

Sie gaben sich wirklich alle Mühe! Und es interessierte sie zu hören, was die Leute von Sam hielten. Er genoss den Ruf eines hart arbeitenden Mannes, des guten Freundes und Nachbarn, das war schon beeindruckend. Charlotte musste sich eingestehen, dass sie Sams gute Eigenschaften bisher gar nicht beachtet hatte, weil er die nervige Angewohnheit hatte, sie auf Schritt und Tritt zu belästigen.

Katie tauchte plötzlich an Charlottes Seite auf und fragte: »Okay, sag schon. Wie lange seid ihr schon ein Paar?«

Es war nur eine Frage der Zeit gewesen, bis dieses Gerücht die Runde machte. »Wir sind kein Paar, und das weißt du genau.«

Dass Charlotte ihrer alten Freundin böse Blicke zuwarf, half gar nichts. Katie ließ sich nicht im Geringsten einschüchtern und hob stattdessen überrascht die Augenbrauen. »Nicht? Dann solltest du ihn dir aber schnellstens schnappen! Er ist heißer als der Sommer in South Carolina, wenn du mich fragst!«

Ich kann mich nicht daran erinnern, dich gefragt zu haben.

Katie gab nicht auf. Sie strich sich übers Gesicht und bot Charlotte eine ihrer besten Darbietungen als Südstaatenschönheit. »Gott, Miss Charlotte, wenn ich Sie wäre, würde ich die Dienste des jungen heißen Sam Tanner definitiv in Anspruch nehmen.« Sie wedelte sich mit ihren Unterlagen Luft zu.

Charlotte musste lachen. Sie sah ein, dass es nichts nützen würde, sich zu wehren, und entschloss sich, die Angelegenheit etwas lockerer zu nehmen.

Auf Katies Spielchen eingehend, richtete sie sich auf und sprach: »Miss Katie, Sie wollen damit doch nicht etwa behaupten, dass der gut aussehende Mr Tanner noch nicht in festen Händen ist? Ach, du lieber Himmel, der Gedanke, mit einem Gentleman wie ihm zu verkehren, reicht schon aus, dass eine junge Dame schwach vor Verlangen wird.«

Sie sahen sich an und brachen in schallendes Gelächter aus, bis sie von einer kräftigen männlichen Stimme unterbrochen wurden.

»Schwach vor Verlangen, Miss Charlotte? Ich hatte ja keine Ahnung, dass Sie so über mich denken«, antwortete Sam, der in der Tür zur Küche lehnte, mit einem gemeinen Grinsen.

Charlotte stand da wie angewurzelt und spürte, wie Flammen der Verlegenheit ihre Wangen zum Glühen brachten. Dann, als ob nicht schon alles schlimm genug war, schnappte er sie sich und ließ sie rückwärts in seine Arme fallen.

Ihr Atem stockte, als er sein Gesicht ihrem näherte. Ihre Blicke trafen sich – lang genug, dass Charlotte sehen konnte, wie sein Verlangen von den türkisblauen Augen Besitz ergriff. Bevor sie sich wehren konnte, berührten sich ihre Lippen, und er gab ihr einen sanften, vorsichtigen Kuss.

Charlotte blieb keine Zeit zum Nachdenken. Instinktiv öffnete sie ihre Lippen, um seinen Kuss zu erwidern. Jegliches Gespür für Zeit und Raum war plötzlich verschwunden. Das schöne Gefühl, in den Armen des begehrten Mannes zu liegen, ließ sie sanft seufzen. Er schmeckte nach Kaffee und Pfefferminz. Seine Zunge spielte leicht mit ihrer, und ihr ganzer Körper wurde von einer unglaublichen Begierde überflutet. Aber so unverhofft das Ganze begonnen hatte, so schnell war es auch schon wieder vorbei. Plötzlich stand sie wieder aufrecht neben ihm, und Sam grinste sie an.

Die Darbietung brachte ihnen von allen Gästen in der Küche begeisterten Applaus ein. In die Realität zurückgekehrt, erkannte Charlotte, was sie getan hatte.

Sie schämte sich, dass Sam sie dabei erwischt hatte, wie sie mit Katie herumgealbert hatte. Besonders weil es bei ihren Albernheiten um ihn gegangen war. Und dann musste er sie auch noch vor all diesen Leuten küssen! Sicher würde die Gerüchteküche mindestens bis Weihnachten brodeln. Trotz allem lag der Geschmack seines Kusses immer noch brennend auf ihren Lippen.

Wie sollte sie auf seine Attacke reagieren? Sollte sie wütend sein, weil Sam sie in aller Öffentlichkeit geküsst hatte? Sie war schließlich kein Teenager mehr, und so eine kurze Berührung ihrer Lippen dürfte sie eigentlich nicht aus der Bahn werfen. Es war doch nur ein Spaß, jedenfalls glaubten das alle Anwesenden.

Charlotte beschloss, das Beste aus der Situation zu machen und so zu tun, als sei ihre kleine Einlage nicht mehr als ein Spielchen gewesen. Sie schnappte sich Sams Hand und machte vor ihrem Publikum einen Knicks. Sam ging darauf ein und verbeugte sich zum Applaus der Gäste.

»Das war großartig!«, rief Katie und umarmte Charlotte. »Du bist eine so talentierte Schauspielerin! Und was dich betrifft, Sam«, sagte sie und stieß ihn sanft mit dem Ellenbogen an, »warum spielst du eigentlich nicht in unserem Stück mit? Die Rolle des romantischen Hauptdarstellers wäre genau das Richtige für dich!«

Sam lachte. »Ich denke, ich bleibe besser bei dem, was ich wirklich kann.«

»Ach!«, rief Millie begeisert. »Ihr beide seid das romantischste Paar seit Scarlett und Rhett, so viel ist sicher! Wie lange seid ihr schon zusammen, und warum weiß ich nichts davon?«

»Wir sind nicht ...« Charlotte wollte Millies Irrtum richtigstellen, aber Sam unterbrach sie.

»Um ehrlich zu sein, hatten wir bisher noch kein Date – aber ich wollte Charlotte gerade fragen, ob sie Lust hat, heute Abend mit mir auszugehen. Ich dachte, dass ich vielleicht mit meiner Improvisation die neue Leiterin unserer örtlichen Theatergruppe zu einer Verabredung verführen könnte.«

Verdammt, verdammt, verdammt! Ein Blick auf ihr Publikum sagte Charlotte, dass sie absolut keine Möglichkeit hatte, jetzt noch irgendwie aus der Nummer herauszukommen. Natürlich erwartete jeder, dass sie Ja sagte. Für alle Anwesenden waren sie und Sam das absolut perfekte Paar. Wenn sie ihn vor allen Leuten abwies, würde Charlotte als verletzend und beleidigend dastehen. Und das wusste Sam ganz genau.

Mit einem angespannten Lächeln wendete sie sich ihm zu. »Natürlich. Ich würde sehr gern mit dir heute Abend ausgehen.«

»Großartig!«, sagte er, und wieder gab es Applaus. »Ich hole dich halb acht ab. So, jetzt muss ich wieder an die Arbeit, damit ich pünktlich Feierabend machen kann und nicht zu spät zu meinem Date komme.« Er zwinkerte in die Runde und verließ den Raum durch die Hintertür. Auf seinem Weg nach draußen pfiff er vor Freude, was Charlotte noch mehr ärgerte.

Scheißkerl. Er hatte wahrscheinlich die ganze Sache geplant, damit sie einem Date zustimmen musste. Sie hätte ihren Arsch verwetten können, dass auch Katie ihre Finger im Spiel hatte.

Katie, die sich gerade bemühte zu verhindern, dass Charlotte sie unter vier Augen erwischen konnte. Charlotte würde sich ihre sogenannte Freundin später vorknöpfen, so viel war sicher.

Sie stieß einen tiefen Seufzer der Verzweiflung aus, trommelte die Theatergruppe zusammen und begab sich mit ihnen wieder ins Wohnzimmer, um die Proben fortzusetzen.

Ein Date. Sie konnte es nicht glauben! Mit aller Kraft hatte sie versucht, so viel Abstand wie möglich zwischen sich und Sam zu bringen, aber ihr ganzer Plan war völlig nach hinten losgegangen. Als sich auch ihre letzte Hoffnung auf das Einschreiten der Götter in Luft auflöste, gab sie sich ihrem Schicksal hin. Sie würde wohl oder übel den heutigen Abend mit Sam Tanner verbringen müssen.

Kapitel 6

»Es ist kein Date!« Charlotte starrte Katie an, die nach der Theaterprobe unter dem Vorwand geblieben war, ihr bei den Vorbereitungen auf das Treffen mit Sam zu helfen.

Als ob sie Hilfe bräuchte! Es war kein Date. Daran hielt sie fest, als sie sich überlegte, was sie anziehen sollte.

»Natürlich ist es ein Date!« Katie saß auf Charlottes Bett, eine Tüte Kartoffelchips in der einen, ein Glas Eistee in der anderen Hand.

»So oder so, es ist alles nur deine Schuld!« Charlotte war wütend auf Katie und die anderen, die sie in diese Lage gebracht hatten – und natürlich auf Sam.

Sie wollte sich nicht in Schale werfen. Sie wollte eigentlich gar nichts, außer den Abend allein verbringen, aber hier stand sie nun und schrie ihre Freundin an.

»Wenn es kein Date ist, wie kommt es dann, dass du dich in der letzten halben Stunde vier Mal umgezogen hast?«, fragte Katie stichelnd.

Charlotte fiel in diesem Augenblick nur eine Antwort ein – sie streckte Katie die Zunge raus.

Katie lachte. »Siehst du? Schau dich doch mal an in dem Kleid, das du gerade trägst. Du wirst ihn mit diesem Hauch von Nichts aus den Latschen hauen. Es spricht also alles dafür, dass es ein Date ist.«

»Hör mal, der einzige Grund, warum ich das kurze Gelbe gewählt habe, ist, dass es so heiß und schwül draußen ist.«

»Aha. Und es hat nichts damit zu tun, dass das Kleid gefährlich viel von deinen Oberschenkeln preisgibt und über deinen Körper hinweggleitet wie Wellen im Meer? Du hast es natürlich nicht aus einem bestimmten Grund angezogen, nicht wahr?«

Charlotte verdrehte die Augen. »Ich kann nicht glauben, dass ich dich jemals für meine beste Freundin gehalten habe. Steh gefälligst auf meiner Seite!«

»Das tu ich doch, Süße. Und ich kann die Spannung zwischen dir und Sam spüren. Meine Güte, jeder in der Stadt spürt es. Die erste große Liebe stirbt nie, und das solltest auch du wissen.«

»Ich bin nicht in Sam verliebt. Das war ich nie. Als Teenagerin stand ich auf ihn, das war alles.«

Katie schüttelte den Kopf, erhob sich vom Bett und griff Charlottes Hände. »Es ist okay, zuzulassen, von jemandem geliebt zu werden. Es ist okay, zuzulassen, diese Erfahrung zu machen. Du bist nicht wie deine Mom, Charlotte, überhaupt nicht.«

Genau das wollte sie auch nie sein. »Ich mache das hier nur, um euch alle zu besänftigen. Hört endlich auf, eine so große Sache daraus zu machen. Übrigens, wie geht es deinem Liebesleben?«

Katies Augen wurden größer. »Ich habe zu viel um die Ohren, keine Zeit für so was.«

»Du hast aber offensichtlich genügend Zeit für eine Theatergruppe. Und du hast auch noch genügend Zeit, mich mit Sam zu verkuppeln. Sag schon, was läuft bei dir so?«

»Nichts.«

Katie senkte ihren Blick und starrte verlegen in die Chipstüte.

Da war doch was im Busch! »Willst du drüber reden?«

»Nö. Da gibt's nichts zu bereden. Meine Geschäfte laufen gut, ich verbringe viel Zeit mit dem Schweißen meiner Kunstwerke, und Mom hütet den Laden.«

»Ich habe deine Skulpturen immer sehr gemocht«, sagte Charlotte lächelnd. Katie hatte ein Händchen für Kunst, und sie hatte ihr Talent genutzt, um Skulpturen aus Metall herzustellen, die sie im Antiquitätengeschäft ihrer Mutter zum Kauf anbot und die sehr gefragt waren.

»Danke. Wie gesagt, ich habe viel damit zu tun.«

»So viel, dass du keine Zeit hast, um nach dem Mann deiner Träume Ausschau zu halten?«

Katie schnaubte trotzig, nahm die Chipstüte und ihren Eistee und drehte sich zur Tür. »Ich hab keine Zeit zum Träumen. Und jetzt werd ich mich verziehen. Viel Spaß bei deinem Date. Ich will morgen früh einen detaillierten Bericht von dir hören!«

Nettes Ablenkungsmanöver. Charlotte nahm sich vor, bei ihrer Freundin nochmals nachzuhaken, was in deren Liebesleben falsch lief. Wenn Katie sie mit Fragen löcherte, war es schließlich wohl nur fair, dass Charlotte es auch durfte.

Sie hielt ihr Gesicht in den kühlen Wind des kleinen Ventilators, der auf ihrer Kommode stand. Sie schwitzte, nicht nur, weil es ein heißer Tag war, sondern auch, weil sie in der letzten halben Stunde verschiedene Klamotten aus- und angezogen hatte, um den richtigen Dress für ihr Nicht-Date zu finden.

Okay, das Kleid war vielleicht etwas kurz und sündhaft sexy, und es umarmte ihren Körper, wie es ein Liebhaber tun würde. Vielleicht trug sie es aber auch nur, um Sam ein wenig leiden zu lassen. Immerhin war sie immer noch frustriert wegen des ganzen Affentheaters. So war es nur fair, dass Sam seine Strafe bekam.

Als sie sich im Spiegel über der Kommode betrachtete, erkannte sie sich kaum wieder. Ihr dunkelbraunes Haar fiel ihr sanft auf die Schultern, ihr Gesicht war errötet, und ihre Augen hatte sie mit einem goldenen Lidschatten und ein wenig Mascara betont, sodass sie wie Edelsteine funkelten. Sie spürte ein Glühen auf ihrer Haut, das vorher nicht da gewesen war.

Vielleicht lag es an der Hitze.

Charlotte hasste Katie dafür, sie in dieses Desaster getrieben zu haben. Ursprünglich wollte sie eigentlich nur eine alte Jeans anziehen und kein Make-up tragen, geschweige denn ihre Haare zurechtmachen. Aber Katie hatte darauf bestanden, dass Charlotte sich rausputzte, weil Sam sie womöglich in ein nettes Restaurant ausführen würde.

Jetzt sah Charlotte nicht nur anders aus, sie fühlte sich auch anders. Es konnte nicht an dem Date liegen. In New York war sie mit vielen Männern ausgegangen, allerdings hatten diese ihre Gefühle nicht so durcheinanderbringen können wie Sam. Sie hatte meistens Dates mit spießigen Businesstypen oder Leuten, die mit Theater zu tun hatten. An Sam war keiner dieser Kerle auch nur im Geringsten herangekommen.

Dieser Mann, der an ihrem Haus arbeitete – mit seinen eigenen Händen, in der Sommerhitze –, hatte etwas ganz Besonderes. Ihn störte es nicht, wenn er sich schmutzig machte. Und er trug enge Jeans, die seinen Körper so sündhaft sexy umhüllten, dass man sie verbieten müsste.

Wie hatte sich nur ihre völlige Abneigung gegenüber Männern wie Sam in diese nicht mehr zu verleugnende Anziehung verwandeln können, die sich bedrohlich in ihren Gedanken festgesetzt hatte? Und was könnte sie wohl dagegen unternehmen? Warum hatte sie sich so aufgestylt, wenn sie doch wusste, wie Sam darauf reagieren würde? Wollte sie ihn anmachen? Hielt sie ihm sozusagen einen Köder vor die Nase, um ihn wegzuziehen, wenn er gierig danach griff? Oder versuchte sie wirklich, ihm zu gefallen, damit er sie begehrte, wie es bisher kein anderer Mann getan hatte?

Manche Fragen sollten wohl besser unbeantwortet bleiben.

Nachdem sie in ihre Sandalen geschlüpft war, ging sie die Treppe hinunter ins Erdgeschoss, um dort auf Sam zu warten. Sie wollte keine Spielverderberin sein und diesen Abend mit guter Miene zum bösen Spiel durchstehen. Es war ja nichts weiter als ein Treffen zum Abendessen, danach würde ihre Verpflichtung gegenüber Sam und den Leuten, die sie in dieses Date getrieben hatten, erfüllt sein. Und sie konnte sich wieder in Ruhe um ihre Angelegenheiten kümmern und er sich um seine.

Nur noch ein paar Wochen, dann würde sie wieder verschwunden sein. Es machte also gar keinen Sinn, in dieser kurzen Zeit mit Sam etwas anzufangen.

Charlotte blickte sehnsüchtig die Treppe hinauf. Sie hätte gern noch etwas Zeit gehabt, die Anspannung mit einem ihrer Vibratoren abzubauen. Wegen dem, was sie heute Abend erwarten würde, lagen ihre Nerven blank.

Moment, was würde sie denn eigentlich erwarten? Nichts, aber absolut gar nichts würde heute Abend passieren!

Und es war auch kein Date, zum Teufel noch mal!

Es klingelte an der Tür. Wie immer war Sam pünktlich. Charlotte holte tief Luft, dann öffnete sie ihm.

Er hatte ihr Blumen mitgebracht. Meine Güte, und er sah so gut aus! Wieder trug er Jeans, dieses Mal eine dunklere und neuere als seine Arbeitshose, und natürlich passte ihm auch diese wie angegossen. Charlotte bemerkte seine muskulösen Oberschenkel, die sich in der Hose abzeichneten. Und auch die Wölbung in seinem Schritt.

Verflucht.

Das dunkle Blau des Poloshirts betonte seine türkisfarbenen Augen. Und er roch nach … Charlotte atmete tief ein. *Obsession*. Ihr Lieblingsparfüm unter den Männerdüften. Es passte alles viel zu gut zusammen. Er sah fantastisch aus, roch verdammt gut und brachte Blumen mit. Dieser Mistkerl!

»Komm herein.« Sie trat ein paar Schritte von der Tür zurück.

Er musterte sie von Kopf bis Fuß. Sein prüfender Blick wärmte sie.

»Du siehst wunderschön aus«, sagte er, als er durch die Tür trat. »Du raubst mir den Atem, Charlotte.«

Herrgott. Seine tiefe, kräftige Stimme fand sie so erregend, dass sie auf der Stelle feucht wurde und ihr Körper sich ihm öffnete.

Wie schaffte er das bloß?

Okay, das Kompliment hatte ihr also mehr geschmeichelt, als sie zugeben wollte. Warum, wollte sie jetzt auch besser nicht ergründen und fügte es in Gedanken zu der Liste der Fragen hinzu, die besser unbeantwortet bleiben sollten.

»Danke.«

»Gern geschehen.« Sam reichte ihr den Blumenstrauß. »Die meisten Frauen stehen auf Rosen, aber auf mich machst du nicht den Eindruck, ein Fan von Rosen zu sein.«

Der Strauß aus Lilien und Freesien war wunderschön und roch berauschend, wie eine warme Sommernacht am Meer, tropisch und sinnlich.

»Danke, Sam. Sie sind wunderschön, und du hast recht. Ich stehe überhaupt nicht auf Rosen.« Woher wusste er das? Noch nie hatte ein Mann das bei ihr bemerkt. Wenn die Typen sich überhaupt die Mühe mit Blumen gemacht hatten, waren es meistens Rosen gewesen. Aber der Strauß in ihren Händen war bei Weitem der schönste, den sie jemals bekommen hatte.

»Bereit zum Abmarsch?« Offenbar war er etwas ungeduldig und überraschenderweise auch etwas nervös, als er im Hausflur stand.

»Klar. Ich will nur eben die Blumen ins Wasser stellen, bevor wir gehen.«

Während Charlotte in der Küche eine Vase mit Wasser füllte, hatte sie das Gefühl, dass sie den Abend vielleicht doch ganz gut durchstehen würde.

»Okay«, sagte sie, als sie zu Sam zurückgekehrt war und ihre Handtasche von der Garderobe nahm. »Ich bin so weit.«

Als sie das Haus verließen und die Stufen hinab zur Hofeinfahrt gingen, blieb Charlotte plötzlich wie angewurzelt stehen. Sie hatte eigentlich Sams alten, abgewrackten Pick-up auf dem Hof erwartet, aber stattdessen stand dort eine schwarze, schnittige Corvette. Als Charlotte Sam ungläubig ansah, zuckte er nur mit den Schultern und öffnete ihr die Beifahrertür.

»Ich habe ganz gut in den Markt investiert. Hat sich ausgezahlt.«

Jedes Mal, wenn sie dachte, alles über Sam zu wissen, schockierte er sie, indem er etwas Neues über sich enthüllte. Dieser Mann steckte voller Überraschungen.

*

Sam versuchte krampfhaft, sich aufs Fahren zu konzentrieren, fand es aber zunehmend schwieriger – mit Charlottes langen Beinen in seinem Sichtfeld. Und ihr Kleid, oh Gott, dieses Kleid!

Als sie in ihrem sexy Outfit vor ihm gestanden hatte, war ihm die Luft weggeblieben. Sündhaft, heiß und begehrenswert sah sie aus. Das hauchdünne Seidenkleid auf ihrem Körper verriet jede ihrer fantastischen Kurven. Ihre Brüste und Hüften zeichneten sich perfekt durch den Stoff ab. Sam musste sich zusammenreißen, dass er nicht laut aufstöhnte.

Die Jeans, die er trug, war so eng, dass sich seine Erregung nicht verbergen ließ. Verdammt, bei diesem Anblick konnte er gar nichts dagegen tun, dass ihm das Messer in Sekundenschnelle in der Hose aufgeklappt war. Sein Verstand setzte langsam aus, und er dachte nur noch daran, dass er ihr am liebsten im Hausflur das Kleid vom Leib gerissen hätte und mit seinem Schwanz direkt in sie eingetaucht wäre.

Ihr Duft, diese unverkennbare Kombination von Parfüm und Frau, betäubte seine Sinne und machte es so gut wie unmöglich, klar zu denken. Sam hatte das Gefühl, dass er ihr vorhin im Hausflur die Blumen einfach so in die Hand gedrückt und wie ein Höhlenmensch nur ein unverständliches Grunzen von sich gegeben haben musste.

Wusste sie eigentlich, was sie ihm antat? Wie konnte eine Frau, die vorgab, kein Interesse an ihm zu haben, sich so verhalten und kleiden, als plane sie eine Verführung, heißer als die von Samsons Delila?

Verstohlen warf er einen Blick in Charlottes Richtung, und seine Augen trafen sie gerade, als sie sich streckte, um es sich auf dem niedrigen Beifahrersitz der Corvette bequem zu machen. Der Seidenstoff spannte sich über ihre Brüste, und ihre Nippel zeichneten sich deutlich ab. Der BH, der eigentlich dazu beitragen sollte, die Nippel zu verdecken, erledigte einen lausigen Job.

Sam rutschte in seinem Sitz hin und her, um sich von seinem wachsenden Unbehagen gegenüber der Sexgöttin auf dem Beifahrersitz abzulenken, und er suchte verzweifelt nach einem Gesprächsthema. Ein Thema wie Mathematik. Oder Baseball.

Zum Glück setzte sie der Stille ein Ende. Dadurch konnte Sam sich zurückhalten, in den nächsten Feldweg einzubiegen und über sie herzufallen, und sich stattdessen freundlich interessiert dem Gespräch widmen.

»Wo fahren wir hin?«

Er versuchte, einen zusammenhängenden Satz zu formulieren, aber die Vision von ihren seidenglatten Beinen und von eng umschlungenen Körpern verhinderten jeden klaren Gedanken.

Denk nach, du Vollidiot.

Er musste dringend mit seinen Gedanken aus Charlottes Höschen heraus, um sich auf ihre Frage zu konzentrieren. Höschen? Diese Vorstellung löste noch mehr erotische Fantasien bei ihm aus, wie etwa die Frage, ob sie überhaupt ein Höschen trug oder nicht.

»Äh, was?«, war alles, was er als Antwort hervorbringen konnte.

»Hallo? Wir fahren zu einem Restaurant, um etwas zu Abend zu essen, stimmt's?« Sie sah ihn ungläubig an, als hätte er zwei Köpfe.

Konzentrier dich, Alter! Man könnte ja denken, du hättest seit Ewigkeiten keinen Sex mehr gehabt. Oh, Moment mal, du hattest tatsächlich seit Ewigkeiten keinen Sex mehr mit einer Frau!

»Ähm, ja, natürlich. Sorry, ich habe gerade an Baseball gedacht. Ich hab mir überlegt, mit dir ins Boudreaux zu gehen.«

Um das Abendessen mit ihr zu überstehen, musste er andere Geschütze auffahren als Baseballstatistiken. Wenn er sie nur ansah und ihren femininen Duft einatmete, würde er wohl gleich den Drang verspüren, sie vor sich auf den Tisch zu werfen und sie zum Abendessen zu vernaschen. Es würde ein langer, harter Abend werden.

*

Als er das Restaurant Boudreaux vorschlug, nickte Charlotte zustimmend. Es war ein gemütliches Lokal am Stadtrand, das schon seit über hundert Jahren in Magnolia existierte. Man bekam dort Speisen in Hülle und Fülle, von heimatlichen Spezialitäten bis zur französischen Cuisine. Als Charlotte an all die wundervollen Gerichte dachte, die sie früher dort vorgesetzt bekommen hatte, freute sie sich sehr, nach so langer Zeit wieder einmal da zu essen.

Sam lenkte den Wagen auf den Parkplatz, dann stiegen sie aus und gingen in das Restaurant. Charlotte hätte gern gewusst, was mit Sam los war, weil er sich so seltsam verhielt. Schon im Auto hatte er auf sie den Eindruck gemacht, als fühlte er sich nicht wohl, er war so still und war auf seinem Sitz hin und her gerutscht. Und als er endlich mal den Mund aufgemacht hatte, ging es nur um Baseball!

Mit Sam im Auto zu sitzen war die reinste Tortur gewesen. Eine Duftwolke seines Parfüms war jedes Mal zu ihr herübergeweht, wenn er sich bewegt hatte. Sie stand nicht nur auf das Parfüm, sein männlicher Duft löste ein primitives Begehren in ihr aus, das sie nicht bekämpfen konnte. Wie etwa das Verlangen, mit ihren Fingern durch seine Haare zu streichen, ihn nah an sich heranzuziehen und seine potente Männlichkeit tief zu inhalieren.

Obwohl sie sich bemühte, diesen Moment als unangenehm zu empfinden, konnte sie es nicht.

Sie bekamen einen kleinen Tisch für zwei Personen in einer ruhigen Ecke des Restaurants zugewiesen. Charlotte fragte sich, wessen Idee das wohl gewesen war, oder ob die Kellnerin einfach nur angenommen hatte, dass Charlotte und Sam ein wenig ungestört sein wollten.

Charlotte sah sich einen Moment lang im Restaurant um. Der Laden hatte sich bestimmt seit hundert Jahren nicht verändert, jedenfalls definitiv nicht seit ihrem letzten Besuch. Das Haus Boudreaux gehörte früher zu einer Plantage, und seine Schönheit und einzelne Einrichtungsstücke erinnerten noch an die vornehme Zeit vor dem Sezessionskrieg.

Im Restaurant selber fand man antike Möbel, Brokatvorhänge und Kunstgegenstände aus dem 19. Jahrhundert vor. Das dominierende Südstaatendekor gab einem das Gefühl, eine Reise zurück in die Vergangenheit gemacht zu haben, zurück zu längst vergessenen Zeiten.

Die Kellnerin kam zu ihrem Tisch, und Sam schlug vor, eine Flasche Wein zu bestellen. Charlotte war überrascht, wie gut er sich mit den verschiedenen Weinen auskannte. Nachdem er gewählt hatte, machte sie ihm ein Kompliment.

»Glaubst du, dass ich, nur weil ich hier lebe, mich ausschließlich bei Biersorten zurechtfinde?«

»Das habe ich nicht gesagt, oder?«

»Das musst du auch nicht. Ich kann es an deinem überraschten Gesichtsausdruck erkennen. Nur weil ich in einer Kleinstadt wohne, bin ich noch lange kein dämlicher Bauerntrampel.«

Was sollte das denn jetzt? Da machte man dem Kerl ein Kompliment, und er fühlte sich gleich beleidigt. »Du bist heute Abend aber empfindlich. Ich habe mich nicht über dich lustig gemacht, ich habe doch nur anerkannt, dass du dich so gut mit Wein auskennst. Du brauchst nicht gleich auf mich loszugehen, weil du zu wissen glaubst, was ich deiner Meinung nach denke.«

»Du hast recht. Entschuldige. Ich schätze, ich bin etwas überempfindlich, wenn es darum geht, wie du mich wahrnimmst.«

Sam? Überempfindlich? Wollte er sie etwa veräppeln? Charlotte hatte seit Sonntag bereits sechs Mal versucht, ihn zu beleidigen, und darauf war er niemals angesprungen. Der Mann hatte doch ein dickes Fell!

Er langte über den Tisch und nahm ihre Hand. »Lass uns von vorn beginnen, okay? Ich möchte, dass es für uns ein besonderer Abend wird.«

Oh! Ein besonderer Abend. Diese Phrase ließ Dinge erahnen, an die Charlotte jetzt nicht denken wollte.

»Sieh mal«, sagte sie so sachlich wie möglich, »wir wissen beide, dass du dieses sogenannte Date heute Nachmittag erzwungen hast. Es ist also nicht echt. Wir sind kein Paar, also mach dir bitte keine Hoffnungen. Heute Abend wird nichts passieren.«

Er warf ihr ein umwerfendes Lächeln zu, das ihren Puls zum Rasen brachte. »Wir werden sehen, okay?«

Nachdem sie das Essen bestellt hatten, nippte Charlotte an ihrem Wein, einem lieblichen Merlot, warm und voll im Geschmack, aber nicht zu stark. Er war sehr gut, und sie musste zugeben, dass Sam eine ausgezeichnete Wahl getroffen hatte. Langsam wich ihre Anspannung.

»Erzähl mir was über dein Leben«, forderte Sam sie auf und lehnte sich in seinen Stuhl zurück. Lässig ließ er seinen Zeigefinger auf dem Rand des Weinglases kreisen.

»Was möchtest du wissen?«

»Zum Beispiel, was du gemacht hast, nachdem du aus Magnolia weggezogen bist. Ich weiß, dass du fürs Theater arbeitest, aber mich würde interessieren, wie du auf diesen Beruf gekommen bist.«

»Das war eine einfache Wahl für mich«, erklärte sie. »Nach dem Highschoolabschluss erhielt ich ein Stipendium für Theaterwissenschaften an der NYU. Der Beamte in der Zulassungsstelle sagte mir, dass ich eine großartige Abhandlung verfasst hätte.«

»Worüber?«

Charlotte konnte sich noch gut daran erinnern. Sie hatte Herz und Seele in diese Arbeit gesteckt, weil sie wusste, dass sie über ihre Zukunft entscheiden würde. »Ich schrieb über Träume, und einer meiner Träume war, ein eigenes Theater zu besitzen. Ich wollte Theaterwissenschaften studieren und in einer Stadt arbeiten, in der meine Liebe zum Theater von Nutzen sein würde.«

Er hob eine Augenbraue und füllte ihr Glas nach. »Erzähl weiter.«

Charlotte hielt ihr Glas fest und beobachtete, wie die rote Flüssigkeit darin hin und her schwappte. »Da gibt es eigentlich nichts mehr zu erzählen. Ich bin aufs College gegangen, habe einige Theater- und Produktionskurse belegt und danach glücklicherweise einen Teilzeitjob in einem der Broadwaytheater gefunden. Ich habe ein paar wichtige Kontakte knüpfen können, und als ich meinen Abschluss hatte, bot man mir einen Job am Manhattan Community Playhouse an. Zuerst habe ich nur Kaffee gekocht und diese Anfängerarbeiten gemacht, aber ich konnte mich langsam hocharbeiten. Jetzt bin ich dort schon seit sechs Jahren die Assistentin des Leiters.«

»Und? Bist du glücklich?«

Sie hob ihren Blick vom Weinglas und traf seinen. »Na klar. Ich liebe meinen Job.«

Er lächelte sanft. »Ich meinte nicht deinen Job. Ich wollte wissen, ob du mit deinem Leben glücklich bist.«

»Was meinst du damit?«

»Ich meine, was machst du in deiner Freizeit? Verabredest du dich mit Männern? Gehst du mit Freunden aus? Du arbeitest doch sicherlich nicht 24 Stunden am Tag, Charlotte. Du musst doch auch ein Privatleben haben.«

In ihrem Kopf schrillten plötzlich die Alarmglocken. Das wurde ihr jetzt zu persönlich, und sie war drauf und dran, verbotenes Terrain zu betreten. »Ähm, ich habe eigentlich immer sehr viel zu tun. Ich habe nicht viel Freizeit.«

Charlotte bemerkte, wie armselig sie sich anhörte.

»Was ist mit Sex?« Er lehnte sich vor und sah sie erwartungsvoll an.

»Was soll damit sein?« Sie senkte ihren Blick und starrte wieder auf das Weinglas. Wie konnte so ein sicheres Thema wie ihre Arbeit sich so schnell in eine Diskussion über Sex verwandeln?

Besser gesagt, über nicht vorhandenen Sex.

Er lachte. »Was damit sein soll? Muss ich deutlicher werden? Triffst du dich mit Männern? Hast du ein Sexleben? Du bist ja schließlich nicht mehr 16. Da muss es doch in Sachen Liebe irgendetwas geben.«

Sie würde definitiv nicht mit Sam ihr Sexleben besprechen, selbst wenn sie eines vorweisen könnte.

»Ob ich mich mit Männern treffe oder nicht, geht dich gar nichts an.« Warum konnten sie nicht einfach über das Wetter oder so reden? Wie wäre es, wenn sie das Thema wieder auf Baseball lenkte?

»Verstehe.« Aus seinem Lächeln wurde ein Schmunzeln.

»Was verstehst du?«

»Es ist offensichtlich. Du stehst nicht auf Sex.«

Sie verspürte das Bedürfnis zu schreien. Sams Gedankensprünge und Schlussfolgerungen waren olympiareif. Sie riss sich zusammen. »Wie bitte?«

»Für mich ist es klar. Du bist vor mir weggerannt, als ich dich damals geküsst habe, und mir kommt es so vor, als seiest du dein ganzes Leben lang auf der Flucht.«

Jetzt war sie auf hundertachtzig. »Wenn du es genau wissen willst, ich hatte schon sehr viel Sex und außerdem auch Hunderte von Liebesaffären.«

Seine Augen wurden größer, und er brach plötzlich in ein so schallendes Gelächter aus, dass sich andere Restaurantbesucher nach ihnen umdrehten.

»Hör auf damit«, ermahnte sie ihn flüsternd. »Die Leute gucken schon. Außerdem, was ist so komisch?«

»Entschuldige«, sagte er, immer noch kichernd. Er nahm eine ihrer Haarsträhnen in die Hand und ließ sie durch seine Finger gleiten. Dann flüsterte er: »Das nehme ich dir einfach nicht ab. Ich weiß zwar nicht, welche Erfahrungen du mit Männern gemacht hast, aber ich wette eine Million Dollar, dass du dich in deinem Leben bisher nur auf sehr wenige romantische Liebesabenteuer eingelassen hast, und wenn du Sex gehabt haben solltest, war er sicherlich nicht sehr toll. Außerdem muss das schon eine ganze Weile her sein.«

Sie hasste ihn für seine aufdringliche Fragerei. Und sie hasste ihn dafür, dass er verdammt noch mal recht hatte, was ihr Sexleben betraf. »Hör zu, ich werde nicht weiter darüber reden. Wechsel das Thema, oder ich geh nach Hause.«

Wieder formte sich auf seinen Lippen ein verschmitztes Lächeln, so als hätte er gerade eine Schlacht gewonnen. »Okay. Du bist der Boss. Lass uns über etwas anderes reden.«

Irgendwie wusste sie, dass sie von Sam nur eine kurze Atempause bekam und sie auf dieses Thema nochmals zurückkommen würden, bevor der Abend vorbei war.

Während des Essens sprachen sie über Belle Coeur, ein Thema, bei dem Charlotte sich etwas entspannen konnte. Sam erklärte ihr, welche Reparaturen er noch geplant hatte, und machte einige Vorschläge, welche Verbesserungen am Haus später vorgenommen werden könnten. Charlotte war beeindruckt von seinen

Ideen und seinen Kenntnissen. Offenbar wusste er über viele verschiedene Dinge gut Bescheid.

»Erzähl doch mal«, sagte sie, während sie den köstlichen gegrillten Seebarsch verspeiste, »wie bist du im Baugewerbe gelandet?«

»Das ist eine lange Geschichte. Bist du sicher, dass du sie hören willst?«

»Na klar.« Die Frage, warum Sam auf so mysteriöse Weise nach dem Frühlingsball verschwunden war, ließ sie nicht los.

»Mit 18 bin ich zur US Army gegangen. Kurz vor dem Highschoolabschluss habe ich mir etwas Ärger eingehandelt, eine ganz blöde Sache, die mich eine falsche Richtung hätte einschlagen lassen können.«

»Was war das für eine blöde Sache?«

»Ich habe ein Auto geklaut.«

Aha, jetzt wurde sie neugierig. »Ehrlich? Wann?«

»Ich war damals wirklich vom Leben angepisst. Die typische Rebellion eines Teenagers, kein Ziel, keine Ahnung, wie's weitergehen sollte, aber auch unzufrieden mit dem Leben hier in Magnolia. Ich glaube, dass ich bloß etwas Aufmerksamkeit erregen wollte. Vielleicht brauchte ich damals einen Katalysator, um eine Entscheidung über meine Zukunft zu erzwingen, ich weiß es nicht. Jedenfalls knackte ich eines Nachts ein Auto, schloss die Zündung kurz und machte eine Spritztour ins nächste County. Die Highwaypolizei schnappte mich und steckte mich hier in Magnolia in den Knast.«

Charlotte war sprachlos. Sie hatte diese Geschichte noch nie zuvor gehört und nicht gewusst, dass Sam im Gefängnis gewesen war.

»Der Officer der Highwaypolizei, der mich festgenommen hatte, war ein Freund meines Dads. Ich muss wohl nicht erwähnen, dass mein Dad über meine Aktion ziemlich wütend war. Er teilte mir mit, dass ich nun zwei Möglichkeiten hatte: meinen

Arsch zum Militär zu bewegen oder im Knast zu verrotten. Da ich nicht völlig blöd war, entschied ich mich fürs Militär. Ein paar Wochen später begann ich meine Ausbildung.«

»Deshalb habe ich dich nach dem Frühlingsball nicht mehr gesehen!«

Sam nickte. »Richtig. Ich habe den Wagen an jenem Wochenende geknackt.« Er grinste sie an und sagte: »Das war alles nur deine Schuld. Du bist weggerannt, und ich war so verzweifelt, dass ich sofort auf die schiefe Bahn geraten bin.«

Charlotte verdrehte die Augen. »Oh, bitte. Sei kein Idiot. Was passierte als Nächstes?«

»Es stellte sich heraus, dass ich mit dem Leben in der Army gut klarkam. Nachdem ich Freude an der Grundausbildung gefunden hatte, schnitt ich auch bei der Infanterie gut ab. Danach habe ich eine Spezialausbildung und Fallschirmtraining gemacht und bin den Special Forces beigetreten.«

»Und das bedeutet was?« Sie konnte ihr Erstaunen kaum verbergen. Sie hatte absolut keine Ahnung gehabt, welchen Weg Sam nach der Schule eingeschlagen hatte.

Sein Grinsen ging jetzt beinahe bis zu seinen Ohren. »Das bedeutet, dass mir das Gesetz die Erlaubnis gab, andere Länder auszukundschaften. Du weißt schon, Spionage. Das war auf jeden Fall eine interessante Arbeit, aber das Leben als Spion wird irgendwann auch belastend. Ich hatte mich schnell nach oben gearbeitet und wurde zum Officer, aber nach dem Golfkrieg hatte ich keine Lust mehr auf dieses Leben. Ich erfüllte meine Pflicht, quittierte danach den Dienst und beschloss, dass es an der Zeit sei, aufs College zu gehen.«

Charlotte hatte von alldem nichts gewusst. Wie hätte sie auch, nachdem sie alle Kontakte in Magnolia abgebrochen hatte und nur noch für kurze Besuche bei ihrer Grandma in die Stadt gekommen war.

»Was hat dir am Militär nicht mehr gefallen?«

Er schob seinen mittlerweile leeren Teller beiseite und sagte: »Der Golfkrieg war für mich ausschlaggebend. Einer meiner besten Freunde ist dort ums Leben gekommen. Man bekommt eine ganz andere Sicht aufs eigene Leben, wenn man zusehen muss, wie ein enger Freund vor den eigenen Augen stirbt. Ich habe dort den Entschluss gefasst, nicht mehr so weiterzumachen. Ich wollte nach Hause, wollte mich weiterbilden, mich irgendwo niederlassen und ein normales Leben führen. Das tat ich dann auch.«

Charlotte konnte den Schmerz in seiner Stimme hören. Das Grauen, das er hatte durchmachen müssen, war unvorstellbar. Sie legte ihre Hand auf seine. »Das mit deinem Freund tut mir leid. Es muss schrecklich für dich gewesen sein.«

Sam nickte. »Ja, das war es, und ich mache auch keinen Hehl daraus. Ich bin nicht so knallhart, dass mir meine Freunde nichts bedeuten. Es war sehr bitter, ihn sterben zu sehen. Es hat mein Leben verändert.«

Charlotte spürte, wie sehr ihn diese Erfahrungen belasteten. Sie konnte den Schmerz und die Trauer in seinen Augen sehen. Was für ein schreckliches Erlebnis! Ganz klar, dass es das Leben für immer veränderte. Kein Wunder, dass er danach den Wunsch nach einem sicheren Zuhause verspürt hatte.

Sie waren beide mit ihren eigenen Gedanken beschäftigt, als die Kellnerin die Teller abräumte und ihnen Kaffee brachte.

»Erzähl mir was über deine Zeit am College.«

»Nachdem ich zurückgekehrt war, ging ich auf die University Of South Carolina, wo ich meinen Abschluss in Betriebswirtschaft machte. Dort lernte ich auch Tony kennen. Während der Zeit am College arbeiteten Tony und ich nebenbei für die Baufirma meines Onkels. Uns gefiel es, Dinge mit unseren eigenen Händen zu bauen, und so kam das eine zum anderen. Nach dem College gründeten wir TNT Construction und eröffneten den Firmensitz hier in Magnolia. Das ist meine Lebensgeschichte in Kurzform.«

Sam war also doch nicht so oberflächlich, wie sie immer geglaubt hatte. Er hatte Dinge erlebt, die sie wahrscheinlich nicht verstehen konnte, und hatte mehr gesehen und getan, als sie jemals tun würde. Und trotzdem war er vollkommen glücklich in Magnolia.

Allerdings hatte er kein Wort über seine Exfrau verloren, und Charlotte wollte wirklich gern wissen, was zwischen ihnen vorgefallen war.

Sie wurde aus ihren Gedanken gerissen, als Millie und Ed Grayson zu ihrem Tisch kamen. Es überraschte Charlotte gar nicht, die beiden hier zu sehen. Sie waren wahrscheinlich als offizielle Lauscher zu Sams und Charlottes Date abgesandt worden. Wenn Millie in der Nähe war, konnte man sichergehen, dass die ganze Stadt spätestens am nächsten Morgen Bescheid wissen würde, wie der Abend gelaufen war.

»Na, wen haben wir denn hier?«, fragte Millie voller Freude. »Schick gekleidet und zusammen unterwegs. Was für ein schönes Paar ihr abgebt! Es wurde aber auch Zeit, sie auf ein Date einzuladen, Sam.« Millie zwinkerte ihm zu.

Sam strahlte wie ein kleines Kind, als er aufstand und Millie umarmte. »Sie hat mich immer abblitzen lassen, Millie. Zum Glück hatte ich heute die nötige Hilfe im Rücken, um Charlotte ein wenig in meine Richtung zu schieben.«

Charlotte lächelte freundlich und plauderte ein wenig mit den Graysons. Sie kam sich vor wie auf dem Präsentierteller. Natürlich kostete Sam den Augenblick aus, genoss die Aufmerksamkeit und machte eine unnötig große Sache aus ihrem sogenannten Date.

»Na, dann wollen wir euch beide nicht länger stören. Sam, bring unsere Gruppenleiterin nicht zu spät nach Hause!«

Sie verabschiedeten Millie und Ed und tranken ihren Kaffee aus.

»Sollen wir gehen?«, fragte Sam, nachdem er die Rechnung bezahlt hatte.

Charlotte konnte es kaum erwarten, all den neugierigen Blicken zu entkommen. Es kam ihr so vor, als sei Magnolia eine einzige Heiratsvermittlungsagentur.

Obwohl sie heute Abend so viel über Sam erfahren hatte, was sie zuvor nicht gewusst hatte, änderte es trotzdem nichts an der Situation. In ein paar Wochen würde sie nach New York zurückkehren, und er würde hierbleiben.

Charlotte war gar nicht glücklich darüber, dass sie sich so zu ihm hingezogen fühlte, wann immer er in ihrer Nähe war. Oder darüber, dass sich ihr Verstand in diesen Augenblicken verabschiedete, sie ihre Ziele und Träume vergaß und sich stattdessen nur auf seine umwerfenden blauen Augen und seinen knackigen Po konzentrierte.

Denk an deine Prioritäten, Charlotte. Mit Sam zu schlafen steht nicht auf der Top-Ten-Liste.

So angenehm der Abend auch gewesen ist, war Charlotte doch sehr zufrieden, dass ihr Date jetzt vorüber war. Sie hatte ihren Teil erfüllt und war mit Sam zum Abendessen ausgegangen. Jetzt konnte sie nach Hause gehen.

Kapitel 7

»Das ist nicht der Weg nach Hause.« Charlotte warf Sam einen skeptischen Blick zu. Er drehte sich nicht mal zu ihr um.

»Ich weiß.«

Sie hatten das Restaurant verlassen und waren in Sams Auto gestiegen. Charlotte war davon ausgegangen, dass er sie zurück zu ihrem Haus bringen würde. Was hatte er denn nun schon wieder vor? Und wie lange würde sie das alles noch ertragen müssen?

»Wo fährst du mit mir hin? Ich möchte jetzt gern nach Hause, wenn es dir nichts ausmacht.«

Er warf ihr einen kurzen Blick zu und lächelte geheimnisvoll. »Ich will dir was zeigen. Es dauert nicht lang, versprochen.«

Charlotte blieben nur zwei Möglichkeiten: entweder einen Streit anfangen oder abwarten und sehen, was er ihr zeigen wollte. Seufzend entschied sie sich, noch ein paar Minuten durchzuhalten und die Nähe zu Sam auf engem Raum zu ertragen. Ein paar Minuten müsste sie diese Tortur noch aushalten: dicht neben ihr sein unglaubliches Profil, sein volles schwarzes Haar und die türkisblauen Augen. Charlotte inhalierte den berauschenden Duft seines Parfüms. Es war definitiv eine Tortur! Aber sie blieb hart.

Da sie so sehr damit beschäftigt war, Sam anzusehen, bemerkte sie nicht, wo er hinfuhr. Als er den Wagen stoppte, stellte sie fest, dass er sie zu Maggie's Bluff gebracht hatte, auf einen Hügel, von dem aus man über ganz Magnolia blicken konnte.

Um Gottes willen, das war der Ort, zu dem alle Pärchen zu Highschoolzeiten fuhren, um ungestört zu knutschen. Sie selbst war noch nie hier gewesen, aber sie hatte von ihren Mitschülern gehört, was die Pärchen hier trieben.

»Das soll wohl ein schlechter Scherz sein, oder?«

Sam drehte sich ihr zu. »Ich dachte mir, dass wir einen kleinen Verdauungsspaziergang machen und die Sterne betrachten. Es ist eine wundervolle Nacht, und ich war noch nicht ganz bereit, dich nach Hause zu bringen. Es stört dich doch nicht, oder?«

»Mich stören? Natürlich nicht. Warum sollte es mich stören?« Klar. Und warum hatte sie feuchte Hände? Wie alt war sie überhaupt? Vielleicht war das Alter hier an dem bekanntesten Treffpunkt der Stadt nicht so wichtig.

»Lass uns ein wenig spazieren gehen und uns die Sterne ansehen.« Er stieg aus dem Auto und ging um den Wagen herum zur Beifahrertür. Er bot Charlotte seine Hilfe beim Aussteigen an.

Ungern gab Charlotte ihm ihre schweißnasse Hand und erlaubte ihm, ihr aus dem Wagen zu helfen. Aber anstatt sie wieder loszulassen, hielt er sie weiterhin fest, als sie nebeneinander zu dem berühmten Aussichtspunkt schlenderten. Charlotte konnte die Wärme und Kraft spüren, als er ihre kleine Hand fest in seiner großen hielt. Seine war kein bisschen feucht!

Sie erreichten den Aussichtspunkt, und Sam stellte sich direkt hinter Charlotte. »Wundervoll«, sagte er leise in ihr Ohr.

Charlotte musste ihm zustimmen. Es war eine klare Nacht, und am Himmel waren Millionen von Sternen zu sehen, so nah, dass sie am liebsten danach gegriffen hätte. Eine leichte Brise wehte die schwülwarme Luft des Tages davon, und die Lichter von Magnolia unter ihnen erschienen wie ein Spiegelbild des Nachthimmels.

»Ja, das ist wahrlich wundervoll«, antwortete sie und genoss einen Ausblick, den sie zwischen den Hochhäusern New Yorks nie geboten bekam. »Ich habe so was noch nie zuvor gesehen.«

»Ich meinte dich, nicht den Ausblick«, flüsterte Sam und legte seine Arme um sie. So nah, dass sie seinen Atem in ihrem Haar spürte. So nah, dass sie spürte, wie sich seine Brust gegen ihren Rücken presste. Seine Arme lagen direkt unter ihren Brüsten.

Ihre Nippel wurden hart, und Charlotte traute sich kaum zu atmen.

»Das hast du bestimmt schon mal gesehen. Der Ausblick von hier oben hat sich nicht verändert.«

»Ich bin noch nie hier gewesen.« Sie war wie hypnotisiert von den kleinen Lichtpunkten am Himmel über ihr und in der Stadt unter ihr. Und von dem umwerfenden Gefühl, von Sam umarmt zu werden. Alles war so still und friedlich hier oben. Kein anderes Geräusch war zu hören als das leichte Rascheln in den Bäumen, wenn der warme Sommerwind die Blätter berührte. Es kam Charlotte vor, als sei sie allein im Universum. Allein mit Sam.

Er drehte sie zu sich. »Ist das dein Ernst? Du hast das hier noch nie gesehen?« Der sanfte Mondschein fiel auf sein Gesicht, das sie neugierig anblickte.

»Das habe ich doch bereits gesagt. Ich bin heute zum ersten Mal hier.« Na, großartig. Noch eine Sache, für die sie sich schämen musste. Wer hätte die Theaterverrückte zu Highschoolzeiten auch schon auf ein Date einladen sollen?

»Echt, Charlotte, das haut mich jetzt völlig um. Die ganzen Jahre, als du hier gewohnt hast, während der gesamten Highschoolzeit ist kein Junge mit dir hierher gekommen?«

Sie lachte über den überraschten Ton in seiner Stimme. »Nein, Sam, mit mir ist niemand hierher gekommen. Ich schätze, mir ist diese atemberaubende Aussicht die ganze Zeit vorenthalten worden. Ich hatte ja keine Ahnung, dass es hier so schön ist.«

»Das ist nicht alles, was dir vorenthalten geblieben ist, Liebes.« Sein Blick verdunkelte sich, als wären plötzlich Wolken aufgezogen. In seinen Augen spiegelte sich auf einmal eine gewisse Dreistigkeit wider. »Du weißt schon, warum die Kids hierher kommen, oder?«

»Ich bin nicht ganz naiv, Sam. Natürlich weiß ich, was hier oben abgeht. Ich habe es nur nie …«

»Du hast es nur nie am eigenen Leib erfahren?«

Sie nickte und kam sich schrecklich unbeholfen vor. Außerdem fühlte sie sich wieder zurückversetzt in die Zeit, als sie noch ein ängstliches Schulmädchen war. Charlotte hatte nie das Gefühl gehabt, irgendwas verpasst zu haben, weil sie niemals hier oben gewesen war. Klar, sie hatte all die Geschichten gehört, wer mit wem auf Maggie's Bluff rumgemacht hatte und wer in wessen Chevy geschwängert worden war. Der typische Kleinstadttratsch. Sie hatte sich auch nie danach gesehnt, von irgendeinem Typen hierher gebracht zu werden.

Warum verspürte sie dieses Verlangen jetzt? Mit Sam? Und warum ärgerte sie es, dass er offensichtlich schöne Erinnerungen an diesen Ort hatte? Natürlich war er mit anderen Mädchen zu Maggie's Bluff gefahren. Sam war in der Highschool sehr beliebt gewesen, der böse Bube, mit dem jedes brave Mädchen zusammen sein wollte. Das alles dürfte Charlotte nach all den Jahren gar nicht mehr stören, also warum tat es das dann?

»Ich denke, es ist an der Zeit, dass dir jemand zeigt, was du verpasst hast.« Seine Stimme war fast nur noch ein Flüstern. Er streichelte ihre nackten Schultern und schob zärtlich ihre Haare beiseite. Er schnappte sich eine Strähne und ließ sie langsam durch seine Finger gleiten, während sein heißer Blick sie fixierte.

»Nein.«

»Hast du immer noch Angst?« Er köderte sie.

Charlotte versuchte, sich aus seinem Griff zu befreien, aber er ließ sie nicht los. »Ich habe vor nichts Angst, Sam Tanner, besonders nicht vor dir. Ich bin nicht mehr 16. Ich weiß genau, was ich tue und was ich will. Und das hier gehört definitiv nicht dazu.«

»Ich glaube, du lügst. Wir beide haben in den vergangenen Tagen ein Spielchen gespielt, Charlotte. Ein Katz-und-Maus-Spiel. Ich bin zum Sprung bereit. Bist du auch bereit?«

Oh, Herr im Himmel. Sie sträubte sich gegen die Bilder in ihrem Kopf. Wie sie mit ausgebreiteten Armen auf dem Boden liegt, während Sam ihre Muschi leckt, bis ihr Lustschrei die Stille der Nacht durchbricht.

»Nein.« Ihr Herz klopfte, zwischen ihren Brüsten sammelten sich die ersten Schweißperlen, und ihr Slip war schon ganz feucht, weil sie so erregt war.

»Dann beweis es.« In seinen Augen sah sie, wie viel Spaß ihm dieses Spiel machte. »Küss mich nur ein Mal – ein richtiger, heißer Kuss. Wenn du mir danach sagst, dass du nichts gespürt hast, lass ich dich in Ruhe.«

Wenn sie ihn küssen würde, so wusste sie, würde sie ihn nie wieder loslassen. Sie verspürte einen unglaublichen Hunger, sehnte sich nach Sex und wollte einmal in ihrem Leben wild und frei sein.

»Ich muss gar nichts beweisen.«

»Feigling.«

»Ich bin kein Feigling! Ich weigere mich nur, mit dir dieses kindische Spielchen zu spielen.«

»Weil du Angst vor mir hast. Einen Kuss, Charlotte. Nur einen richtigen Kuss. Gib mir alles, was du zu bieten hast, und danach sind wir beide schlauer.«

Okay, nur einen Kuss. Das konnte sie tun. Sie brauchte ihm nur einen kleinen Kuss zu geben, und dann würde sie ihn los sein. Für immer. Das war es wert, um nicht durchzudrehen.

»Okay.« Sie beugte sich vor, schnappte sich mit beiden Händen seinen Kopf und zog ihn zu sich, wobei sie ihre Lippen auf seine presste. So schnell wie möglich ließ sie ihn wieder los, trat einen Schritt zurück und lächelte ihn zufrieden an. Na also, sie hatte es getan. Sie hatte ihn geküsst, hatte nichts gespürt, und nun war die Sache geklärt.

Aber Sam lachte nur.

Hey, der Kuss war nun wirklich nicht so schlecht gewesen.

Sam trat einen Schritt vor und schloss die Lücke zwischen ihnen wieder. Er beugte sich vor, bis sich ihre Nasenspitzen beinahe berührten. Sein Atem strich über ihre Wange, als sich ihre Blicke trafen.

»Baby, das war zwar ein fester Kuss, aber wirklich kein inniger. Abgemacht war ein richtiger Kuss.« Er ließ eine Hand auf ihren Nacken gleiten, die andere legte er auf ihre Taille, dann zog er sie an sich, wobei er seinen muskulösen Körper an ihren drückte. »Da du es nicht richtig machen willst, werde ich es tun.«

Seine Lippen senkten sich auf ihre hinab und stellten Charlottes Welt völlig auf den Kopf.

Natürlich war sie schon oft von Männern geküsst worden. Aber nicht so, noch nie so. Nicht mit so einer Leidenschaft und Innigkeit. Sam gab ihr, was sie ihm nicht geben wollte, vor dem sie Angst hatte, es ihm zu geben. Einen Kuss mit Gefühl.

Einen Kuss, der pures Verlangen ausdrückte, der nach geheimen Dingen im Dunkeln schrie. Er erforschte ihren Mund mit seiner Zunge und ließ seine Lippen über ihre gleiten. Ihre Zungen bewegten sich in einem sinnlichen Rhythmus. Charlotte klammerte sich mit ihrem zitternden Körper an seinem fest, und seine starken Arme hielten sie auf den wackeligen Beinen.

Es gab nicht einen einzigen Bereich ihres Körpers, der nicht nach Sams Berührung dürstete. Als seine Hände über ihren Körper wanderten, konnte sie ein leises Aufstöhnen nicht unterdrücken, und es ermutigte Sam, seine Hände weiter über ihren Hals, ihre Arme und ihren Rücken gleiten zu lassen. Jede seiner Berührungen entfachte ein Feuer in ihr, bis sie kaum noch die Kraft hatte zu stehen. Wenn Sam sie nicht fest in seinen Armen gehalten hätte, wäre sie ganz sicher auf den Boden gesunken.

Sie wollte, dass er sie berührte. So viele Jahre lang hatte sie sich gefragt, was passiert wäre, wenn sie diesen Schritt mit ihm damals wohl gewagt hätte, wenn sie ihre Gefühle zugelassen hätte.

Nur ein einziges Mal wollte sie keine Angst mehr haben.

Charlotte ließ ihre Hände über seine Arme gleiten. Sein Bizeps spannte sich, als sie seine Arme ergriff, um ihn näher an sich heranzuziehen. Sie riss ihren Mund von seinem los und begab sich auf einen Pfad von Küssen über sein Kinn und seinen Hals, wobei sie seinen rasenden Pulsschlag spüren konnte.

Es machte sie unglaublich heiß, dass Sam den Kuss genauso genoss wie sie. Sie biss ihm sanft in die Schulter, und er stöhnte und strich mit seinen Fingern durch ihre Haare. Er drückte Charlotte noch fester an sich und wickelte zärtlich eine ihrer Haarsträhnen um seine geballte Faust, dann ließ er seine Lippen wieder leidenschaftlich über ihre gleiten.

Charlottes Knie zitterten. Sie lag zurückgelehnt in Sams Armen, bis er ihren Körper plötzlich gänzlich aufhob, ohne seinen Mund auch nur den Bruchteil einer Sekunde lang von ihrem zu entfernen. Er ging mit ihr zu einem Picknicktisch hinüber und legte sie darauf.

Sie öffnete ihre Augen und sah, wie sein leuchtender Blick über ihren Körper glitt. Im Mondlicht konnte sie klar jedes Merkmal seines Gesichts und seines Körpers erkennen. Sie konnte ihren Blick nicht von seinem lösen, während er ihr mit dunkler Leidenschaft tief in die Augen sah.

Vorsichtig ließ er seine Hand über ihren nackten Arm gleiten, und seine Fingerspitzen fuhren sanft von ihrer Schulter bis zum Handgelenk. Er ließ seine Finger in ihre gleiten, hob ihre Hand zu seinem Mund und drückte leichte Küsse auf ihre Knöchel.

»Wir haben dieses Spiel schon viel zu lange gespielt, und es ist an der Zeit, es zu beenden. Ich will dich, Charlotte, und wenn du dich nicht von dem Tisch erhebst und weggehst, werde ich dich nehmen.«

Sie schnappte nach Luft, als sie hörte, wie er sein leidenschaftliches Versprechen hauchte. Ihre Körper waren fest umschlungen, und Charlotte hätte nichts tun können, um diesen Bund zu lösen. Wellen der Leidenschaft rauschten durch ihr Blut, sodass sie am liebsten laut aufgeschrien hätte.

Sag sie schon, die Worte. Es wird nichts Schlimmes passieren. Du bist nicht wie deine Mutter, Charlotte.

»Ich will dich, Sam. Jetzt.«

Sie spürte, wie das kalte Metall des Tisches gegen ihre nackten Beine drückte, als er sich über sie beugte. Er legte seine Hände auf ihre Hüften und stützte seinen Körper mit Hilfe des Tisches. Dann senkte er seinen Kopf und traf wieder auf ihren begierigen Mund. Während er sie um alle Sinne küsste, wanderten seine Hände über ihre Hüften bis zu der Stelle, wo der Saum ihres Kleides auf ihre nackten Oberschenkel traf. Er schob das Kleid hoch und lehnte sich gegen sie, wobei er seine Erektion gegen ihre Möse drückte.

Die Berührung war spannungsgeladen. Sie spürte seinen harten Schwanz durch den Stoff seiner Hose. Charlotte wimmerte und fühlte, wie ihre Säfte noch stärker zu fließen begannen.

»Gott, Charlotte«, hauchte Sam und biss die Zähne zusammen. Er bewegte seinen Körper langsam auf ihrem. »Ich will dich. Ich will dich schon seit langer Zeit.« Dann wendete er sich wieder ihrem Mund zu, und sein bedächtiger, zärtlicher Angriff auf ihre Lippen sorgte dafür, dass Charlotte erneut lustvoll aufstöhnte.

Seine Hände waren überall, sie berührten ihren Körper dort, wo er nicht von ihren Sachen bedeckt war. Zwischen ihren Beinen spürte sie ein schmerzendes Verlangen, und ihr hauchdünner seidener Slip war durchnässt von ihrer Lust. Sam küsste sie immer weiter und fuhr mit der Hand über ihren Bauch, wobei er seinen kleinen Finger in den Ring ihres Bauchnabelpiercings gleiten ließ.

»Wow, das ist verdammt sexy«, flüsterte er und ließ seine Zungenspitze um den mit Juwelen besetzten Ring fahren. »Ich hätte nie gedacht, dass du ein Piercing hast.«

Sie hatte es nur aus einer Laune heraus machen lassen, an einem langweiligen Wochenende bei einem Einkaufsbummel mit Kollegen, weil sie kein Spielverderber sein wollte.

»Ich wusste ja gar nicht, dass du so ein kleines wildes Mädchen bist«, sagte Sam und presste seinen harten Schwanz wieder gegen ihre pulsierende Muschi.

»Das bin ich auch nicht«, hauchte sie.

»Oh, doch. Ich glaube, dass eine wilde Kreatur in dir steckt, Charlotte. Du lässt sie nur nicht sehr oft raus.«

Sie verstand nicht, wovon er sprach. Sie war doch alles andere als wild, ging nie Risiken ein…

Aber wieso lag sie dann mit weit ausgebreiteten Armen in aller Öffentlichkeit auf einem Picknicktisch und rieb sich an einem heißen, attraktiven Mann? Niemals in ihrem Leben war sie wilder gewesen.

Eigentlich hätte sie ihr Verhalten ja erschüttern müssen, aber sie hatte endlich die Nase voll davon, immer auf Nummer sicher zu gehen. Sie wollte, dass Sam sie berührte, sie küsste. Sie wollte seinen Schwanz tief in ihrer Pussy, seinen Mund auf ihrer Klit.

Jetzt wäre der richtige Augenblick. Sie hob ihre Hüften und hoffte, dass er sie ficken würde, dass er sie lecken würde, dass er alles tun würde, um die unaufhörlich pochende Sehnsucht in ihr zu stillen.

Aber stattdessen richtete er sich auf und strich mit seinen Händen in Richtung ihrer Brüste. Als er kurz davor war, sie zu berühren, hielt er inne. Ihre Nippel wurden hart, und sie sie bettelte ihn wortlos an, sie zu berühren, ohne nachzudenken.

»Willst du, dass ich dich berühre?«

»Ja! Verdammt, ja! Bitte, Sam!«

Charlotte hörte zwar ihre eigene Stimme, merkte aber nicht, dass sie sprach. Sie klang heiser, erregt und fordernd. Soeben hatte sie eine Seite von sich entdeckt, die sie nie zuvor gekannt hatte, wild und schamlos. Eine Seite, die sie so lange versteckt hatte und die wohl doch tief in ihr gelauert hatte.

Vielleicht kannte sie sich doch nicht so gut, wie sie dachte.

Als seine Hände leicht über ihre Brüste strichen, drückte sie ihm instinktiv ihren Körper entgegen. Mit den Fingerspitzen rieb er ihre Nippel und ließ elektrische Stöße der Lust von ihren Brüsten zu dem pochenden Punkt zwischen ihren Beinen rasen.

Sie war über ihre Antwort auf Sams Frage erschrocken. Das, was sie taten, was Charlotte fühlte, war so viel mehr, als sie jemals erlebt hatte. Sie war nicht unerfahren.

Aber mit anderen Männern war es ganz anders gewesen. Sex ohne Innigkeit, ohne emotionale Verbundenheit war einfach, es bedurfte nur einer körperlichen Reaktion. Aber ob es ihr gefiel oder nicht, ihre Verbindung zu Sam war immer emotional gewesen.

Während ihre Lippen seine suchten, sie hungrig jeden Schlag seiner Zunge erwiderte, erkannte Charlotte den Unterschied. Was sie taten, war nicht nur körperliche Lust, es war viel mehr.

Charlotte verkrampfte sich, als sie wieder von ihren alten Ängsten eingeholt wurde. Als wehte ein kalter Wind über sie hinweg, fing sie an zu frieren. Sie griff nach Sams Händen und stieß ihn von sich.

»Ich kann das nicht!«

Bewegungslos sah er sie an. »Warum nicht?«

»Darum nicht.«

»Weil ich in dir Gefühle wecke?« Seine Hand berührte ihre Brust, wobei jede Bewegung ihr Kleid höher rutschen ließ und ihre Hüften entblößte. Sam sah auf ihren feuchten Slip.

»Nein, ich empfinde nichts –«

»Sag mir nicht, dass du nichts fühlst, Charlotte.« Sam ließ eine Hand wieder ihren Körper hinabstreichen, über ihren Bauch und immer weiter nach unten, bis seine Finger in ihren knappen Slip rutschten und zärtlich ihre Klit streichelten.

Charlotte schnappte nach Luft, als würde sie nicht genügend Sauerstoff bekommen, und wimmerte vor Lust.

Zum Teufel mit der Angst. Sie wollte es!

»Du hast Bedürfnisse. Bedürfnisse, die ich erfüllen kann. Ich glaube, es ist schon viel zu lange her, dass du gekommen bist, Charlotte.«

»Ja«, hauchte sie zitternd und gab sich endlich geschlagen. »Bring mich zum Höhepunkt, Sam.«

Er legte seine Hände auf ihre Hüften und zog ganz langsam den Slip von ihrer heißen, feuchten Muschi weg.

Das Pochen war mittlerweile so stark geworden, dass sie am liebsten die Hand in ihren Schritt gelegt und sich so lange gestreichelt hätte, bis sie kommen würde. Sie hob ihren Kopf und sah, wie Sam ihren nackten Körper betrachtete.

»Was für eine süße kleine Muschi. Weißt du, dass ich deine Erregung riechen kann, wenn du neben mir stehst?«

Das wusste sie nicht, aber sie verstand es. Sein Duft war ihr schließlich genauso vertraut, und wenn sie in seiner Nähe war, wollte sie nichts anderes, als seinen betörenden Geruch in sich aufnehmen.

»Dein Duft ist so süß wie Moschus, wie Wildblumen im Sommer. Gott, du machst mich hart. Ich kann manchmal kaum in deiner Nähe sein, es ist zu viel für meinen Schwanz. Dann will ich dir am liebsten sofort die Klamotten vom Leib reißen und tief in dich eintauchen.«

Charlotte hatte noch nie erlebt, dass jemand sich so sehr nach ihr verzehrte. Was für ein berauschendes, mächtiges Gefühl, dass sie in Sam dieses Verlangen auslösen konnte!

»Ich bin hier. Nimm mich!«

Er hob seinen Blick und sah ihr mit seinem verführerischen Lächeln in die Augen. »Oh ja, das werde ich. Wenn du bereit dafür bist, Süße.«

»Ja.« Sie war mehr als bereit.

Zuerst wollte er aber ihren süßen Saft kosten, wollte wissen, ob sie so gut schmeckte, wie sie roch. Er ging auf die Knie, schob ihre Beine auseinander und näherte sich mit dem Gesicht ihrer Möse. Dann ließ er seine Zunge über ihre Spalte streichen, und Charlotte hob reflexartig ihren Po von der Tischplatte und stöhnte dabei laut auf.

So fühlte es sich also an, wenn sie von jemandem verwöhnt wurde, für den sie so viel empfand. Nein, empfinden war nicht das richtige Wort – nach dem sie sich verzehrte. Sie durfte jetzt keinesfalls Emotionen ins Spiel bringen. Das war zu gefährlich. Oh, aber was er in ihr auslöste! Es fühlte sich an, als würde sie auf einer Wolke davonschweben, während Tausende von Händen sie berührten und immer mehr Lust in ihr weckten.

Die Angst schmolz dahin, das Verlangen nahm überhand, und sie konzentrierte sich auf seine Berührungen, seinen heißen Mund und die wunderschönen Dinge, die er mit ihr machte.

Die kurzen schnellen Stöße seiner Zunge in ihrer Muschi brachten Charlotte beinahe um den Verstand, sie war fast den Tränen nahe. Er schien genau zu wissen, wie er seine Zunge bewegen musste, um Charlotte zum Explodieren zu bringen – und kurz bevor sie so weit war, hielt er inne.

»Sam, bitte!«, flehte sie ihn an. Alle Gedanken, die sie geplagt hatten, waren verflogen, und sie wusste nur, dass sie brauchte, was er ihr geben konnte.

Sie spürte seinen heißen Atem auf ihrer geschwollenen Pussy. »Du schmeckst wie das beste Dessert, das es hier im Süden gibt, Charlotte. Ich könnte die ganze Nacht so weitermachen.«

Aber Charlotte würde definitiv nicht mehr die ganze Nacht brauchen, um ihr Ziel zu erreichen. Als er mit seiner Zunge wieder langsam und zärtlich über ihre Klit leckte, hoben sich ihre Hüften mit einem Ruck vom Tisch, von einem heftigen Orgasmus geschüttelt. Ihr herrlicher Saft lag auf Sams Zunge, während sie immer und immer wieder kam, scheinbar unendlich lang.

Sam ließ nicht von ihrem Körper ab, kostete jede Sekunde ihres Höhepunktes aus und bedeckte ihre Klit mit seinen Lippen. Dann stand er auf und schaute sie an.

Charlotte konnte kaum ihren Kopf heben, aber was sie sah, fand sie irgendwie faszinierend. Noch nie hatte sie einen Mann erlebt, dessen Gesicht so sehr von Begierde gezeichnet war, dessen Absichten so sehr in seinem Blick zu erkennen waren. Sie sah, wie er die Zähne zusammenbiss und wie seine Schläfen pulsierten.

Sein Schwanz drückte unaufhörlich gegen den Stoff der Jeans, lang, hart und dick, und sie wollte ihn einfach nur berühren.

Zur Hölle, sie wollte ihn mit einem Mal verschlingen, sie wollte Sam dorthin bringen, wo er sie hingebracht hatte, und dann nochmals von vorn beginnen.

Am liebsten würde sie nie wieder von Maggie's Bluff weggehen. Was sie in ihrer Jugend verpasst hatte, als niemand mit ihr zu diesem Hügel gefahren war, holte sie hier und jetzt nach. Mit Sam.

Und sie wollte ihn nie wieder loslassen.

Mit dem Verlangen, ihn zu besitzen, eins mit ihm zu werden, stieg die Angst wieder in ihr auf.

Es durfte nicht geschehen, dass sie immer mehr für Sam empfand, das machte sie schwach und verwundbar. Wie ihre Mutter. Und genau wie ihre Mutter würde sie anfällig für die falschen Entscheidungen werden. Sam Tanner war die falsche Entscheidung, das wusste sie bereits.

Und genau wie ihre Mutter war auch Charlotte von ihrem Verlangen überwältigt worden. Eine Situation, die sie jetzt sofort beenden musste.

»Nein!«, rief sie, richtete sich blitzschnell auf und entfernte sich von Sam. »Ich kann das nicht!«

Sam sah sie irritiert an. Er atmete heftig und unregelmäßig, dann stützte er sich mit den Händen auf den Tisch, nur wenige Zentimeter von ihren Oberschenkeln entfernt. »Was ist los, Charlotte?«

»Ich kann das einfach nicht tun«, sagte sie und versuchte, tief durchzuatmen, damit sich ihr Puls wieder beruhigte.

»Wir haben es bereits getan.«

»Nein, haben wir nicht. Du hast, ich meine, ich habe ... aber wir ... oh, verdammt!« Sie konnte keinen sinnvollen Satz zustande bringen. Charlotte glitt von der Tischplatte, hob ihren Slip auf und hielt ihn fest in der Hand, die sie zu einer Faust zusammenballte.

Sie dachte nicht einmal daran, ihn wieder anzuziehen, sondern streifte nur ihr Kleid über ihre Oberschenkel und entfernte sich von Sam.

»Habe ich irgendwas falsch gemacht?«, fragte er ruhig.

Sie schüttelte den Kopf. »Nein, du hast nichts falsch gemacht, Sam. Ich kann einfach nicht.«

»Du kannst was nicht?«

»Das hier tun«, wiederholte sie und schämte sich, dass sie es so weit hatte kommen lassen, ohne ihn zu stoppen. Vielleicht war sie ein Feigling, aber sie war definitiv keine Aufreißerin. »Es tut mir leid, aber das hier ist falsch. Das mit uns ist falsch.«

»Ich verstehe dich nicht. Was wir gerade erlebt haben, fanden wir doch beide heiß. Ich hab doch deine Reaktion gespürt. Charlotte, ich habe noch nie eine Frau erlebt, die sich beim Sex so sehr fallen lassen hat. Also, was ist hier das wahre Problem?«

Sie spürte, wie ihr Gesicht heiß wurde. Na klar, das Einzige, was sie fallen gelassen hatte, war ihr gesunder Menschenverstand.

Wie sollte sie ihm bloß erklären, dass sie ihn zu sehr wollte, um ihn haben zu dürfen? Dass sie nicht so enden wollte wie ihre Mutter, die einem Mann hinterhergejagt war, der eine Schar von Frauen zur Auswahl hatte, die er letztendlich alle mal durchprobiert hatte? Wie konnte sie Sam sagen, dass sie ihm nicht vertraute und dass sie sich selber nicht vertraute, wenn sie in seiner Nähe war?

Sie wollte ihn nicht verletzen, aber der einfachste Weg aus diesem Dilemma wäre, wenn sie ihn dazu bringen könnte, sauer auf sie zu sein. Klar, das wäre ein feiger Ausweg, aber im Moment fühlte sie sich nicht besonders stark. Wenn Sam sie noch weiter davon zu überzeugen versuchen würde, dass sie etwas für ihn empfand, würde sie ihm gleich hier und jetzt die Klamotten vom Leib reißen.

Sie war Schauspielerin. Vielleicht sollte sie ja jetzt die Darbietung ihres Lebens abliefern. Sie setzte den kühlsten Gesichtsausdruck auf, den sie zu bieten hatte, und drehte sich zu ihm, blickte aber weiterhin auf den Boden. »Nun ja, es war ganz nett mit dir, aber ich hab schon Besseres erlebt.«

»Du hast ... Besseres erlebt.« Er wiederholte ihre Worte langsam, als hätte er sie nicht recht verstanden.

»Ja. Der Orgasmus war zwar ganz gut, aber ich habe es mir anders überlegt, ich will nicht weitergehen. Ich habe erkannt, dass in meinem Leben gerade zu viele andere Dinge passieren, als dass ich mich auf jemanden einlassen könnte.« Sie warf vorsichtig einen Blick in seine Richtung und sah, dass sich seine Miene verfinsterte und seine Schläfen noch heftiger zu pulsieren begannen.

Oh, jetzt wurde er wirklich sauer. Sie sollte die Sache jetzt besser komplett beenden, solange sie noch den Mut dazu hatte.

Sie sah ihm in die Augen und legte ihre Hand auf seinen Unterarm.

»Der Orgasmus war gut, Sam, und ich danke dir für den Zeitvertreib. Und für das Abendessen. Können wir jetzt nach Hause fahren? Ich muss für morgen noch einiges vorbereiten, und es ist schon spät.«

Sie machte auf dem Absatz kehrt und ging schnell zu Sams Auto, setzte sich auf den Beifahrersitz und wartete.

Sam stand noch minutenlang wie angewurzelt am Picknicktisch und beobachtete Charlotte. Sie wünschte, dass sie jetzt seinen Gesichtsausdruck sehen könnte, aber dann fand sie es doch besser, ihn jetzt nicht anschauen zu müssen. Es fiel ihr absolut nicht leicht, Sam diese Dinge zu sagen, nachdem sie sich so nahe gewesen waren. Aber sie hatte keine andere Wahl.

Schließlich kam er den Hügel heruntergestapft, stieg ins Auto und knallte die Tür zu. Charlotte holte tief Luft und hoffte, dass ihre Notlüge funktioniert hatte und er zu wütend war, um während der Fahrt nach Hause auch nur ein Wort mit ihr zu wechseln. Da hatte sie sich aber geirrt. Er wandte sich zu Charlotte, griff ihr Kinn und drehte ihr Gesicht zu ihm, damit sie ihm in seine wütenden Augen sah.

»Du hältst dich vielleicht für eine gute Schauspielerin, Miss Theaterleiterin aus New York«, sagte er wütend. »Aber ich kenne dich besser, als du dich selbst kennst. Du warst heiß. Auf mich. Auf Sex. Und was zwischen uns sein könnte, geht weit darüber hinaus. Du wolltest es genauso sehr wie ich, also verschon mich mit diesem ›Es hat mir nichts bedeutet‹-Bullshit!« Er ließ ihr Kinn los und drehte sich von ihr weg.

Dann startete er den Motor und fuhr den Wagen von dem kleinen Schotterweg zurück auf den Highway. Er sagte während der Fahrt nicht ein Wort zu ihr. Als er den Wagen vor ihrer Haustür gestoppt hatte und Charlotte gerade die Beifahrertür öffnen wollte, um auszusteigen, ergriff er sie beim Handgelenk und zwang sie dazu, ihn anzusehen.

»Du lügst, Charlotte. Du belügst mich und dich selbst.«

Sie fühlte sich elend und musste innerlich zugeben, dass er recht hatte.

Kapitel 8

Sam kochte immer noch vor Wut, als er am nächsten Morgen auf den Hof vor Charlottes Haus fuhr. Er stoppte den Wagen, blieb regungslos am Steuer sitzen und dachte darüber nach, was zum Henker am gestrigen Abend schiefgelaufen war.

Sie hatten ein großartiges Dinner gehabt, hatten sich gut unterhalten, und sie schien seine Gesellschaft wirklich angenehm zu finden. Er war von Charlotte fasziniert, nicht nur in körperlicher Hinsicht. Zunächst hatten sie sich beide auf derselben Wellenlänge bewegt, und am Ende des Abends waren sie irgendwie in völlig entgegengesetzte Richtungen gelaufen. Dabei hatte er sie doch nur kennenlernen wollen. Vor allem hatte er herausfinden wollen, warum sie so voller Ängste war.

Die Chemie zwischen ihnen hatte gestimmt – und es war eine verdammt hochexplosive Chemie gewesen! Er ließ den Abend vor seinem geistigen Auge nochmals Revue passieren. Sie mit ausgebreiteten Beinen auf dem Picknicktisch, ihre Muschi feucht von dem süßen Saft ihrer Erregung – sein Schwanz erwachte gleich wieder zum Leben. Als Sam es endlich geschafft hatte, ihre Barrieren zu überwinden, war sie Feuer und Flamme gewesen, so voller Leidenschaft, und sie hatte ihn so sehr gewollt wie er sie. Und was Sam wirklich überraschte: Es war nicht nur körperliches Begehren gewesen.

Ihm kam es auf eine emotionale Reaktion von Charlotte an, er wollte einfach wissen, ob seine Gefühle nur einseitig waren. Und was hatte er für eine Reaktion bekommen? Eine Frau, die ihn mit einer solchen Intensität wie Charlotte küsste, konnte doch nur wegen Sex an ihm interessiert sein.

Wie sich das anhörte! So hätte wohl eher eine Frau gedacht, aber kein Mann. Ob Charlotte ihn heute Morgen wohl überhaupt noch respektieren würde? Er lachte und war von sich selbst angewidert, weil er sich immer noch auf die eine oder andere Weise darüber den Kopf zerbrach, was sie dachte oder fühlte.

Er war ihr offensichtlich egal. Sie hatte es sich von ihm besorgen lassen, und dann war sie fertig. Aber er wusste, dass in ihrem Kopf viel mehr vor sich ging. Charlotte war kein selbstsüchtiges Miststück, diese Art hatte er nur zu gut kennengelernt – er hatte schließlich so eine Frau geheiratet.

Nein, irgendwas hatte Charlotte gestern Abend verschreckt. Aber was zum Henker war es?

Er strich mit den Fingern durch sein schwarzes Haar und fragte sich, warum ihn das überhaupt noch interessierte. Er wollte sie im Grunde doch gar nicht, und er wollte vor allem keine feste Beziehung. Charlotte war eine Frau, die an sich riss, was eine große Stadt ihr bieten konnte, und sie würde sich nie mit einem Mann zufrieden geben, der sein Leben in einer Kleinstadt wie Magnolia genoss.

Penny hatte ihn letzten Endes auch nicht gewollt. Klar, zuerst schon, aber dann hatte sich ihre wahre Natur offenbart. Es hatte sich alles immer nur noch darum gedreht, was er ihr mit seinem Geld hätte kaufen und wohin sein Erfolg sie beide hätte bringen können.

Und genauso wie bei Penny ging es auch bei Charlotte nur um Geld und Erfolg. Belle Coeur zu verkaufen und das Geld für ein eigenes Theater in New York zu verwenden war ein deutlicher Hinweis auf den Typ Frau, mit dem Sam nichts mehr zu tun haben wollte. Aber warum wurde er dann immer wieder von ihr angezogen, warum hatte er immer noch Interesse an ihr?

Sex.

Er redete sich immer wieder ein, dass alles, was er von Charlotte wollte, nur eines war: Sex. Nichts anderes. Und deshalb war er heute Morgen auch so angespannt. Jawohl, sie war zum

Höhepunkt gekommen und hatte ihn mit seinem Ständer und dem Verlangen, mehr von ihr zu kosten, einfach stehen gelassen.

In diesem Augenblick kam die Frau, nach der er sich so verzehrte, aus dem Haus gestürmt, die Hände voller Unterlagen und Papierzeug. Sie trug Jeans und ein blaues T-Shirt, dazu Sandalen mit Absätzen, die aussahen, als würde Charlotte sich das Genick brechen, wenn sie sich zu schnell bewegte.

Als sie ihn in seinem Wagen bemerkte, blieb sie auf der obersten Treppenstufe der Veranda stehen und biss sich leicht auf die Oberlippe. Sie sah aus, als würde sie darüber nachdenken, ob sie auf ihn zugehen oder sich ganz schnell umdrehen und sich wieder im Haus verkriechen sollte.

Sam rechnete ihr die Tapferkeit hoch an, als sie sich langsam in Bewegung setzte und die Treppe hinunter zu seinem Truck ging.

»Morgen«, sagte sie fast flüsternd, als sie an der Fahrertür angekommen war. Sie sah ihn nur kurz an, und Sam bemerkte, dass ihre Wangen sich leicht röteten. Dachte sie auch gerade an gestern Nacht? Sie hatte ihn angelogen, als sie behauptet hatte, dass sie nichts für ihn empfand. Es stand ihr ins Gesicht geschrieben.

Sam musste ihr einfach nur beweisen, dass sie ihn genauso sehr wollte wie er sie. Langsam nahm ein Plan in seinem Kopf Gestalt an.

»Guten Morgen«, sagte er fröhlich. Er beschloss, seine Wut wegen gestern Abend hinunterzuschlucken. Sie würde sich ihm nur öffnen, wenn er es schaffte, dass sie ihm vertraute. Machte er sie wütend, würde er sein Ziel nie erreichen. Sam blickte auf den Stapel Unterlagen, den sie in den Händen hielt. »Wohin willst du so eilig?«

»Ich … ich habe ein Meeting mit den Darstellern, und ich bin tierisch spät dran.« Sie dachte bestimmt, dass er wegen gestern Nacht sauer sei. Sicher, sie war eine recht gute Schauspielerin, aber *so* gut war sie auch wieder nicht. So leidenschaftlich, wie sie gestern gewesen war, das konnte niemand spielen. Und außerdem hatte sie mehr gewollt.

Charlotte zögerte, als wollte sie stehen bleiben und mit ihm reden. Vielleicht tat es ihr ja leid, wie es gestern Abend ausgegangen war, und sie wollte es wiedergutmachen. Teil von Sams neuem Plan war es, sie zappeln zu lassen. Sie sollte zur Abwechslung mal auf ihn zugehen.

»Ich habe noch viel zu tun«, sagte er und öffnete die Fahrertür, um auszusteigen. Charlotte trat schnell einen Schritt zurück. »Viel Spaß im Theater.« Er ignorierte sie und ging zur Ladefläche des Trucks, um sein Werkzeug zu holen.

Als er aus dem Augenwinkel sah, dass Charlotte immer noch nicht gegangen war, musste er sich das Lachen verkneifen. Sie stand wie angewurzelt am Wagen. Anscheinend wartete sie darauf, dass er etwas sagte, mit ihr flirtete oder sie vielleicht anschrie. Nicht heute. Wenn Charlotte Weston ihn wollte, musste sie schon den ersten Schritt machen. Sam wollte ihre Geduld auf die Probe stellen, wenigstens für eine Weile.

»Okay«, sagte sie zögerlich. »Wenn du irgendwas brauchst, weißt du ja, wo du mich findest.«

»Alles klar. Dasselbe gilt für dich. Wenn du was brauchst, ich bin hier.«

Er zwang sich dazu, sie nicht anzusehen, hoffte aber insgeheim, dass sie etwas Bestimmtes von ihm brauchte und ihn irgendwann auch darum bitten würde.

*

Die Proben verliefen gut, und das Theaterstück nahm so langsam Form an. Die Darsteller benötigten jetzt weder Textbuch noch Souffleur, sie konnten ihre Texte auswendig. Charlotte war angenehm überrascht, dass jeder von ihnen auch musikalisches Talent hatte. Wenn sie es nicht besser wüsste, hätte sie schwören können, dass sie eine professionelle Schauspielergruppe leitete. Zugegeben, sie war sogar sehr beeindruckt.

Sie saß an ihrem provisorischen Schreibtisch im Vorraum des Theaters und machte sich Notizen, während sie den Darstellern zum Abschied zuwinkte, als diese ihre Sachen zusammengepackt hatten und nach Hause gingen.

Millie blieb an ihrem Schreibtisch stehen. »Na, Schätzchen, wie ist es gelaufen?«

»Die Proben waren super.« Charlotte blickte auf und lächelte Millie an. Die hatte heute gemeinsam mit Katie ein Duett gesungen. Die beiden hatten die schönsten Sopranstimmen, die Charlotte je gehört hatte. Ihre Melodien und Harmonien passten perfekt zusammen. Katie war schon immer eine großartige Sängerin gewesen. Charlotte erinnerte sich, wie sie ihr damals bei den Schulkonzerten zugehört hatte. Katie hatte auch in dem Theaterstück mitgespielt, bei dem Charlotte in der Highschool Regie geführt hatte. Was für ein Talent! Es gab viele begabte Menschen in Magnolia, mehr als sie gedacht hatte.

Millie lachte und sagte: »Kindchen, ich habe nicht von den Proben gesprochen, sondern von deinem Date mit Sam gestern Abend.«

Katie kam zu ihnen an den Schreibtisch und klinkte sich in das Gespräch ein. »Ja, genau. Du musst uns alles erzählen, Charlotte. Wie ist es gelaufen?«

Charlotte wusste, dass sie nicht so leicht aus der Sache herauskommen würde. Sie hatte es geschafft, während der Probe kein Wort über ihr Date mit Sam zu verlieren, und deshalb hatte sie gehofft, dass Millie und Katie sie nicht mehr darauf ansprechen würden.

Falsch gedacht.

»War ganz nett.«

»Nett. Nett? Mehr nicht? Ist das alles, was du uns darüber zu sagen hast? Nett?« Millie wollte offensichtlich ein paar Details hören. Schließlich konnte man aus einem einfachen »Nett« keine ordentliche Tratschgeschichte machen.

»Wir hatten einen schönen Abend. Tolles Essen, nette Gespräche, dann hat er mich nach Hause gebracht.« Mit einem Abstecher zu Maggie's Bluff, aber das würde sie ihnen ganz sicher nicht verraten. Sie wollte nicht mal selber daran denken. Sie konnte es auch gar nicht, ohne rot zu werden, wenn sie an die innigen Küsse dachte, an Sams zärtliche Berührungen, wie er ihre …

Nein, daran würde sie jetzt nicht denken! Wenn sie sich das Gefühl von Sams Lippen und seinen Händen auf ihrem Körper wieder ins Gedächtnis rief, würde ihr Verstand in eine Richtung abwandern, in die sie nicht gehen wollte.

Katie und Millie tauschten flüchtige Blicke aus. Sie nahmen es ihr nicht ab. Verdammt, sie war nie eine gute Lügnerin.

»Ich habe gestern Abend gesehen, wie Sam dich angesehen hat und wie deine Blicke auf ihm ruhten. Zwischen euch läuft doch irgendwas.«

»Vielleicht will sie nicht darüber reden, Mom.«

Katie erkannte immer, wenn Charlotte etwas auf der Seele brannte. Obwohl sie sich seit Jahren nicht gesehen hatten, hatten sie schnell wieder in die alte Freundinnen-Routine zurückgefunden. Charlotte war es nicht bewusst gewesen, wie sehr ihr in New York eine gute Freundin fehlte, der sie vertrauen konnte.

»Ich weiß nicht. Ich weiß wirklich nicht, was ich tun soll«, seufzte Charlotte.

Katie blickte ihre Mutter an und nickte mit dem Kopf. Millie verstand sofort.

»Na gut, Kleines«, sagte sie, während sie ihre Sachen zusammenpackte, »ich weiß, du brauchst jetzt jemanden zum Reden, der in deinem Alter ist. Warum unterhältst du dich nicht mal ausgiebig mit Katie? Aber wenn du mich brauchst, bin ich immer für dich da.« Sie küsste Charlotte auf die Wange und verließ das Theater.

Charlotte wendete sich Katie zu, wusste aber nicht, wo sie anfangen sollte. Normalerweise vertraute sie niemandem einfach so ihre Gefühle an, teilte niemandem mit, was in ihrem Innersten vorging. Je weniger die Leute über sie wussten, umso besser. Sie wussten sowieso schon viel zu viel.

Sie war dankbar, als Katie das Schweigen brach. »Hör mal, ich weiß, wir haben uns eine ganze Weile nicht gesehen, aber wir sind immer noch Freundinnen. Für mich hat sich in diesem Punkt nichts verändert. Du kannst mir alles erzählen, okay? Ich schwöre dir, ich werde mit niemandem darüber reden. Nicht mal mit meiner Mom.«

Als Charlotte die Augenbrauen hob, musste Katie lachen. »Ja, ich weiß, Mom ist eine alte Glucke. Sie kann sich ja nicht mal aus meinen Angelegenheiten raushalten.«

Charlotte grinste. »Deine Mom ist eine tolle Frau. Leider redet sie nur zu gern.«

»Stimmt. Über sich selbst, über mich, über alle anderen in der Stadt. Du brauchst sie nicht in Schutz zu nehmen. Ich weiß, sie ist eine alte Tratschtante. Aber ich liebe sie trotzdem.«

Wie wundervoll es sich anfühlen musste, eine so gute Beziehung zu seiner Mutter zu haben. Charlotte hatte das nie gekannt, sie war immer neidisch auf ihre Freundinnen gewesen, die sich mit ihrer Familie gut verstanden.

»Ehrlich. Du machst den Eindruck, als könntest du eine Freundin gebrauchen, und ich bin für dich da. Sag schon, was ist los?«

Katie hatte recht. Charlotte brauchte jemanden zum Reden, jemanden, der ihr dabei half, ihre Gefühle für Sam zu ordnen. Es war offensichtlich, dass sie Mist gebaut hatte, und nicht nur sie, sondern auch Sam musste es ausbaden.

»Ich weiß nicht, wo ich anfangen soll.« Sie schob ihre Unterlagen beiseite und lehnte sich in ihrem Stuhl zurück.

»Fang mit Sam an. Er empfindet ganz klar etwas für dich, und auch an dir geht er nicht spurlos vorüber, oder?«

Charlotte wartete einen Moment, ehe sie antwortete, und war von den ersten Worten aus ihrem Mund selbst überrascht. »Ja, das stimmt. Aber ich will das nicht.«

»Warum nicht?«

»Weil es zwischen uns nie klappen würde.«

»Warum eigentlich nicht?«

»Das ist kompliziert.«

Katie lächelte geduldig. »Ich habe Zeit. Erklär's mir.«

Charlotte hatte nie irgendeinem Menschen genug vertraut, um mit ihm über ihre Mutter zu reden. Aber jetzt war es dringend an der Zeit, damit sie es nicht auf immer und ewig mit sich herumtragen müsste. Abgesehen davon, wusste Katie ohnehin wie jeder andere in Magnolia über Charlottes Mutter Bescheid, jedenfalls, was das Verhältnis zwischen Mutter und Tochter betraf.

»Es geht um meine Mutter.«

Katie nickte. »Erzähl weiter.«

»Du weißt, wie sie war, wie viele Männer sie hatte, wie oft sie tagelang einfach aus der Stadt verschwunden war, ohne irgendwem etwas zu sagen.«

»Ich weiß, es war hart für dich.«

»Das ist noch untertrieben. Ich habe diese Typen gehasst. Sie hatte ein Händchen dafür, sich ständig die falschen Kerle auszusuchen. Die Charmeure, die gut aussehenden Männer, die immer nur das eine wollten. Und sobald sie es bekommen hatten, ließen sie meine Mom fallen wie eine heiße Kartoffel.«

»Manche Frauen sind einfach nicht dafür geschaffen, Mütter zu sein, Charlotte. Das heißt nicht, dass du zwangsläufig denselben Weg gehen musst wie sie.«

»Sie ist immer weggerannt, Katie. Sie hat mich nicht nur den größten Teil meines Lebens ignoriert, sondern sie ist auch von zu Hause weggelaufen und nie wieder zurückgekehrt. Und das alles nur wegen dieses Typen.« Charlotte wusste nicht einmal, ob ihre Mutter noch lebte. Nicht dass es jetzt noch von Bedeutung gewesen wäre. Susie Lake Weston hatte schon vor langer Zeit aufgehört, Charlottes Mutter zu sein.

»Das sind doch alte Geschichten, Charlotte. Ich weiß, es tut immer noch weh ... und das wird auch immer so bleiben. Aber du darfst nicht zulassen, dass es dein Leben bestimmt. Sag mir, was das alles mit dir und Sam zu tun hat.«

»Ich habe nie eine ernsthafte Beziehung gehabt, Katie. Die Männer, mit denen ich zusammen war, fand ich nicht im Geringsten attraktiv. Bei ihnen bin ich ...«

»Auf Nummer sicher gegangen?«

Charlotte lächelte. »Ja, genau. Sie konnten mir nicht wehtun, solange ich nichts für sie empfand. Deshalb habe ich mich nur mit Männern verabredet, die mich emotional nicht berührten.«

»Wegen deiner Mutter.«

»Richtig. Ich wollte nicht so sein wie sie, und ich habe Angst, trotzdem so zu werden. Ich kann es bei Sam spüren. Er macht mich verrückt, Katie. Ich kann nichts essen, kann nicht schlafen, ich denke die ganze Zeit nur an ihn. Ich will ihn so sehr, dass es schon wehtut. Und, ehrlich gesagt, das ängstigt mich zu Tode.«

Katie nahm ihre Hände und drückte sie. »Du bist nicht wie deine Mutter. Ganz und gar nicht. Ich weiß, was sie getan hat, jeder in der Stadt weiß es. Sie war einfach eine einsame Seele, die nach einem Ideal suchte, das es nicht gibt. Ich hab so was schon mal gesehen. Und Sam ist ganz bestimmt nicht wie diese Typen, hinter denen deine Mom her war. Sie rannte irgendwelchen Versagern hinterher. Sam ist alles andere als ein Loser.«

Charlotte stand auf und ging zum Fenster. Sie sah zu, wie die Nachmittagssonne langsam über Magnolias Hauptstraße wanderte.

Die Arme verschränkt, lehnte sie sich gegen den Fensterrahmen, dann drehte sie sich wieder zu Katie. Den Schmerz in ihrer Stimme konnte sie nicht verbergen.

»Logisch betrachtet, weiß ich das alles. Aber in meinem Herzen spüre ich, dass mir genau dasselbe passieren wird wie meiner Mutter. Nicht ein einziger Mann hat sich so an meine Mutter gebunden, wie sie es wollte. Keiner von ihnen hat sie so geliebt, wie sie geliebt werden wollte. Ich glaube, dass sie unerfüllbare Erwartungen hatte. Ich würde mich lieber auf niemanden einlassen, als so zu werden wie sie. Ich will diese Bedürfnisse nicht haben, diese Begierden. Wenn ich sie nicht habe, können sie mich auch nicht verletzen.«

Katie stand auf und ging zu Charlotte, ihr verständnisvolles Lächeln war tröstend.

»Weißt du nicht, dass jeder, der es wert ist, geliebt zu werden, es auch wert ist, dass man sein Herz für ihn riskiert? Ich will dir mal was erzählen. Ich kenne Sam Tanner mein ganzes Leben lang. Ich habe seine guten, aber auch seine schlechten Seiten kennengelernt. Außerdem habe ich miterlebt, was die Ehe mit Penny aus ihm gemacht hat. Sie taugte nichts und wusste einen Mann wie Sam nie zu schätzen.«

»Warum hat es mit ihrer Ehe nicht geklappt?«

»Es hat nicht an Sam gelegen, er hat alles versucht. Er blieb so lange bei ihr, wie er konnte, viel länger, als er es unserer Meinung nach hätte tun sollen. Und er war ihr stets treu, Charlotte. Das hier ist eine kleine Stadt – glaub mir, wäre es anders gewesen, hätte es sich schnell herumgesprochen.«

Charlotte konnte sich das Lächeln nicht verkneifen. In diesem Punkt würde sich Magnolia wohl nie ändern. Sobald irgendwer eine Neuigkeit aufgeschnappt hatte, wussten es innerhalb von 24 Stunden alle anderen.

»Er wollte sie nicht verletzen, obwohl sie ihm das Leben schwergemacht hatte. Wenn ein Mann wie Sam ein Versprechen abgibt, dann hält er es auch. Er ist ganz anders als die Typen, hinter denen deine Mutter her war. Gib ihm eine Chance.«

Sam überraschte sie schon wieder. Charlotte konnte sich ihn ganz und gar nicht als aufopfernden Ehemann vorstellen, und schon gar nicht, wie er es mit einer Frau wie seiner Ex hatte aushalten können. Aber das bedeutete noch lange nicht, dass er der Richtige für sie war. Und was sollte sie auch mit ihm? Sie blieb sowieso nicht in Magnolia. Ihre Beziehung mit Sam würde ohnehin nicht länger als einen Sommer dauern.

»Ich weiß nicht, ob ich das kann.« Sie blickte auf den Boden und schämte sich, Katie zu zeigen, wie feige sie war.

Katie packte sie bei den Schultern, sodass Charlotte sie ansehen musste. »Verbring doch einfach etwas Zeit mit ihm. Lerne ihn kennen, anstatt ihn schon im Voraus zu verurteilen. Okay, manchmal wirkt er wie ein sexistischer Prolet, aber das ist bloß seine Art, mit dem Schmerz umzugehen. In Wahrheit ist er ein Gentleman, wenn man hinter die Fassade blickt. Und wenn das alles nicht hilft, dann geh wenigstens raus und amüsier dich, solange du hier bist. Das ist absolut in Ordnung, du musst keine Bindung eingehen.«

In ihrem Herzen wusste Charlotte, dass Katie recht hatte. Sam war wirklich ganz anders als die Typen, auf die ihre Mutter abgefahren war. Aber Sam und sie hatten doch zwei ganz unterschiedliche Lebensweisen. Sie wollte ihre nicht ändern, und auch Sam war mit seinem Leben glücklich.

Dennoch – was war schlimm daran, ein wenig Zeit mit Sam zu verbringen, während sie hier in Magnolia wohnte? Nachdem sie aufgehört hatten, sich bei jeder Gelegenheit zu streiten, hatte doch jeder von ihnen die Gesellschaft des anderen genossen. Und zwischen ihnen stimmte die Chemie tatsächlich. Die hochexplosive Chemie! Wenn sie sich nur auf das Körperliche konzentrierte, würde sie vielleicht sogar etwas Spaß haben.

Schließlich entspannte sie ihre Schultern. »Ich werde darüber nachdenken, was du gesagt hast.«

Katie schnappte sich ihre Sachen, und Charlotte öffnete ihr die Tür.

»Danke, Katie«, sagte sie, als sie sich an die Tür lehnte. »Ich hab lange Zeit keine Freundin gehabt. Ich hab dich vermisst.«

Katie umarmte sie. »Ich hab dich auch vermisst. Und was Sam betrifft – vielleicht sehe ich bloß etwas, was du nicht erkennen kannst.« Als sie ihre Hand auf Charlottes Arm legte, sagte sie: »Öffne die Augen, Liebes. Was du brauchst, ist direkt vor deiner Nase.«

*

Sams Truck parkte auf dem Hof, als sie ihren Wagen vor dem Haus stoppte. Er lud gerade sein Werkzeug auf die Ladefläche, offensichtlich war er für heute fertig mit der Arbeit.

Charlotte hatte während der Fahrt nach Hause über alles nachgedacht, was Katie ihr gesagt hatte, und war zu dem Entschluss gekommen, dass ihre Freundin zumindest teilweise recht hatte. Vielleicht wollte Charlotte keine feste Beziehung mit Sam, aber sie konnte nicht länger leugnen, dass sie ihn anziehend fand. Was war schon falsch daran, sich ein wenig zu vergnügen?

Die Leute hatten doch ständig Sex ohne Verpflichtung. Früher hatte Charlotte auch schon so gehandelt, und jegliche Art von Verpflichtung war für sie absolut nicht in Frage gekommen. Nun hatte sie die Chance auf umwerfend guten Sex mit einem Mann, der genau nach ihrem Geschmack war. Warum sollte sie sich nicht auf ein kleines heißes Abenteuer einlassen, solange sie hier war? Das war doch jetzt ein passender Moment. Außerdem fühlte sie sich schlecht wegen der Art, wie sie ihn tags zuvor hatte abblitzen lassen. Charlotte beschloss, dass es an der Zeit war, sich mit ihm zu vertragen.

»Na, bist du fertig für heute?« Sie legte ihr gewinnendstes Lächeln auf, als sie von ihrem Auto zu seinem Truck ging.

»Ja.« Er sah sie an und fragte: »Wie ist es bei dir heute gelaufen?«

»Großartig.« Okay, so weit, so gut. Offenbar war er nicht mehr sauer auf sie. Vielleicht würde er heute Abend mit ihr zusammen essen gehen. Oder ins Kino. Das wäre sicher harmlos, und sie wollte ihm nicht gleich zeigen, dass sie sich nicht mehr fürchtete. Dieses Mal würde sie die Initiative ergreifen und ihn um ein Date bitten. Das würde ihn sicherlich überraschen.

Ein Schritt nach dem anderen. Essen, vielleicht einen Film ansehen, und dann würde man ja sehen, wohin es führt. Sie holte tief Luft und sagte: »Ich hab mich gefragt, ob du heute Abend –«

»Oh Mann, bin ich fertig«, unterbrach Sam sie mit einem lauten, langen Gähnen. »Ich glaube, ich werde nach Hause fahren und mich gleich hinhauen. Bis morgen.« Er kletterte in seinen Truck, schloss die Tür und winkte ihr zu, während er den Wagen vom Hof lenkte. Charlotte war enttäuscht. So ein Mist. Da stand sie nun, bereit, Sam großspurig zu einem Date einzuladen, und er hatte nicht mal zehn Worte mit ihr gewechselt und war einfach abgehauen. Mist, er hatte sich wirklich die perfekte Zeit ausgesucht, sie zu ignorieren!

Das war ja klar! Als sie ihn abwies, spürte sie seinen Atem beinahe bei jeder Bewegung in ihrem Nacken. Und jetzt, wo sie ihn in ihrer Nähe haben wollte, machte er sich vom Acker. Kein Wunder, dass sie sich nicht oft mit Männern verabredete. Sie verstand die männliche Logik überhaupt nicht.

Charlotte drehte sich um und ging zu ihrem Haus. Auf der Treppe zur Veranda blieb sie stehen und sah sich das alte Gebäude an. Als sie an den langen Abend dachte, der vor ihr lag, fühlte sie sich plötzlich ganz einsam.

*

Das war besser gelaufen, als er geplant hatte.

Sam hatte sehr wohl bemerkt, dass Charlotte es gern gehabt hätte, wenn er noch ein wenig geblieben wäre und mit ihr geplaudert hätte, aber das gehörte nicht zu seinem Plan. Wenn er sich ein wenig rarer machte, würde sie ihn immer stärker vermissen.

Deshalb hatte er sich so schnell aus dem Staub gemacht, wie er nur konnte. Bevor er so was Blödsinniges machen konnte, wie etwa mit ihr heute Abend auszugehen. Bevor er noch tat, was er sich sehnlichst wünschte, als er sie beim Aussteigen aus dem Auto beobachtet hatte – wie die langen, gebräunten Beine unter der geöffneten Fahrertür auftauchten und Charlotte so sexy auf ihn zugekommen war.

Oh ja, er hätte gern etwas ziemlich Idiotisches gemacht: sie in den Arm genommen, sie mit aller Hingabe geküsst und nach oben in ihr Schlafzimmer getragen. Und danach womöglich etwas noch Dümmeres: ihr die Klamotten Stück für Stück ausgezogen, bis sie völlig nackt war. Jeden Millimeter ihrer weichen, duftenden Haut geküsst, seine Zunge von Kopf bis Fuß über ihren Körper gleiten lassen, bis sie ihn angefleht hätte, sie zu nehmen. Oh, und als letzten dämlichen Akt hätte er seinen Schwanz in ihre feuchte Möse versenkt, bis sie sich vor lauter Ekstase an ihn geklammert hätte und sie sich beide die ganze Nacht stürmisch geliebt hätten.

Ja, das wäre allerdings ziemlich idiotisch gewesen. Er spürte, wie sich seine Shorts immer mehr spannten, und stöhnte leicht auf.

Idiot.

Aber wenn er von sexuellen Fantasien geplagt wurde, ging es Charlotte vielleicht ebenso. Sie sollte ruhig eine Weile an ihn denken. Er wollte, dass sie ihn immer stärker begehrte. Und dann sollte sie den ersten Zug machen.

Sam hoffte, dass er genug Geduld hatte zu warten und Charlotte überhaupt nicht geduldig sein würde. Er war einsam, und er wollte sie. In seinen Armen und in seinem Bett. Und wenn er es richtig sah, wollte Charlotte ihn auch. Aber den nächsten Schritt würde sie machen müssen.

Kapitel 9

Es gab kaum etwas Schöneres als Sommerregen in Magnolia. Charlotte saß am Küchentisch und nippte an ihrem Kaffee, während sie aus dem Fenster sah und beobachtete, wie das Wasser in Strömen vom Dach hinunterlief. Der Regen brachte Abkühlung und verdrängte die unerträglich schwüle Luft, die sich die letzten Tage hartnäckig gehalten hatte.

Sie stand auf und ging durch die Verandatür auf der Rückseite des Hauses. Nach dem Regen breitete sich immer der betörend süße Duft der Glyzinie aus, die seitlich am Haus wuchs. Die krummen Äste mit den wohlriechenden lilafarbenen Blüten neigten sich, während die Regentropfen pausenlos auf die Blätter fielen.

Charlotte ließ sich auf einen der Schaukelstühle fallen. Sie sah zu, wie der Regen immer stärker wurde und auf Belle Coeur niederprasselte, bis sich große Pfützen auf dem üppig grünen Rasen bildeten. Eine kühle Brise wehte durch die feinmaschigen Fliegengitter, die die Veranda umgaben, und der Wind strich Charlottes Haare über ihr Gesicht.

Es war wohltuend, dass die Temperaturen gesunken waren. Sie hatte es satt, in der Hitze so zu schwitzen, dass ihr die Kleider an der Haut klebten. Schon seit Tagen hatte es nach Regen ausgesehen, aber erst heute Morgen in der Dämmerung war er endlich angekommen. Charlotte war wach geworden, als die ersten kleinen Tropfen gegen ihr Schlafzimmerfenster prasselten. Mittlerweile goss es wie aus Eimern.

Gott sei Dank. Sie war froh darüber.

Wie auf den Wetterumschwung hatte Charlotte seit Tagen auch noch auf etwas anderes gewartet, aber sie war bisher enttäuscht worden. Nichts war geschehen.

Sie starrte auf ihre Uhr. Es war neun Uhr morgens, und sie hatte Sam noch nicht gesehen. Er hatte sich in den letzten Tagen nicht blicken lassen. Stattdessen hatte er angerufen und ihr mitgeteilt, dass er wegen einer geschäftlichen Angelegenheit die Stadt für einige Tage verlassen müsste. Heute bei dem Regen wäre er wahrscheinlich sowieso nicht gekommen.

Sie vermisste ihn. Verdammt noch mal, das wollte sie nicht, aber sie konnte nichts dagegen tun. Seit dem Abend auf Maggie's Bluff hatten sie nicht mehr als nur ein paar freundliche Sätze gewechselt. Es hatte sich keine Gelegenheit ergeben, ihn zum Abendessen oder ins Kino einzuladen. Plötzlich war er verschwunden. Es kam ihr fast so vor, als würde er sich absichtlich von ihr fernhalten.

Na ja, was hatte sie erwartet? An jenem Abend hatte sie ihm einen ordentlichen Haken verpasst. Hatte sein Ego verletzt, als sie ihm gesagt hatte, dass ihr das, was zwischen ihnen geschehen war, nichts bedeutete. Was für eine armselige Lüge! Er machte sie heißer als die schrecklich drückende Schwüle. Heißer als der Sommer in Magnolia.

Die Wahrheit war, dass sie seit jenem Abend wusste, dass sie mehr wollte. Aber sie wollte nicht über das nachdenken, was nach dem Verlangen kam. Nicht über eine gemeinsame Zukunft, ein Haus, vielleicht sogar ein paar Kinder. Das war nicht ihr Traum, das war der Traum anderer Menschen.

Ihr Traum hatte sich seit der Highschool nicht verändert. Und das würde er auch jetzt nicht. Das machte sie sich jeden Tag aufs Neue klar.

Was sie wirklich brauchte, war Sex. Einen heißen, schweißtreibenden, wilden Fick ohne weitere Verpflichtungen. Bloß ein wenig Vergnügen mit Sam, bevor sie zurück nach New York gehen würde.

Das war alles, was sie wollte. Mehr nicht.

»Morgen.«

Bei dem Klang von Sams tiefer Stimme zuckte sie zusammen und drehte sich ruckartig um. Das Prasseln des Regens war so laut, dass sie nicht gehört hatte, wie er durch die Haustür hereingekommen war.

Gott, sah er gut aus! Er trug dunkelblaue Jeans und ein weißes T-Shirt, und er war von Kopf bis Fuß klitschnass. Das Wasser tropfte ihm vom Körper und hinterließ kleine Pfützen auf dem Fußboden. Sam lächelte Charlotte verschmitzt an.

Ihr Körper erwachte mit neuer Leidenschaft zum Leben. Er sah so verdammt sexy aus, einfach zum Anbeißen.

Zum ersten Mal seit Tagen lächelte sie wieder. »Guten Morgen. Brauchst du ein Handtuch?«

»Ja. Tut mir leid, dass ich deinen Boden unter Wasser setze«, sagte er und versuchte, sich nicht zu bewegen. »Hätte nicht gedacht, dass ich so nass werde.«

Sie holte ihm ein Handtuch, mit dem er sich erst die Haare und Arme abtrocknete. Dann zog er das T-Shirt aus und rieb mit dem Handtuch seine Brust und seinen Rücken trocken. Der Anblick seines nackten Oberkörpers brachte ihren Puls zum Rasen, ihr Mund wurde trocken.

Dunkle Locken bedeckten seine Brust vom Hals bis zum Bund seiner Hose. Und tiefer. Sie würde so gern ihre Finger langsam auf seiner Brust entlanggleiten lassen. Und tiefer. Viel tiefer.

Denselben Weg wollte sie ihre Zunge gehen lassen, bis sie seinen Schaft erreicht hätte.

»Betrachtest du gerade irgendwas, was du gerne hättest?«

Ihr Gesicht wurde rot, während sie ihren Blick hastig von seinem Schritt auf sein Gesicht hob. Er hatte sie dabei erwischt, wie sie seine Brust und seinen Bauch musterte. Und was noch weiter unten folgte.

»Ähm …«

Sprich, du dämliche Kuh. Sag was, irgendwas, um das Thema zu wechseln.

»Willst du einen Kaffee?«

Er lachte und ging zum Küchenschrank, um sich eine Tasse zu holen. »Gern. Ich bediene mich, wenn es dir nichts ausmacht.«

Charlotte, du bist so dämlich.

Es war ihr unglaublich peinlich, dabei erwischt worden zu sein, dass sie ihn wie ein Teenager angegafft hatte. Als ob sie noch nie die nackte Brust eines Mannes gesehen hätte! Okay, sie hatte noch nie zuvor eine Brust wie die von Sam gesehen.

»Hast du deine geschäftlichen Angelegenheiten geregelt?« Sie versuchte, ihre Gedanken – und ihre Augen – von seiner Brust abzuwenden.

»Ja, das habe ich. Jetzt kann ich mich wieder der Arbeit am Haus widmen.«

Charlotte warf einen flüchtigen Blick durchs Fenster, und wegen des Dauerregens fragte sie: »Wie willst du das heute machen?«

Er sah an die Decke und hielt nach undichten Stellen Ausschau. »Ich werde heute im Haus arbeiten.«

»Oh.« Im Haus. Wo sollte sie sich dann den ganzen Tag aufhalten, heute fanden schließlich keine Proben statt. Eigentlich hatte sie vorgehabt, am Text und den Produktionsnotizen zu arbeiten. Und nun musste sie damit klarkommen, dass Sam den ganzen Tag in ihrer Nähe war. Hoffentlich mit einem T-Shirt bekleidet, sonst würde sie heute ganz sicher nichts geregelt bekommen.

»Ist das ein Problem für dich?«

»Ähm, nein, das ist okay. Ich wollte heute auch zu Hause arbeiten. Stört es dich, wenn ich mich im Haus aufhalte?«

Er schüttelte den Kopf. »Nein, nicht im Geringsten. Es ist doch ein großes Haus. Ich bin sicher, dass wir uns nicht in die Quere kommen werden.«

Von wegen, nicht in die Quere kommen! Jedes Mal, wenn sie sich umdrehte, stand Sam hinter ihr. Allerdings sah er sie nicht an. Sein Blick haftete gänzlich auf seiner Arbeit, nicht auf Charlotte.

Immerhin war er so freundlich gewesen und hatte sich wieder ein T-Shirt angezogen. Ein trockenes graues T-Shirt ohne Ärmel, das eng an seinem Körper lag. Er hatte auch die Jeans ausgezogen und trug nun Shorts. Mit Löchern. Die Art von Shorts, die eine Frau in den Müll warf, wenn ihr Mann gerade nicht hinsah. Die Art von Shorts, die nur sehr wenig verbargen.

Um Himmels willen, musste der Mann denn auf einer Leiter stehen, und dann auch noch genau dort, wo sie saß? Wie sollte sie sich auf ihre Arbeit konzentrieren, wenn sie gezwungen wurde, die ganze Zeit auf Sams fantastischen Arsch zu starren?

»Was hältst du davon?«, fragte er, und seine Stimme ließ sie zusammenfahren.

»Was ist?« Was hielt sie wovon – von seinem Arsch?

»Komm her, ich zeig dir was.«

Charlotte legte ihre Unterlagen beiseite und ging zur Leiter. Sam betrachtete irgendetwas an der Wand.

»Glaubst du, das passt?«

Sie hatte keine Ahnung, wovon er sprach. »Was passt?«

»Die Farbe. Ich dachte, der ursprüngliche Farbton sei Eierschale gewesen, aber jetzt sieht es irgendwie anders aus.«

»Das kann ich von hier unten nicht erkennen.«

»Na, dann komm rauf und sieh's dir an.« Er kam die Leiter herunter und hielt sie fest, damit sie hinaufklettern konnte.

Waren ihr eigentlich die winzigen grünen Punkte in seinen türkisfarbenen Augen schon aufgefallen? Sie starrte ihn an und hoffte auf eine Reaktion. Aber Sam war offensichtlich mit den Reparaturen am Haus beschäftigt und kümmerte sich gar nicht um Charlotte. Was sie ziemlich ankotzte, weil sie sich auf jeden Fall ablenken ließ.

»Kletter hinauf und sieh es dir an, dann sag mir, was du denkst.«

Vorsichtig stieg sie die ersten Stufen hinauf. Sie hatte etwas Höhenangst und fühlte sich nie wohl auf Leitern, die auf sie immer etwas unstabil wirkten. Aber da Charlotte nicht als Angsthase aus der Großstadt dastehen wollte, kletterte sie weiter.

Die Leiter wackelte, und Charlotte krallte sich fest, als ginge es um ihr Leben.

»Schon okay, Schätzchen, ich halte dich«, sagte er und stabilisierte die Leiter mit dem Fuß. Dann stellte er sich auf die unterste Sprosse und legte seine Hände auf ihre Hüften. »Besser so?«

Ja. Viel besser. Starke, warme Hände stützten ihre Hüften. Nicht zu fest, aber auch nicht zu locker. Sehr, sehr angenehm. Wenn sie sich jetzt umdrehen würde, wäre sein Gesicht genau auf der Höhe ihrer –

»Charlotte.«

»Hmm?«

»Hörst du mir überhaupt zu? Ich wollte wissen, was du denkst.«

Was sie dachte, war, wie schön es doch wäre, wenn Sam sie den ganzen Nachmittag lang küssen, sie berühren und lieben würde.

»Das wäre so schön«, antwortete sie.

»Was wäre schön?«, fragte Sam ungläubig.

»Was?«

»Charlotte, geht's dir gut? Du hast kein Wort von dem verstanden, was ich in den letzten zwei Minuten gesagt habe.«

Oh, verdammt. Hatte er was gesagt? Sie war tief in ihrem Tagtraum versunken gewesen. Ein Traum von Sex. Heißem, schweißtreibendem Lass-es-uns-hier-und-jetzt-machen-Sex.

»Entschuldige«, sagte sie und verdrängte die verlockenden Gedanken aus ihrem Kopf. »Ich habe nur gerade an meine Produktionsnotizen gedacht.«

Du Lügnerin.

»Na, dann lass es uns noch mal versuchen. Sieh dir die Farbe an, die ich dort oben aufgetragen habe. Dann sieh dir den Teil der Wand an, der noch nicht gestrichen wurde. Passt die neue Farbe einigermaßen zu der alten? Und wenn nicht, willst du dann die ursprüngliche oder die neue Farbe an den Wänden haben?«

Konzentrier dich, Fräulein. Das schaffst du.

Sie betrachtete die beiden Farben, konnte aber keinen nennenswerten Unterschied feststellen. Schließlich war sie auch keine Expertin in solchen Dingen.

»Sam, die Farbtöne sind so ähnlich, ich sehe da keinen Unterschied. Ist egal, nimm die neue Farbe. Das sieht schön aus.«

»Das wollte ich nur wissen. Danke.«

Sam zog sie abrupt von der Leiter herunter, weshalb Charlotte überrascht aufschrie. Sam musste lachen, er wirbelte Charlotte herum, ließ sie in seine Arme fallen und drückte sie an sich. Um nicht den Halt zu verlieren, legte sie ihre Arme um seinen Nacken.

Großer Fehler. Die Wärme seines Körpers brannte sich durch ihre Kleider und entfachte ein Feuer, das nur durch die Berührung ihrer Lippen gelöscht werden könnte. Sams amüsierter Gesichtsausdruck verschwand plötzlich, und in seinen Augen flackerte dasselbe Feuer auf, das sich durch ihren Körper fraß.

Sein Gesicht war so nah, dass sich ihre Lippen bei der kleinsten Bewegung berühren mussten. Wenn sie sich jetzt nur ein kleines bisschen nach vorn lehnen würde.

Mit einem Schwung stand sie plötzlich wieder auf ihren Beinen, und Sam ließ sie los.

»Danke«, sagte er, das Feuer in seinen Augen war gänzlich erloschen. Er drehte sich von ihr weg und kletterte die Leiter wieder hinauf. »Tut mir leid, dass ich dich gestört habe. Jetzt aber wieder ran an die Arbeit!«

Das war alles? Hatte er es denn nicht gespürt? Die elektrische Aufladung, die Hitze, als er sie in den Armen gehalten hatte? Charlotte konnte seine Berührung noch spüren. Dort, wo Sams Arme sie gehalten hatten, stand ihre Haut in Flammen. Und jetzt war er wieder auf der Leiter und ignorierte sie komplett.

Verdammt noch mal! Das war echt frustrierend.

*

Alles in allem war es ein fantastischer Tag. Sam hatte im Haus viel geschafft, und das, obwohl Charlotte ständig in seiner Nähe war. Er musste immer noch grinsen bei der Erinnerung daran, wie er sie von der Leiter gezogen hatte. Sie hatte ihn mit großen Augen angesehen, ihre Wangen waren gerötet und ihr Körper war angenehm warm. Ihre feuchten Lippen hatten ihn wortlos aufgefordert, sie zu küssen.

Zum Teufel, wie gern hätte er das getan! Und das wäre erst der Anfang gewesen. Doch hätten seine Lippen ihren Mund berührt, wäre er verloren gewesen. Er hatte all seine Willenskraft aufbringen müssen, um sie wieder loszulassen und einfach wegzugehen. Aus langer Erfahrung mit dem schönen Geschlecht wusste er genau, wann eine Frau ihn wollte. Und Charlotte wollte ihn, genauso wie er sie. Aber Sam wollte ihr ein wenig mehr Zeit geben, um über sie beide nachzudenken und um sich darüber klar zu werden, was sie wollte. Auf keinen Fall sollte sie zu irgendwas gedrängt werden.

Wie lange sie dazu noch brauchen würde, wusste er nicht. Aber wie lange er diese Tortur noch ertragen konnte, wusste er genau. Nicht eine Sekunde länger.

Die letzten Tage, an denen er nicht hier war, waren viel schwerer gewesen, als er gedacht hatte. Obwohl er mit geschäftlichen Dingen für TNT beschäftigt gewesen war, hatte er oft an Charlotte denken müssen. An ihr ausdrucksvolles Gesicht, das so viel von ihr verriet, an ihr Lachen, wenn sie fröhlich war, und an ihre Schimpftiraden, wenn sie es nicht war.

Nachts, allein im Hotelzimmer, war ihm die Vorstellung von ihrer seidenweichen Haut nicht aus dem Kopf gegangen. Wenn er seine Fingerspitzen über diese Haut fahren ließ, hatte er das Gefühl, ein Kunstwerk zu berühren. Und der Geschmack ihres Mundes – so innig und einladend. Und ihr Körper – wie er reagierte, wenn er sie küsste. Er konnte sich genau vorstellen, wie sie reagieren würde, wenn er sie liebte.

Was bitte hoffentlich bald passieren würde. Er hatte es satt, 24 Stunden am Tag einen Ständer zu haben.

Heute hatte er absichtlich immer dort gearbeitet, wo sie sich gerade aufhielt. Wenn sie in der Küche zu tun hatte, war er auch dort gewesen. Wenn sie im Wohnzimmer gearbeitet hatte, hatte er auch dort zu tun gehabt. Sein Plan, sie wild zu machen, trieb auch ihn fast an den Rand des Wahnsinns. Das Beste würde sein, das Haus so schnell wie möglich zu verlassen, sonst würde am Ende er derjenige sein, der Charlotte anflehte, ihn zu küssen und ihm zu erlauben, dass er sie lieben dürfte.

So war es definitiv nicht gedacht. Es musste schon ihre Entscheidung sein. Nachdem er seinen Arbeitsbereich für heute aufgeräumt hatte, ging er ins Wohnzimmer, um Charlotte Bescheid zu geben, dass er Feierabend machte. Als er den Raum betrat, stockte ihm der Atem.

Charlotte schlief tief und fest auf dem großen Sofa, ihre Unterlagen waren auf dem Fußboden wild verstreut. Sie lag auf der Seite, mit dem Gesicht in seine Richtung, die Knie angewinkelt. Und sie zitterte.

Das Fenster zum Garten stand offen, und nachdem der Regen kältere Luft mit sich gebracht hatte, war es in dem Raum auch merklich kühler geworden.

Gott, sie sah atemberaubend schön aus, wenn sie schlief. Ihr Gesicht war entspannt, die Lippen leicht geöffnet, und ihr Atem ging tief und gleichmäßig. Trotz der Kälte im Raum waren ihre Wangen leicht gerötet. Ein Rausch der Begierde ließ seine Knie weich werden. Sein Puls raste, und sein Schwanz machte sich bemerkbar. In diesem Moment hätte er sich so gern hinter sie auf das Sofa gekuschelt, sie an sich gezogen und jeden Millimeter ihres Körpers gestreichelt.

Er ging leise auf sie zu, nahm eine Decke, die auf der Sofalehne lag, und deckte Charlotte damit zu. Er wollte sich gerade umdrehen und gehen, als er ein leises Stöhnen vernahm. Ein Stöhnen, das sich nach Verlangen anhörte.

Wollte sie ihn, selbst wenn sie schlief? Träumte sie jetzt gerade von ihm, oder gingen nur seine Wünsche mit ihm durch?

Er kniete sich vor das Sofa und betrachtete sie, während sie schlief. Eine einzelne Haarsträhne lag auf ihrer Wange, Sam nahm sie und strich sie ihr hinters Ohr. Charlotte rührte sich nicht einen Zentimeter.

Das machte ihn kühner, und er drückte ihr einen leichten Kuss auf den Hals, wobei er ihren süßen Duft wahrnahm. Wieder stöhnte sie auf, ganz sanft, ohne aufzuwachen.

Sie sah verletzlich aus, wie sie dort lag und schlief, so entspannt und abwesend. Sam konnte sich nicht bewegen, er konnte nicht aufstehen und gehen. Er wollte nur bei ihr sein und hier sitzen, bis sie aufwachte. Eine Welle der Zuneigung überrollte ihn, wie er es noch bei keiner Frau verspürt hatte. Nicht einmal bei Penny.

Eine plötzliche Empfindung, die sein Herz zum Rasen brachte, ließ ihn erschrocken zurückfahren.

Er war in sie verliebt. Obwohl sie ihr Bestes gegeben hatte, ihn abblitzen zu lassen, hatte er sich in Charlotte verliebt. Manchmal machte sie ihn so wütend, dass er keinen klaren Gedanken fassen konnte. Meistens war sie sarkastisch und unfreundlich. Sie hielt nichts von ihm und dem Leben in Magnolia. Aber sie war sehr intelligent, geistreich und hatte einen großartigen Sinn für Humor, wenn sie denn Lust hatte, ihn zu zeigen.

Ganz zu schweigen von der Wärme und Leidenschaft, die sie an den Tag legen konnte, wenn Sam und sie allein waren. Sam konnte sich erinnern, dass sie sogar damals in der Highschool schon zu dieser Leidenschaft fähig war, als ihn ihr erster Kuss so sehr umgehauen hatte.

Aber sich in Charlotte zu verlieben war nicht sein Plan gewesen, nicht das, was er wollte. Verflucht, was sollte er damit anfangen?

*

Charlotte erwachte und richtete sich mit einem Ruck auf. Sie war benommen und wusste zunächst nicht so recht, wo sie war. Sie blinzelte und versuchte, den Schleier ihrer Träume loszuwerden. Sie hatte davon geträumt, dass sie und Sam sich draußen während des Unwetters liebten, wobei dicke Regentropfen auf ihre Körper fielen und die Hitze erstickten, die Charlotte und Sam mit ihrer Leidenschaft erzeugten.

Herrje, sie hätte ewig so weiterträumen können! Sie rieb den Schlaf aus ihren Augen und blickte sich um.

Okay, jetzt erinnerte sie sich. Sie war auf dem Sofa im Wohnzimmer eingeschlafen.

Ihre Unterlagen mussten sie anscheinend ermüdet haben. Wie lange hatte sie wohl geschlafen? Im Zimmer war es dunkel geworden, allerdings wusste sie nicht, ob es an den dunklen Wolken lag oder daran, dass es schon Abend war. Die Uhr auf dem Kaminsims zeigte halb sieben an. Zu früh für die Abenddämmerung, also musste es wohl an dem Unwetter liegen.

Charlottes Vermutung wurde bestätigt, als sie aus dem Fenster sah und draußen einen Blitz bemerkte. Sie fror und zog die Decke näher um ihren Körper zusammen. Ihre Baumwollshorts und das dünne Top konnten dem plötzlichen Temperaturabfall nur wenig entgegenhalten.

Woher kam die Decke? Und wo war eigentlich Sam? Charlotte rief nach ihm, bekam aber keine Antwort. Er musste wohl gegangen sein. Es war ja auch schon spät. Sie ignorierte den Anflug von Enttäuschung und stand auf, streckte sich und ging zum Fenster, um es zu schließen. Sie warf einen Blick zum Himmel, der zusehends dunkler wurde, und beobachtete, wie der heftige Wind Blätter von den Bäumen wehte und Äste teilweise fast bis auf den Boden drückte.

Charlotte ging durch den Flur zur Küche, um sich einen Kaffee zu machen, der sie endgültig aufwecken sollte. Der Sturm fegte über das Haus hinweg, und Charlotte erinnerte sich daran, wie oft sie als Kind in stürmischen Nächten ohne Strom gesessen hatte. Sie beschloss, im ganzen Haus Kerzen aufzustellen und sich danach dem Abendessen zu widmen, solange sie noch Strom hatte.

Charlotte zuckte zusammen, als sie ein hämmerndes Geräusch von der Haustür her vernahm. Sie ging in den Flur, um nachzusehen, ob es nur der Wind war oder ob tatsächlich jemand vor der Tür stand. Als sie durch das Schlüsselloch blickte, sah sie draußen einen völlig durchnässten Sam stehen. Schnell öffnete sie die Tür und drückte sich mit ihrem Körpergewicht dagegen, mit einem Windstoß wurde Sam mehr oder weniger ins Haus geschoben. Er warf sich gegen die Tür und drückte sie von innen zu.

»Da draußen wütet ein heftiger Sturm«, sagte er, während er seinen Kopf schüttelte und Wassertropfen im ganzen Hausflur verteilte. »Ich bin mit dem Truck stecken geblieben.«

»Am besten gehst du gleich nach oben unter die heiße Dusche«, schlug Charlotte vor, als sie bemerkte, dass er von Kopf bis Fuß schmutzig war. »Ich habe Kaffee aufgesetzt.« Bevor er ihr eine Antwort geben konnte, schob sie ihn die Treppe hinauf. »Du kannst deine Klamotten runterwerfen, ich werde sie waschen.«

Sie ging zurück in die Küche, goss Kaffee in zwei Becher und stopfte Sams Sachen in die Waschmaschine. Dann fiel ihr erst ein, dass er gar keine Kleidung zum Wechseln hatte – was sollte er tragen, während sein Zeug im Trockner war?

Die Antwort präsentierte sich in Form eines noch leicht nassen Adonis, der sich in eines ihrer großen Badetücher gewickelt hatte.

»Sorry. Habe nicht damit gerechnet, dass ich Klamotten zum Wechseln brauchen würde, und da du mir meine Sachen vom Leib gerissen hast, ist das hier die einzige Alternative. Es sei denn, Ma'am«, sagte er grinsend und legte einen übertriebenen Südstaatenakzent auf, »Sie wollen, dass ich hier vor Ihren Augen nackt herumspaziere.«

»Nein, schon in Ordnung.« Charlotte schluckte und versuchte, nicht ständig auf Sams halbnackten Körper zu starren. Sie konnte aber nicht anders und musste immer wieder ein paar verstohlene Blicke auf ihn werfen, als sie den Kaffee auf den Küchentisch stellte.

Das Badetuch teilte sich an einer sehr interessanten Stelle seines Körpers. Das hatte ihr gerade noch gefehlt! Ein nackter Sam in ihrer Küche!

Und was für ein Anblick sich ihr bot! Muskulöse Arme, ein perfekt trainierter Oberkörper, Beine, so massiv wie Baumstämme, und ein unglaublich heißer Arsch. Für die Bereiche seines Körpers, die sie nicht sehen konnte, nun, dafür konnte sie Bilder in ihrem Kopf heraufbeschwören, die ihre Körpertemperatur um mindestens zehn Grad ansteigen ließ.

»Danke dir, Kleines.«

»Wofür?« Dass sie fast sabberte, während sie ihn beobachtete?

»Für den heißen Kaffee und die Dusche.«

»Oh.« Okay, ihre Gedanken konnte er zum Glück nicht lesen. Sehr gut. »Gern geschehen. Ich konnte dich ja schließlich nicht nass und kalt vor der Tür stehen lassen, nicht wahr? Das würde ich bei diesem Wetter nicht mal einem Hund antun.«

»Bin ich etwa gerade beleidigt worden?« Er neigte seinen Kopf etwas zur Seite und grinste sie dümmlich an, was sie laut auflachen ließ.

»Noch nicht. Aber der Abend ist ja noch jung.« Sie setzte sich zu ihm an den Tisch. »Was war los da draußen?«

»Der Sturm ist echt heftig. Die Miller Road steht unter Wasser. Ich dachte, ich würde es mit dem Truck hindurch schaffen, aber der Wagen ist im Wasser und Schlamm stecken geblieben. Ich habe versucht, die Hinterräder auszugraben, aber das Wasser stieg immer höher. Ich konnte niemanden anrufen und um Hilfe bitten, weil ich mein Telefon natürlich im Büro liegen gelassen habe. Also hielt ich es für das Sicherste, hierher zurückzulaufen und abzuwarten, bis sich der Sturm gelegt hat.«

Er stand auf und füllte noch etwas Kaffee in ihre Tassen nach, während Charlotte sein vom Handtuch verdecktes Hinterteil bewunderte.

»Ich habe nach dem Duschen einen Abschleppdienst angerufen, aber man sagte mir, dass es wegen der Überschwemmung wohl erst morgen möglich sein wird, dass jemand rauskommen kann. Der Sturm soll noch die ganze Nacht anhalten, und es wird noch einiges an Regen runterkommen. Sieht wohl so aus, als säße ich hier bei dir fest. Das heißt«, sagte er und grinste schelmisch, »ich hoffe, es macht dir nichts aus, dass ich noch ein Weilchen hier abhänge.«

Der Gedanke, mit Sam allein zu sein, ließ ihren Magen nervös zucken. Dabei war es schließlich genau das, was sie wollte. Zeit mit Sam allein, um eine Beziehung aufzubauen. Wenigstens eine körperliche.

Sie schaffte es, mit einem gleichgültigen Schulterzucken zu antworten, obwohl gerade eine unglaubliche Menge Adrenalin durch ihren Körper raste. »Nein, Sam, natürlich macht es mir nichts aus. Ich wollte mir gerade etwas zum Abendessen machen. Möchtest du auch was?«

»Liebend gern. Ich habe einen Mordshunger.« Bei dem gierigen Blick, den er ihr zuwarf, zweifelte sie daran, dass er damit das Essen gemeint hatte. Der Gedanke ließ ihr Herz noch schneller schlagen.

Um ihren Blick von Sams dürftig bekleidetem Körper loszureißen, fing sie an, sich um das Abendessen zu kümmern. Mit einer Hand versuchte sie, den Oregano aus dem Gewürzregal über dem Herd zu fischen.

»Warte, lass mich das machen«, sagte Sam und drückte sie mit seinem Körper gegen den Küchentresen. Seine nackte Brust presste sich gegen ihren ebenfalls nackten Rücken. Sie stöhnte bei dieser unerwarteten Berührung leise auf. Als Sam seinen Unterleib gegen ihren Hintern drückte, verkniff sie es sich, nach Luft zu schnappen. Das Handtuch war hart – vielleicht war es aber auch das, was sich darunter befand.

Charlotte kämpfte gegen das Verlangen an, ihren Hintern gegen ihn zu drücken, um herauszufinden, was sich unter dem Handtuch verbarg.

Warum zur Hölle nicht hier und jetzt? Der Beweis, dass Sam interessiert war, ließ sich kaum verbergen, ihr Slip war feucht und ihre Nippel drückten gegen ihren BH.

Sie war bereit.

Aber bevor sie ihm zeigen konnte, was sie wollte, wich er vor ihr zurück, Enttäuschung machte sich in ihr breit. Charlotte schloss die Augen und holte ein paar Mal tief Luft, um den Frust in sich zu bändigen. Sie brauchte ein paar Augenblicke, um sich wieder zu fangen und ihre zitternden Hände unter Kontrolle zu bringen, dann drehte sie sich um. Sam saß schon wieder am Küchentisch.

»Danke«, war alles, was sie herausbrachte.

Sie tranken ihren Kaffee und redeten über den Sturm, bis der Summer des Trockners ihr Gespräch unterbrach. Sam nahm seine Sachen heraus und ging ins Obergeschoss, um sich anzuziehen, während Charlotte sich weiterhin der Vorbereitung des Essens widmete.

Sie war froh darüber, dass er sicher gleich gänzlich bekleidet zurückkehren würde. Noch einige Blicke mehr auf diesen herrlichen Körper, und das Abendessen wäre sicherlich verdorben worden oder die Zubereitung hätte doppelt so lange gedauert. Sie konnte sich nicht konzentrieren, wenn er sich halb nackt in ihrer Nähe aufhielt.

»Kann ich dir irgendwie helfen?«, fragte Sam, als er in die Küche zurückkehrte.

Charlotte drehte sich ihm zu. Der Anblick haute sie fast um.

Er hatte sich angezogen. Jedenfalls fast. Er hatte jetzt seine Jeans an, den obersten Knopf der Hose allerdings offen gelassen, aber er trug immer noch kein T-Shirt. Und das Einzige, was Charlotte oberhalb des offenen Hosenknopfes sehen konnte, waren sonnengebräunte Haut und ein dünner Streifen schwarzer Haare, der in der Hose verschwand.

Oh Gott. Keine Unterwäsche. Sie atmete tief ein und seufzte.

Willkommen in der Hölle.

»Stimmt was nicht?« Seine Mundwinkel zuckten leicht. Sie wusste, dass sie seinem unschuldigen Blick keinen Glauben schenken durfte. Was er ihr antat, geschah mit Absicht.

Sie biss die Zähne zusammen und setzte ihr nettestes Lächeln auf. »Nein, ich komme schon zurecht, danke.« Sie gab ihm ungefähr noch fünf Sekunden, sie mit seinem Körper zu provozieren, dann würde sie gnadenlos über ihn herfallen.

»Das riecht aber lecker. Was kochst du?«

Oh, ich koche gerade zehn Kilo sexuellen Frust. Möchtest du auch etwas?

»Spaghetti und Fleischbällchen, danach gibt's selbstgebackene Kekse.«

»Klingt sehr gut. Wie wär's, wenn ich dir beim Salat helfe?«

Sam und Charlotte teilten sich die Arbeit mit geselligem Schweigen. Sam bereitete den Salat vor, dann half er dabei, die Fleischbällchen zu formen. Als er die Küchenschränke durchstöberte, fand er eine Flasche Wein, öffnete sie und schenkte Charlotte und sich selbst ein Glas ein.

Etwas später saßen sie am Tisch, aßen, tranken Wein und unterhielten sich. Charlotte fühlte sich in Sams Gegenwart viel wohler als jemals zuvor. Vielleicht lag es am Wein. Sie hatte mehr als gewöhnlich getrunken, und nun fühlte sie sich warm und ein wenig beschwipst. Aber dennoch – vielleicht gerade weil sie endlich nicht mehr davonlief – erkannte sie, dass es nichts gab, wovor sie Angst haben müsste. Es gab nun mal keine Zukunft mit Sam, und was immer zwischen ihnen geschehen würde, wäre nur vorübergehend.

»Erzähl mir noch ein bisschen von dir, Charlotte.«

»Was willst du wissen?«

»Erzähl mir etwas über dein Leben. Warum bist du weggegangen? Ich bin neugierig. Wahrscheinlich, weil ich genau dasselbe getan habe. Allerdings bin ich zurückgekommen, du nicht. Ich frage mich, warum.«

»Viele Menschen verlassen ihre Heimat, wenn sie erwachsen sind, Sam. Nicht jeder kommt zurück.«

»Ich weiß das. Aber deine Gründe scheinen eher etwas damit zu tun zu haben, dass du vor etwas Altem weggelaufen bist, anstatt damit, dass du dich auf etwas Neues zubewegen wolltest.«

Sie spielte mit dem leeren Weinglas in ihren Händen. Sam beugte sich zu ihr und schenkte ihr nach.

»Warum sagst du das?«

»Du hast Angst.«

»Nein, habe ich nicht.« Charlotte ließ den Blick auf ihr Weinglas sinken. Sie wollte die Wahrheit nicht sehen. »Doch, hast du.« Er langte mit seiner Hand zu ihr herüber und hob ihr Kinn an, damit sie ihm in die Augen sah. »Das ist nichts Schlimmes. Wir alle haben vor irgendwas Angst. Es scheint nur so, dass deine Angst mit Magnolia zu tun hat, und ich frage mich, was daran schuld ist, dass du hier nicht leben kannst.«

»Es ist nicht unbedingt die Stadt, es sind eher die Erinnerungen.«

»Unschöne Erinnerungen?«

»Ja, und zwar überwiegend. Außer der Zeit mit Grandma habe ich nicht viele glückliche Erinnerungen an meine Kindheit in Magnolia.«

Als er sie etwas irritiert ansah, ergänzte sie: »Komm schon, Sam, du weißt doch alles über meine Eltern. Ich muss wohl nicht ins Detail gehen. Jeder kennt die Geschichte.«

Er sah sie einen Moment lang an, erhob sich dann vom Tisch und nahm die Weingläser und die Flasche. »Komm mit.«

Er ging mit ihr ins Wohnzimmer, wo sie es sich auf dem großen Sofa bequem machten.

»Nicht jeder hat großartige Eltern, Charlotte«, sagte er und legte seinen Arm hinter sie auf die Lehne. »Normalerweise verlässt man deshalb nicht die Stadt. Was war der wahre Grund?«

Die wahren Gründe wusste sie heute gar nicht mehr so genau. »Ich denke, Magnolia erinnert mich an meine Mutter. Das haftet mir immer noch im Gedächtnis. Es war so peinlich. Als ich 18 war, wollte ich einfach nur dem Brandmal entfliehen, Susie Westons Tochter zu sein. Später wollte ich mich den Erinnerungen an meine Mutter nicht stellen, deshalb bin ich fortgeblieben.«

»Und du meinst, jeder hier verurteilt dich wegen dem Verhalten deiner Mutter?«

»Nein, ich denke aber, jeder glaubt, dass ich genauso enden werde wie sie.«

Als sie ihm in die Augen sah, entdeckte Charlotte darin keine Verachtung, sondern nur Mitgefühl.

»Ist das der Grund, warum du vor Männern Angst hast?« Er strich mit seinen Fingern leicht über ihr Schlüsselbein. Sie bekam überall Gänsehaut, während Sam ihr weiterhin Schultern und Nacken streichelte.

Charlotte starrte aus dem Fenster und beobachtete den kräftigen Sturm. »Ich habe keine Angst vor Männern.« Nicht vor allen Männern, nur vor solchen wie Sam. Männer, für die sie etwas empfinden oder in die sie sich verlieben könnte. Männer, die ihr das Herz brechen könnten.

»Du hast Angst vor mir.«

»Ich habe keine Angst vor dir.«

»Verängstigt dich das hier?« Er ließ seine Handknöchel leicht über ihre Wangen und ihren Hals streichen, dann fuhr er mit der Fingerspitze über ihre Lippen.

»Nein.« Ihre Atmung wurde schneller, und ihr Herz begann zu rasen.

»Und das hier?«

Er lehnte sich vor und begann, ihr Schlüsselbein zu küssen, dann ihren Hals, dann ihre Wangen. Charlotte verspürte bei jedem Kuss eine unglaubliche Hitze. Sam küsste sie immer weiter, bis er an ihrem Mundwinkel angelangt war. Während sein Atem ihre Wange streifte, flüsterte er sanft: »Verängstigt dich das hier?«

»Nein.« Sie konnte kaum atmen, ihr Brustkorb hob und senkte sich schnell, und der Luftstrom fachte ihre Leidenschaft immer weiter an.

»Dann muss es das hier sein, was dich verängstigt.« Er drehte sich zu ihr, legte seine Arme um sie und zog sie ganz nah an sich heran. Ihre Blicke trafen sich nur kurz, bevor Sam ihren Mund mit seinem bedeckte.

Kapitel 10

Das laute Grollen des Donners erfüllte das Wohnzimmer, als Sam fordernd Charlottes Mund küsste. Ihre Reaktion war so heftig wie der Sturm draußen, sie gab sich Sams leidenschaftlichen Küssen hin und öffnete begierig die Lippen, damit er ihren Mund erforschte, ihn regelrecht plünderte.

Ob es am Wein oder an den berauschenden Küssen lag, die Sam auf ihre Lippen und ihren Hals niederprasseln ließ – Charlotte fühlte sich schwindlig, sie geriet völlig außer Kontrolle, in einen Strudel aus Verlangen und Emotionen.

Seine Lippen lösten sich von ihren, und er lehnte seine Stirn gegen ihre, wobei er schnell und unregelmäßig atmete. Dabei hörte er nicht auf, sie zu berühren, er streichelte ihre nackte Schulter mit langsamen Bewegungen, was Charlotte fast zum Durchdrehen brachte.

»Bevor wir einen Schritt weitergehen, muss ich dir noch was sagen.«

Charlotte hob ihren Kopf und war bestürzt über die flammende Begierde in Sams Augen.

»Was denn?« Sie versuchte, ihr Zittern zu unterdrücken und ihr nervös schlagendes Herz zu beruhigen.

Sam hielt inne, was Charlotte kaum ertragen konnte. Was war so wichtig, dass er diesen leidenschaftlichen Moment unterbrach? Was wollte er ihr sagen?

Er hatte seine Meinung geändert, das musste es sein. Dieses Mal war es nicht Charlotte, die die Sache abrupt abbrach, sondern Sam. Er wollte sie nicht.

»Ich war schon in der Highschool in dich verknallt.«

Das war nicht das, was sie zu hören erwartet hatte. Aber er hätte nichts Romantischeres zu ihr sagen können. Sie kam sich vor wie ein Teenager, als wäre sie gerade zum ersten Mal von einem Jungen gefragt worden, ob sie mit ihm gehen wolle.

»Ehrlich?« Sie konnte sich ein leises Kichern nicht verkneifen.

Er nickte und lächelte unbeholfen. »Und wie!«

»Das habe ich nicht gewusst.«

»Ich wollte auch nicht, dass du es weißt.«

»Warum nicht?«

»Ich habe gedacht, ich wäre nicht gut genug für dich.«

Die Überraschung, die sie verspürte, konnte er sicher auf ihrem Gesicht sehen. »Warum hast du das gedacht?«

»Du warst klug, talentiert und ehrgeizig. Ich war bloß eine faule Socke, drohte, auf die schiefe Bahn zu geraten, und wollte dich da nicht mit hineinziehen. Abgesehen davon«, sagte er und grinste schelmisch, »bist du nicht mein Typ.«

Sie lachte. »Oh, bin ich das wirklich nicht?«

»Na ja, damals vielleicht nicht.«

»Und jetzt?«

Sein glühender Blick sagte alles.

»Ich denke, du weißt bereits die Antwort darauf.« Er neigte seinen Kopf und drückte seinen Mund auf ihren. Charlotte ließ alles zu, was er tat, seine Zunge glitt zwischen ihren Lippen hindurch, neckend und kostend.

Irgendetwas geschah mit ihr, das sie niemals zuvor zugelassen hatte. Die Tür zu ihrem Herzen, die all die Jahre lang fest verschlossen war, öffnete sich plötzlich und gewährte Sam einen flüchtigen Blick hinein. Der Mann, der der Mittelpunkt all ihrer Mädchenfantasien gewesen war, hielt sie endlich in seinen Armen – und er küsste sie, wollte sie und verzehrte sich nach ihr genauso sehr, wie sie sich nach ihm. Niemals zuvor hatte sie ein so starkes Verlangen nach jemandem gehabt.

Sie hob ihren Kopf, als Sam zärtlich an ihrem Hals knabberte, was ihren Körper vor lauter Lust erzittern ließ. Ihre Nippel richteten sich auf, als Sams Zunge über die empfindlichen Stellen ihrer Haut tänzelte. Mit einem Ruck hob er sie hoch und legte sie auf das Sofa. Er beugte sich über sie, wobei sein harter Schwanz gegen ihre Pussy drückte. In diesem Augenblick hätte sie in Flammen aufgehen können.

Er nahm Charlottes Gesicht in seine Hände und blickte sie an, das unverhüllte Verlangen in seinen Augen trieb sie fast in den Wahnsinn. Während er sie weiterhin mit seinem Blick fixierte, flüsterte er heiser: »Charlotte, was möchtest du, was soll heute Nacht zwischen uns geschehen?«

Er ließ ihr die Wahl zu entscheiden. Wenn sie nicht weitergehen wollte, wäre nun die Zeit gekommen zu handeln.

Die Entscheidung fiel ihr nicht schwer. Sie hatte es satt davonzulaufen. Sie öffnete die Tür zu ihrem Herzen und ließ Sam gänzlich hinein. Mit den Fingern strich sie durch sein Haar und zog seinen Kopf zu sich heran.

»Lieb mich, Sam«, flüsterte sie.

Seine Reaktion ließ nicht lange auf sich warten, er versengte ihre Lippen mit einem leidenschaftlichen Kuss. Sie rang nach Luft, als er seinen Unterleib wieder gegen ihren drückte. Er ließ sie wissen, dass er bereit war, dass er willens und absolut in der Lage war, ihren Wunsch zu erfüllen.

Er stand auf und zog sie hoch. »Wir haben zu viel an.«

Da musste sie ihm zustimmen. Obwohl der Raum mittlerweile ausgekühlt war, spürte sie die Hitze auf ihrem Körper. Und sie war begierig, Sams nackte Haut auf ihrer zu fühlen.

Sam zog ihr das Top über den Kopf und trat einen Schritt zurück. Sein Blick fiel zunächst auf ihre nackten Schultern und wanderte dann tiefer auf ihre Brüste. Er öffnete hastig ihren BH und ließ ihn auf den Boden fallen.

»Du bist so wunderschön.« Er strich mit seinen Fingern über ihre wohlgeformten Brüste und umkreiste sanft ihre Nippel, bis Charlotte nach Luft rang. »Ich habe mir schon so lange gewünscht, dich zu berühren.«

Auch sie hatte sich seit Ewigkeiten danach verzehrt, von ihm berührt zu werden, hatte es herbeigesehnt, davon geträumt. Und nun geschah es.

Ein greller Blitz erleuchtete kurzzeitig den Raum und sorgte dafür, dass der Strom ausfiel. Das Licht der Kerzen, die Charlotte schon vor dem Essen angezündet hatte, verlieh Sams Körper einen warmen Ton. Mit den Fingerspitzen fuhr sie ihm übers Gesicht, wobei er sein Kinn mit den Bartstoppeln gegen ihre Handfläche rieb. Dann ergriff er ihre Hand und küsste die Innenseite ihres Handgelenks.

Die Blicke ineinander versunken, ließ Sam seine Finger über die Rundungen von Charlottes Brüsten gleiten und umschloss sie schließlich mit seinen Händen. Die Schwielen auf seinen Handflächen scheuerten ganz leicht über ihre Nippel, die hart wie Kieselsteine waren. Sam steigerte ihre Erregung mit langsamen Bewegungen, indem er ihre Brüste massierte.

Sie wollte ihn ebenfalls berühren. Ihre Hände wanderten über seine Schultern und seinen Rücken. Sie wunderte sich darüber, wie weich seine Haut war. Dann strich sie über seinen Bauch, und sein Körper drückte sich gegen ihre Hand. Er stöhnte, als sie ihre Finger immer tiefer in seine Hose gleiten ließ.

»Oh, verdammt!« Er griff nach ihrem Handgelenk und zog ihre Hand von seinem aufgeheizten Schwanz weg. »Noch nicht.«

Charlotte fiel das Atmen immer schwerer. »Sam, ich will –«

»Ich möchte dich zuerst sehen«, flüsterte er, seine raue Stimme machte sie noch heißer. »Alles von dir.«

Sie trat von ihm zurück und ließ es zu, dass er ihr die Shorts von den Hüften schob, wobei seine Hand ihr zärtlich über Oberschenkel und Pobacken fuhr. Charlotte verlor beinahe die Sinne, als sie daran dachte, was sie erwartete.

»Perfekt.« Sein Blick wanderte über ihren nackten Körper, seine raue Stimme und seine offene Bewunderung nahmen jegliche Scham von ihr.

»Jetzt du.« Sie öffnete seine Hose. Sam atmete heftig, als ihre Fingerknöchel über seinen harten Schwanz strichen. Langsam zog sie den Reißverschluss seiner Hose hinunter und beobachtete dabei, wie sein Blick immer fordernder und dunkler wurde, so wie die Gewitterwolken draußen am Himmel. Sie ließ ihre Hand in seine Hose gleiten und umfasste seinen warmen Schaft.

»Gott, Charlotte«, entfuhr es Sam, während er die Zähne zusammenbiss. »Du machst mich verrückt.«

Am liebsten hätte sie ihren Kopf in den Nacken geworfen und laut aufgeschrien bei dem Vergnügen, ihn so intim zu berühren. Sie zog die Jeans weiter runter und umfasste wieder seinen Schwanz.

Wundervoll! Dick, hart, pulsierend und heiß bei jeder Berührung. Sie strich mit dem Daumen über die seidige Flüssigkeit, die sich auf seiner Schwanzspitze gesammelt hatte, und führte den Daumen zu ihrem Mund, um Sam zu kosten. Er beobachtete ihre Bewegungen, sein Brustkorb hob sich heftig, als sie seinen Saft von ihrem Daumen leckte.

Er trat einen Schritt zurück, ließ seine Jeans zu Boden gleiten und stieg aus der Hose. Da stand er nun in seiner ganzen Pracht.

Einfach umwerfend! Groß, leicht gebräunt und muskulös, stand er wie eine griechische Statue vor ihr, seine Erregung deutlich erkennbar und verlockend. Da ihr Verlangen genauso groß war wie seines, waren plötzlich alle Vorbehalte wie weggeblasen, und sie begab sich vertrauensvoll in seine Arme.

Sam hatte es noch nie so wie jetzt erlebt. Nicht mal mit Penny, obwohl er zugeben musste, dass der Sex mit ihr auch sehr gut gewesen war, im Gegensatz zu ihrer Ehe. Aber mit Charlotte war es ganz anders.

Lag es daran, dass er sie liebte? Vielleicht. Als er seine Hände über ihren fantastischen nackten Körper gleiten ließ und sie mit einem Zittern reagierte, war er einfach überwältigt.

Sie war perfekt. Nicht nur körperlich, sondern auf jede Weise. So freigebig, so offen teilte sie mit ihm das wertvollste Geschenk der Welt in einer Art, die weit über das Körperliche hinausging. Und sie tat es mit einer gewissen Behaglichkeit. Sam wusste nur zu genau, dass sie Bedenken gehabt hatte, sich mit ihm einzulassen.

Er würde diese Bedenken ausräumen müssen, weil er Charlotte in seinem Leben haben wollte.

Er senkte den Kopf und leckte über ihre Unterlippe. Sie öffnete den Mund für ihn, und er verschlang sie. Ihr Mund war warm, feucht und einladend, und sie schmeckte wie der Wein, den sie zum Essen getrunken hatten, vermischt mit ihrem eigenen, einzigartigen und süßen Geschmack. Wie sie ihn anblickte und mit leisem Stöhnen auf seine Berührungen reagierte, riss ihn innerlich in Stücke. Dass sie die Liebkosungen genoss, mit denen er sie verwöhnte, trieb ihn an, ihr noch mehr davon zu geben.

Und da sie seine Männlichkeit so offensichtlich bewunderte, hatte er keinen anderen Wunsch, als sie auf das Sofa zu legen und tief in sie einzutauchen. Aber er hielt sich noch zurück, weil er ihr genügend Zeit geben wollte. Oder vielmehr, weil er mehr Zeit mit ihr haben wollte.

Sam schob den Couchtisch mit seinem Fuß beiseite und warf die großen Sofakissen auf den Boden. Er platzierte ein paar Decken darüber, dann legte er Charlotte auf das provisorische Bett und drückte sich ganz nah an sie heran.

Sie sank in seine Arme, war entspannt und lehnte ihren Kopf an seine Schulter. Sie passten perfekt zueinander. Ihre langen Beine, so weich und eben, waren mit seinen verschlungen.

Für einen kurzen Moment schwiegen sie, und Sam lauschte dem entfernten Donnergrollen, während der Regen weiterhin heftig auf das Haus niederprasselte. Der Duft von Sommer erfüllte die Luft – es roch intensiv nach süßen Blüten und frisch nach feuchtem Rasen. Der Himmel wurde immer wieder von Blitzen erhellt, die auch den Raum erleuchteten. Ein gewaltiger Sturm zog auf.

»Sam?«, fragte sie, ihre Stimme kaum lauter als ein Flüstern.

»Ja?«

»Ich muss dir auch noch etwas sagen.«

Er lächelte leicht, als sie dieselben Worte benutzte, wie er es getan hatte.

»Klar, Liebes, sag's mir.«

»Ich hab das hier schon seit langer Zeit nicht mehr gemacht.«

Er lächelte in der Dunkelheit und fand ihre Offenheit bemerkenswert.

»Geht mir genauso«, antwortete er und drückte einen Kuss auf ihren Kopf. Charlottes Haar duftete nach Erdbeeren, gemischt mit dem betörenden Aroma ihrer Lust. Sie erregte ihn, wie er es noch nie zuvor erlebt hatte, und er wollte ihren Duft aufnehmen und jeden Bereich ihres Körpers schmecken. Doch sein größter Wunsch war es, sie zu beglücken. Aus ihren Erzählungen hatte er die Vorstellung entnommen, dass sie nie die Intimität erfahren hatte, die sie sich wünschte. Dass sie sich immer nur Männer ausgesucht hatte, die sie nicht aufregten.

Vielleicht lag er falsch, aber er hatte das Gefühl, dass er sie unheimlich anturnte. Und er würde gern noch viel mehr für sie tun.

Ihre Hände bewegten sich Zentimeter für Zentimeter über seinen Körper, ihre Fingerspitzen fuhren zärtlich von seiner Brust zu seinem Bauch. Und tiefer. Während sie ihn berührte, sah sie ihm in die Augen und lächelte, als seine Atmung sich beschleunigte.

Als sie ihre Hände noch tiefer gleiten ließ, mit den Fingernägeln über seinen Schwanz strich und dann ihre Hand wieder wegzog, hielt er es nicht länger aus.

»Berühr mich, Charlotte.«

Das grüne Funkeln in ihren Augen wurde stärker. Sie nahm seinen Schaft in ihre Hand, rieb ihn mal schneller, mal langsamer, bis Sam laut aufstöhnte und dagegen ankämpfte, seinen Saft in ihre Hand abzufeuern. Mit seinem Blick und seinem lustvollen Stöhnen ließ er sie wissen, wie sehr er ihre Hände genoss, und er ermutigte sie damit wortlos weiterzumachen, bis sie ihn an die Schwelle brachte.

Und jetzt passierte es.

Er drehte sie hastig auf den Rücken, senkte seinen Kopf und küsste ihre Lippen, erst leicht, dann immer fordernder, und brachte ihre Leidenschaft zum Kochen. Sam beobachtete ihre Reaktionen genau, um ihr zu geben, was sie brauchte. Mehr, wenn sie wimmerte, weniger, wenn sie vor lauter Erregung fast keine Luft mehr bekam.

Wollüstig nahm er ihren Geschmack in sich auf, während ihre Lippen über seine glitten. Sie war wie der Himmel auf Erden, ein wahr gewordener Traum, und er wollte, dass dieser Moment niemals endete.

Charlotte vergaß, wo sie war, als Sam mit unerträglicher Gründlichkeit weiter jeden Millimeter ihres Körpers erforschte. Seine Lippen wanderten über ihren Hals zu ihren Brüsten, und seine Zungenspitze fuhr leicht um ihre harten Brustwarzen, bis er die strammen Knospen ganz mit seinem Mund umschloss.

»Oh Gott«, stöhnte sie, vergrub ihre Hände in seinem Haar und zog ihn näher an sich heran.

»Mehr?«, fragte er murmelnd, mit dem Gesicht auf ihren Brüsten.

»Ja. Mehr!«

Er saugte kräftiger, ihre Nippel standen in Flammen, das pochende Lustgefühl zwischen ihren Beinen war schon fast schmerzhaft.

Sam schenkte ihr so viel mehr, als sie je gehofft hatte. Es war ein einschneidender Moment. In der Vergangenheit hatte sie nur ihren Körper hergegeben, aber jetzt gab sie Sam auch ihr Herz. Der Gedanke machte ihr einerseits Angst, andererseits machte er sie auch glücklich. Nachdem er ihre Brüste so lange liebkost hatte, bis Charlotte vor lauter Begierde zu schmelzen drohte, nahm er sich erneut ihren Mund vor, trank von ihren Lippen, bis sie alles vergaß und lustvoll aufstöhnte.

In ihrem Bauch stoben die Funken. Wie konnte Küssen nur so erotisch sein? Weshalb hatte sie nie zuvor eine solche Erfahrung gemacht? Kein Mann hatte es bei ihr jemals geschafft, dass sie vom Küssen feucht wurde. Doch als seine weichen Lippen sich auf ihre pressten und ihre Zungen sich innig vereinten, spürte sie, wie der warme Saft aus ihrer Muschi rann.

Seine Hand fuhr über ihren Bauch und wanderte tiefer, sie hob die Hüften und spreizte die Beine, in der sehnlichen Erwartung auf das, was er ihr geben konnte. Er schob einen Finger in ihre Spalte und fand ihre Klit, die er zärtlich streichelte, bis Charlotte kurz davor war zu explodieren.

Er ließ einen zweiten Finger in ihre geschwollene Muschi gleiten, erkundete sie, verwöhnte sie, bis sich ihr Balsam über seine Finger ergoss und ihn wissen ließ, dass sie bereit war.

»Bitte, Sam«, flehte sie ihn an. Sie wollte ihn in sich spüren, sie brauchte seine Nähe so sehr, mehr als sie irgendetwas jemals zuvor gebraucht hatte.

»Warte. Ich will zusehen, wie du kommst.«

Oh Gott, sie konnte nicht mehr warten. »Fick mich!«

»Das werde ich.« Aber Sam bewegte sich keinen Zentimeter, ließ seine Finger, wo sie waren, und streichelte weiterhin ihre Klit.

Er war erbarmungslos, forderte, was sie ihm nicht geben wollte. Aber mit jeder Bewegung seiner Finger brachte er sie dem Höhepunkt immer näher. Sie konnte dem nicht entfliehen.

»Komm schon, Baby. Lass dich für mich gehen. Komm auf meine Hand. Lass mich spüren, wie deine Muschi meine Finger massiert.«

Charlotte konnte es nicht länger zurückhalten, gab ihren dürftigen Widerstand auf und schrie laut, wobei sie den Kopf in den Nacken warf und ihre Muschi sich um Sams Finger spannte. Warmer Saft rann ihre Pobacken hinunter, und ihr Höhepunkt war lang, gewaltig und unglaublich befriedigend.

Er zog seine Finger aus ihr heraus, küsste sie wieder auf den Mund und erhob sich über ihren Körper. Mit dem Knie schob er ihre Beine weiter auseinander, nahm seinen Schwanz in die Hand und rieb ihn langsam und bedächtig, wobei ihr keine seiner Bewegungen entging.

Es dauerte nicht lange, bis Charlotte das Pochen wieder spürte. Sie legte die Hände auf ihre Brustwarzen, streichelte sie, bis sie sich steif aufrichteten, und wartete sehnlichst darauf, dass Sam sie mit seinem Mund umschloss.

Mit einem leichten, verführerischen Lächeln ließ Sam die Spitze seines Schwanzes in sie gleiten, sein lasziver Blick war mit ihrem verschmolzen, und der erste Ruck ihrer innigen Vereinigung raubte ihr den Atem. Instinktiv umschloss sie mit ihren Muskeln seinen Schaft, zog ihn in sich hinein, bis er gänzlich in sie eingetaucht war.

»Sam«, hauchte sie und legte ihre Hand auf seine Brust. Sie fuhr mit den Fingern durch seine schwarzen Locken, während er sich langsam in ihr bewegte. Seine Stöße waren bedächtig und vorsichtig, während sein Herz unter ihrer Hand wie verrückt raste.

»Ja, Baby, ich weiß«, antwortete er und setzte seinen zärtlichen Angriff auf Charlottes Körper fort. Er trieb sich und sie weiter an, alles zu geben, was sie beide zu bieten hatten. Charlotte tat es bereitwillig, ließ heraus, was sie fühlte, alles, was sie niemals zuvor preisgegeben hatte.

Sein Rhythmus wurde schneller, und die Reibung baute in ihr langsam ein Crescendo auf, während ihre schweißnassen Körper sich in Harmonie bewegten.

Das war mehr, als sie ertragen konnte. Zu innig, zu perfekt. Sie hatte nicht erwartet, so etwas zu fühlen ... Die alten Ängste traten wieder hervor und überlagerten Charlottes Gefühle.

»Charlotte«, sagte Sam und lehnte sich zurück, um sie anzusehen, so als würde er ihre Angst spüren. »Sieh mich an.«

Ihre Blicke trafen sich, und Charlottes Augen füllten sich mit Tränen. Die Leidenschaft hatte aus dem Türkis seiner Augen ein stürmisches Blau gemacht. Seine Muskeln spannten sich an, als er weiter zustieß.

»Heb deine Hüften und lass mich dich ficken. Gib mir alles von dir.«

Einerseits sträubte sie sich, aber andererseits wollte sie ihm geben, was er begehrte. Oh, warum konnte sie diesen Moment nicht einfach nur genießen?

»Baby, denk nicht. Fühl einfach nur.« Er änderte seine Position, presste seine Brust gegen ihre und schob seine Arme unter ihren Körper, um ihre Pobacken zu greifen. Er pumpte härter und stieß immer fester zu, sie spürte ihn tief in sich.

Denk nicht, fühl einfach. Er hatte recht. Das war der Moment, auf den sie ihr Leben lang gewartet hatte, und sie wollte ihn vollends auskosten.

Verzweifelt klammerte sie sich an seinen Kopf, zog sein Gesicht näher zu sich heran und stöhnte ihre Kapitulation heraus. Er brachte sie an einen Ort, an dem sie noch nie zuvor gewesen war, brachte ihre alte Welt ins Wanken und liebte sie, wie sie nie geliebt worden war.

Wie den wütenden Sommersturm draußen konnte Charlotte auch den Sturm der Leidenschaft nicht aufhalten, als ihr Höhepunkt über sie hereinbrach. Ein wimmernder Laut entwich ihren

Lippen. Sie klammerte sich an Sam fest und hob ihre Hüften, um sich seinen heftigen Stößen hinzugeben. Wellen von intensiver Lust schossen durch ihren Körper, und sie überließ ihrem Orgasmus die Kontrolle, der über sie hinwegfegte wie ein heftiger Sturm. Ein Blitz zuckte am Nachthimmel auf, als Sam mit ihr durch das Auge des Hurrikans und immer weiter taumelte.

*

Charlotte erwachte langsam aus ihren Träumen. Sie fühlte sich großartig, auch wenn sie letzte Nacht nicht allzu viel Schlaf bekommen hatte. Sie streckte sich, drehte sich um und blickte ihrem schlafenden Lover ins Gesicht.

Lover. Allein dieses Wort hatte bei ihr zu Schulzeiten Schwindelgefühle ausgelöst. Sie stützte ihren Kopf mit dem Arm, blieb ruhig liegen und sah Sam beim Schlafen zu.

Charlotte hatte die unglaublichste Nacht ihres Lebens erlebt. Sam hatte sie nicht nur mit seiner zugegebenermaßen fantastischen Liebeskunst überrascht, nein, auch sein edelmütiges Wesen hatte sie bisher nicht gekannt. So wie er normalerweise durch die Gegend stolzierte, als wäre er ein Gottesgeschenk für alle Frauen, hatte er in ihr den Eindruck geweckt, dass er mehr an seinem eigenen Vergnügen interessiert sei als an dem einer Partnerin. Aber die Realität war absolut anders.

Sie hatten sich einige Male geliebt, und jedes Mal hatte er sie zu neuen Höhen der Lust getrieben. Es war, als wäre sie sein persönlicher Kreuzzug – er war erst glücklich, wenn er sie glücklich machen konnte. Und das hatte er! Immer und immer wieder.

Aber Sams Liebeskünste besaßen noch einen besonderen Vorzug. Er war nicht nur körperlich außerordentlich befähigt, sondern auch sehr vorsichtig in der Art, wie er mit ihr gespielt hatte, wie er sie geneckt hatte. Sie hatten gelacht, geredet und kleine

Liebeskämpfe ausgetragen, indem sie sich auf dem Bett hin und her gerollt hatten, bis Charlotte sich so sehr in den Laken verfangen hatte, dass sie sich nur mit Sams Hilfe befreien konnte. Daraus hatte sich ein weiteres, unglaublich erotisches Liebesspiel entwickelt.

Es war das erste Mal, dass Charlotte Sex wirklich genossen hatte. Bei den paar Männern, mit denen sie sich vor Sam abgegeben hatte, hatte sie sich nur körperlich abreagiert. Sie hatte noch nie jemandem gegeben, was sie Sam letzte Nacht geschenkt hatte.

Ihr Herz.

Endlich erkannte sie, warum die Liebe mit Sam so besonders war, so unglaublich innig und emotional befriedigend. Sie liebte ihn.

Charlotte legte den Kopf auf ihren Arm und dachte über diese verwirrende Erkenntnis nach. Konnte das denn Liebe sein? Sicher verwechselte sie Liebe mit Sex, mit Leidenschaft. Das war es. Sie drehte sich auf den Rücken und überlegte sich tausend Gründe, warum sie nicht in Sam Tanner verliebt sein konnte.

Er war eine rechthaberische, starrköpfige Nervensäge. Sarkastisch, arrogant und ich-bezogen. Er trieb sie ständig zur Weißglut, lenkte sie von der Arbeit ab, tauchte zu den unmöglichsten Zeiten bei ihr auf und hielt ihr ständig vor, nach New York geflüchtet zu sein, anstatt in Magnolia zu leben. Für ihn war sie der Star aus der Großstadt, er war der Junge vom Land, und sie beide würden nie zueinander finden.

Aber andererseits war er auch lieb, sehr intelligent, leidenschaftlich, ein unglaublich guter Küsser, ein wundervoller Liebhaber, und er hatte einen wirklich großartigen Sinn für Humor. Die Art von Mann, bei der die meisten Frauen vor Freude aufspringen würden, wenn sie solch ein Musterexemplar bekämen.

Charlotte war aber nicht wie die meisten Frauen.

Und genau da lag auch das Problem. Sie konnte ihn nicht lieben. Sie hatte ihr Leben absichtlich so ausgerichtet, dass Liebe darin keinen Platz hatte. Und was hatte sie getan? Sich Hals über Kopf in den Mann verknallt, von dem sie wusste, dass er nicht der Richtige für sie sein konnte.

Okay, sie wollte dieses Liebesding nicht. Aber vielleicht könnte sie trotzdem den Sex genießen. Warum nicht? Männer machten das doch ständig, oder? Sie hatten tollen Sex, und wenn sie gehen mussten, gingen sie. Hatte sich nicht auch ihr Vater ihrer Mutter gegenüber so verhalten?

»Du siehst so früh am Morgen wirklich wundervoll aus.«

Sie zuckte zusammen und drehte sich zu Sam um, der sie aufmerksam betrachtete. Gott, war er schön! Mit seinem Haar, das in alle Richtungen abstand, seinem Dreitagebart und seiner Erektion, die sich unter der dünnen Bettdecke deutlich sichtbar abzeichnete. Ihre Libido erwachte schonungslos zum Leben.

»Wie lange bist du schon wach?«

Sam streckte sich, rollte sich auf sie und umschloss ihr Gesicht mit seinen Händen. Er küsste sie und sagte: »Lang genug, um zu erkennen, dass du sehr intensiv über irgendwas gegrübelt hast. Lang genug, um zu erkennen, wie hübsch du bist, wenn deine Haare so zerwuschelt sind.« Seine Augen funkelten neckisch, als er ihren Kopf zur Seite drehte und ihren Hals betrachtete. »Und lange genug, um den riesigen Knutschfleck auf deinem Hals zu entdecken.«

Sie drückte die Hände auf ihren Hals. »Du machst Witze, nicht? Du hast mir doch nicht etwa einen Knutschfleck gemacht, oder? Oh, Scheiße, das ist so peinlich!«

Er lachte und küsste ihren Hals. »Das war nur ein Scherz. Erinner mich daran, dass ich dir irgendwann mal einen verpasse, einfach so aus Spaß.« Er zog sie an sich und küsste sie auf das Schlüsselbein, dann wanderten seine Lippen tiefer, und seine

Zunge glitt über den sensiblen Punkt über ihrer rechten Brust. Charlotte hatte damit zu kämpfen, bei Verstand zu bleiben.

»Aber heute«, sagte er und umkreiste mit der Zungenspitze ihre aufgerichteten Nippel, »werde ich nur dort ein Liebesmal hinterlassen, wo es niemand außer mir sehen kann.«

Die Erinnerung an die letzte Nacht ließ sie erzittern, und sie überkam erneut das starke Verlangen nach Sex, obwohl sie zwischen den Beinen beinahe wund war. Eine plötzliche Welle der Erregung schwappte über sie – die Lust darauf zu spüren, wie er ihr ein Liebesmal verpasste, als Beweis, dass sie zu ihm gehörte und er zu ihr.

Lächerlich. Blöde Schulmädchenfantasien. Wie damals, als man das Kettchen eines Jungen getragen hatte. Was sollte das? Sie war eine erwachsene Frau, die ihre eigenen Ziele verfolgte, und zu diesen Zielen gehörte sicherlich keine feste Beziehung mit Sam Tanner.

Warum kannst du nicht einfach den Augenblick genießen, Charlotte? Hör auf, so viel nachzudenken.

Sie schob die lästigen Gedanken beiseite und konzentrierte sich stattdessen auf die Gänsehaut, die Sam auf ihrer Haut hinterließ. Er küsste ihren Hals, ihre Schultern, knabberte an ihr. Mit den Händen umschloss er ihre Brüste und ließ ihre Nippel zärtlich zwischen seine Finger gleiten. Sie stöhnte, und tief in ihrem Bauch loderte schon wieder ein Großbrand.

Gott, war sie leicht zu haben. Ein paar Küsse und einige zärtliche Berührungen, und schon war sie bereit für ihn. Verrückt nach ihm, verzehrte sie sich danach, ihn wieder in sich zu spüren.

»Sag mir, was du willst, Charlotte.«

Ihre Blicke hafteten aneinander. Sie liebte das Feuer in seinen Augen. Was sie wollte? Dafür reichte die Zeit eines ganzen Lebens nicht aus, es ihm zu sagen. Sie wollte so viel. Zu viel.

»Lieb mich.«

Er lächelte. »Das habe ich mir schon fast gedacht. Wie möchtest du geliebt werden?«

Oh Gott. Das sollte er sie besser nicht fragen. »Ähm, ganz normal?«

Er lachte und ließ seine Zunge über ihre Unterlippe gleiten. »Willst du dich hinknien, oder willst du es im Stehen machen? Wie wär's im Sitzen? Dort drüben steht ein Schaukelstuhl, darauf würde ich es gern irgendwann mal probieren.«

So viele schöne Vorstellungen, die alle intensive erotische Spiele heraufbeschworen. Ja, Charlotte wollte alles. Aber nicht in diesem Augenblick. »Ich will jetzt nicht weiter überlegen, Sam. Fick mich einfach.«

Sein charmantes Grinsen machte sie stärker als alles andere an. Es war voller Versprechen, ihr mehr zu geben, als sie sich jemals vorstellen könnte.

»Dein Wunsch sei mir Befehl.«

Er legte sich auf sie, nahm ihre Hände und legte sie über ihren Kopf. Mit dem Knie schob er ihre Beine auseinander, wobei er nicht einen Moment seine Augen von ihr abließ, dann drang er tief in sie ein. Sie stöhnte lustvoll und genoss seine Kraft, sie ließ sich auf einer Welle von unglaublichen Gefühlen davontragen.

»Deine Muschi ist wie gemacht für meinen Schwanz«, hauchte er und klammerte sich an ihren Handgelenken fest, damit er jede ihrer Bewegungen unter Kontrolle hatte. »So heiß und feucht, sie massiert mich so verdammt hart, dass ich gleich beim ersten Stoß kommen könnte.«

Seine Worte, so verrucht, aber auch so erotisch, überkamen sie wie ein Inferno, verbrannten sie und sorgten dafür, dass sie nur ihn brauchte und wollte. Ein äußerst potenter und gefährlicher Mann, dem sie nicht widerstehen konnte.

Was immer ihn so unvergleichlich machte, sie wollte mehr davon. Jeden Tag. Jede Stunde. Einfach für immer.

»Ich habe mir schon so lange gewünscht, in dir zu sein, dass ich nicht mehr klar denken konnte.« Er pumpte unerbittlich weiter. Dann zog er sie hoch und drehte sie auf den Bauch. Charlotte stützte sich auf ihre Ellenbogen und streckte ihm erwartungsvoll ihren Hintern entgegen.

»Du hast einen verdammt geilen Arsch, Charlotte«, sagte er und schlug mit seiner Hand neckisch auf eine Pobacke. Charlotte verspürte einen leichten, aber recht lustvollen Schmerz. Sam nahm ihre Hüften, drang von hinten in sie ein und stieß zu. Er musste aufpassen, dass er nicht sofort in ihr explodierte. »Ich will deinen Arsch ficken, will deine enge Knospe um meinen Schwanz spüren.«

Oh Gott. Visionen schossen ihr durch den Kopf. Ihr Körper offen und bereit für ihn, ihr Anus mit Gleitcreme eingerieben, sodass er seinen Schwanz tief in ihren Hintern gleiten lassen konnte. Sie konnte fast schon die Intensität dieses Erlebnisses fühlen.

»Möchtest du, dass ich deinen Arsch ficke, Baby?«

So innig, so intim. Sie hatte sich so etwas schon öfters vorgestellt und zögerte nicht eine Sekunde. »Ja!«

Seine Finger drückten sich in das Fleisch ihrer Hüften, als er sich zurücklehnte und noch härter zustieß. Charlotte spürte, wie sich eine immer stärkere Spannung in ihr aufbaute, bis es fast unerträglich wurde und sie bereit war zu explodieren. Als er sich wieder über sie lehnte, seine Schwanzspitze zwischen ihren Beinen suchend auf und ab bewegte und schließlich ihre Klit fand und stimulierte, ließ Charlotte alle Dämme brechen.

Ihr Orgasmus überkam sie fast augenblicklich. Sam tauchte wieder in sie ein und trug sie in unbekannte Höhen.

Innig vereint lagen sie auf dem Bett. »Baby, das war der erste Streich«, sagte er und ließ seine Nasenspitze über ihren Nacken gleiten. Sie drehte sich halb zu ihm um und sah, dass er sie verführerisch anlächelte. »Ich hoffe, du bist schon wieder bereit. Aber dieses Mal nehme ich mir deinen süßen Arsch vor.«

Er hob ihre Hüften an und schob ein paar kleine Kissen unter ihren Bauch.

Als er einen Finger in ihre Spalte schob, zuckte sie zusammen und fühlte immer noch das Nachbeben von ihrem letzten Orgasmus. Sam zog den Finger wieder heraus, und sie hörte die Lutschgeräusche, die er von sich gab, als er ihren Balsam kostete, und sie hatte noch nie etwas so Erotisches und Stimulierendes gehört.

»Cremig, salzig und süß. Verdammt, Charlotte, du machst mich verrückt.«

Doch sie war diejenige, die kurz davor war durchzudrehen. Sam war mehr, als sie jemals aushalten könnte. Auf jemanden mit einem solch ausgeprägten Sextrieb war sie nicht vorbereitet. Sie fühlte sich unfähig und außerdem völlig außer Kontrolle.

»Ich liebe es, dich zu ficken, Charlotte.«

Er stieß seinen harten Schwanz wieder in sie, dieses Mal massierte er ihre Klit. Unerbittlich brachte er sie wieder an den Rand einer leidenschaftlichen Explosion, seine Stöße waren bestimmt und regelmäßig.

Er zog seinen Schaft heraus, streichelte ihre Muschi und rieb den warmen Saft, der aus ihrer Spalte rann, um ihren Anus. Als sie seine Finger dort spürte, erzitterte ihr Körper vor lauter Vorfreude. Sie hatte ihren Arsch schon oft mit ihren Spielzeugen gefickt, aber sie hatte es noch nie einem Mann erlaubt, dieses Terrain zu betreten.

Bis jetzt. Nun wollte sie es, und sie konnte sich nur diesen einen Mann vorstellen, der sie auf diesem Weg begleiten durfte.

»Ich muss dir noch was gestehen.«

Charlotte hielt inne, sie fühlte sich irgendwie bloßgestellt und verwundbar in dieser Position. Was wollte er ihr nur in einem Augenblick wie diesem so Wichtiges gestehen? »Raus mit der Sprache.«

»Ich hab dich beobachtet, als du dich mit deinen Sextoys vergnügt hast.«

Panik machte sich in ihr breit. »Was? Wann?«

»Vor ein paar Tagen. Du warst in deinem Schlafzimmer und hast dich mit einem Dildo in den Arsch gefickt.«

Oh Gott, wie peinlich! Hitze stieg in ihr auf, und sie war froh, dass sie Sam in dieser Position nicht in die Augen sehen musste. »Wie hast du … ? Ich meine … ich war allein …«

»Ich bin auf das Gerüst geklettert, um meine Arbeitsgeräte einzupacken, und da habe ich dich gesehen. Dein Fenster stand offen.«

»Oh, mein Gott. Und du hast zugesehen?«

Er liebkoste ihre Pobacken, wobei seine Finger um die Öffnung ihres Anus strichen. »Ja, wie hätte ich dabei wegsehen können? Du warst so verdammt heiß, Charlotte. Mein Schwanz war total prall. Mann, ich musste ihn sogar auspacken und mir einen runterholen, während du masturbiert hast.«

»Wirklich?«

»Verdammt, ja. Ich musste mir auf die Lippen beißen, um nicht laut aufzustöhnen, als ich gekommen bin.«

Charlotte spürte, wie Hitzewallungen durch ihren Bauch gingen und vor lauter Erregung der Saft in ihrer Pussy zu fließen begann.

»Du bist gerade feucht geworden, Baby. Machen dich die Gedanken an jenen Tag heiß?«

Während er diese Worte sagte, schob er eine Fingerspitze in ihren Anus. Sie stöhnte und hob ihren Hintern höher.

»Warte einen kleinen Moment, Kleines«, sagte er und öffnete die Schublade ihres Nachtschranks. »Ich hab mir schon gedacht, dass du das Zeug immer in deiner Nähe hast. Übrigens, nette Spielzeugsammlung! Erinner mich daran, mal das eine oder andere davon an dir auszuprobieren.«

Sie lachte und ließ gleich darauf einen schrillen Schrei los, als er das kühle Gleitmittel zwischen ihren Pobacken verteilte.

»Wunderschön und aalglatt. Es wird ein Leichtes sein, meinen Schwanz in dein enges Loch zu schieben.«

Mit der Schwanzspitze berührte er ihre rosa Knospe und drückte ihn langsam und behutsam hinein. Charlotte war dieses Gefühl bereits vertraut, deshalb drängte sie ihm ihren Hintern in großer Erwartung entgegen.

»Bist du bereit?«, fragte er mit seiner tiefen, vollen Stimme.

»Ja, fick mich, Sam.«

Er zog ihre Pobacken auseinander und tauchte durch die enge Pforte in sie ein. Ein spitzer, prickelnder, süßer Schmerz durchfuhr sie, ein Gefühl der Lust, wie sie es zuvor noch nie gehabt hatte. Sie schrie auf und drückte sich gegen ihn, um seine volle Länge in sich zu spüren.

»Gott, du bist so eng.« Er lehnte sich etwas zurück und zog seinen Schwanz halbwegs heraus, dann glitt er wieder gänzlich in sie hinein und ließ langsam einen Rhythmus entstehen. Sam war zärtlich, wollte sie keinesfalls verletzen, aber sie brauchte es stärker.

»Härter!«

»Um Himmels willen, Charlotte. Du überraschst mich.« Er gab ihr, was sie wollte, und stieß immer fordernder zu. Der Schmerz war intensiv, aber die Lust noch intensiver. Sie hatte nicht gewusst, dass es sie so erregen würde, in den Arsch gefickt zu werden.

»Nimm deine Hand und berühr deine Klit für mich. Ich will noch mal sehen, wie du kommst.«

Sie tat, was er verlangte, und berührte mit der einen Hand ihre Klit, während sie die Finger der anderen in ihre Muschi eintauchte.

»Oh ja«, sagte er, hart pumpend. »Fick deine Muschi für mich. Komm für mich.«

»Ich kann nicht …«, rief sie verzweifelt aus. Sie schaffte es nicht, die unendliche Spannung auszuhalten.

»Doch, du kannst. Gib es mir, Baby!«

Sie warf ihren Kopf zur Seite, pure Lust rauschte erneut über sie hinweg. Sie spürte, wie sie der Explosion immer näher kam und streichelte ihre Muschi im passenden Rhythmus zu Sams Stößen.

»Ich komme!«, stöhnte er, sein Körper drückte sich an sie, sein Schwanz zuckte. Er bewegte sich immer schneller in ihr, während seine Eier gegen ihre Arschbacken klatschten. Charlotte verlor die Beherrschung, drückte ihren Hintern gegen ihn und schrie laut auf, als sie kam und ihr Balsam auf ihre Hand rann. Sam stöhnte, als er seinen Schwanz tief in sie drückte und sein heißer Saft in ihren Hintern schoss.

Sie lag schnaufend auf dem Bauch und spürte noch das Nachbeben ihres Orgasmus.

Sam zog seinen Schwanz heraus und ließ sich neben sie rollen. Nach einigen Minuten half er ihr auf und ging mit ihr unter die Dusche. Er seifte ihren Körper zärtlich ein und drehte sich zwischendurch immer mal zu ihr, um ihr einen heißen Kuss zu geben. Sie trockneten sich ab, und dann führte er sie wieder zum Bett, wo sie sich aneinanderkuschelten, er sie ganz fest an seine Brust drückte und ihr nasses Haar streichelte. Charlotte lauschte seinem Herzschlag. Als er irgendwann langsam und gleichmäßig atmete, wusste sie, dass er eingenickt war.

Irgendwann ließ auch sie sich ins Unendliche abdriften, einerseits voller Zufriedenheit, andererseits mit großer Angst, dass sie wahrscheinlich gerade eine Grenze überschritten hatte, die sie besser nicht hätte überschreiten sollen.

Kapitel 11

Die Tage vergingen wie im Flug. Charlotte arbeitete eifrig an der Theateraufführung für das Sommerfest, das in nicht mal mehr einer Woche stattfinden würde. Die Darsteller waren gut vorbereitet auf den großen Auftritt. Das Musical war bereits in aller Munde, und von einigen Leuten hatte Charlotte erfahren, dass die Bewohner Magnolias das Stück als das kulturelle Highlight des Sommers betrachteten.

Sie musste zugeben, dass sie ebenfalls so langsam immer aufgeregter wurde. Es war stets ihr sehnlichster Wunsch gewesen, ganz allein für eine Inszenierung zuständig zu sein. Aber in dem großen Theater in New York hatte man ihr bisher noch nicht die Möglichkeit geboten, ihr eigenes Stück zu inszenieren. Bestenfalls war sie die Assistentin der Produzenten oder Regisseure der Stücke, die in diesem Theater aufgeführt werden sollten. Aber das Musical hier war von Anfang an ihr Projekt gewesen. Und sie liebte es, auch wenn es nur in einer Kleinstadt aufgeführt werden sollte.

Unterdessen war Sam mit den Arbeiten an Belle Coeur ein gutes Stück vorangekommen. Die Decken und Wände waren mittlerweile renoviert und gestrichen. Die Fassade des Hauses hatte ebenfalls einen neuen, frischen Anstrich erhalten, und das Dach war größtenteils erneuert worden, sodass kein Regenwasser mehr ins Hausinnere gelangen konnte. Charlotte musste sich eingestehen, dass Sam seinen Job wirklich gut machte.

Eines Tages, als er seine Crew zur Unterstützung mitgebracht hatte, beobachtete sie ihn bei der Arbeit. Sam hatte ohne Zweifel das Sagen. Er gab seinen Jungs Anweisungen, kletterte wie Tarzan über das Gerüst und sorgte ohne Rücksicht auf seine eigene Sicherheit dafür, dass die Arbeit fehlerfrei erledigt wurde.

Ihr Herz schlug schneller, als sie ihm zusah, wie er sich auf dem Gerüst bewegte. Er hatte nicht nur seinen Körper hundertprozentig unter Kontrolle, sondern auch seine Crew sehr gut im Griff. Er sprach als Boss zu ihnen und forderte Respekt, den sie ihm zollten, weil sie wussten, dass er die Arbeit auch mal selbst in die Hand nahm. Charlotte konnte sehen, wie sehr Sam von seinen Arbeitern respektiert wurde, und sie bewunderte ihn dafür.

Natürlich genoss Charlotte es ohnehin, ihm bei der Arbeit zuzusehen, egal ob mit seinem Team oder allein. Weil es draußen so heiß und schwül war, arbeitete er gewöhnlich mit freiem Oberkörper und trug nur Shorts. Wenn er den Hammer oder den Pinsel schwang, konnte sie seinen muskelbepackten Körper bewundern.

Charlotte musste zugeben, dass sie sich unzählige Dinge hatte einfallen lassen, nur um in seiner Nähe sein zu können. Sie nutzte jede Gelegenheit, um den Fortschritt der Arbeiten zu inspizieren oder ihm in den heißen Nachmittagsstunden ein kühles Getränk zu bringen. Meistens blieb sie dann länger bei ihm und unterhielt sich mit ihm über Gott und die Welt, während er arbeitete und sie zusah.

Ihre Gespräche drehten sich größtenteils um das Haus oder ihr Theaterstück. Gelegentlich brachte Sam Charlotte auch zum Lachen, wenn er sie mit den neuesten Tratschgeschichten aus der Stadt versorgte. Zum Beispiel mit den Neuigkeiten von Josiah Edmunds, der, gerade mal 18 Jahre alt, von seinem Vater Donald dabei erwischt worden war, wie er im Haus seines Vaters eine 33-jährige Lehrerin von der Highschool vögelte.

Charlotte war entsetzt, aber Sam lachte darüber. Er erklärte ihr, dass Donald nicht wütend war, weil sein Sohn mit einer älteren Frau rummachte, sondern weil jene besagte Frau auch noch seine eigene Lebensgefährtin war.

Was Charlotte noch schockierender fand. Als Nächstes informierte Sam sie, dass Donalds angeknackstes Ego einen weiteren Schlag verkraften musste, als die Lehrerin sich für den Sohn entschied und mit ihrem neuen Lover das Weite suchte, sodass Donald nicht nur von seiner Freundin verlassen wurde, sondern auch von seinem Sohn. Sam vermutete, dass Donald wahrscheinlich nicht lange unter dem Verlust leiden würde. Er war bereits dabei gesehen worden, wie er im örtlichen Bowlingcenter eine der jungen Barkeeperinnen angebaggert hatte, die mindestens zwanzig Jahre jünger war als er.

Zweifellos waren die Klatschgeschichten in einer Kleinstadt unendlich detaillierter und interessanter als solche, wie man sie in der Großstadt zu Ohren bekam. Wenn es sie überhaupt gab, denn die meisten Leute dort schützten ihr Privatleben. Aber dieses Wort existierte im Wortschatz der Bewohner von Magnolia nicht.

Neben der Arbeit fanden Charlotte und Sam genügend Zeit, um sich zu vergnügen. Sie liebten sich bei jeder Gelegenheit. Morgens, bevor sie in die Stadt fuhr, und tagsüber, wenn sie zu Hause war und Sam eine Pause machte. Sie zog ihn damit auf, dass sie froh sei, ihn nicht nach Tagessätzen bezahlen zu müssen, weil sie sich sonst betrogen vorkommen würde. Sam lachte und sagte ihr, dass sie von ihm schließlich mehr bekommen würde, als ihr Geld wert war. Außerdem war sein persönlicher Service nicht mal Bestandteil ihres Vertrages.

Als Charlotte an diesem Abend nach Hause kam und den Wagen auf den Hof lenkte, stellte sie wieder mal fest, wie viel an dem Haus in nur wenigen Wochen repariert worden war. Zuvor war es ein echter Pflegefall gewesen, und jetzt erstrahlte es in ganz neuem Glanz. So neu, dass die Maklerin, mit der sie gesprochen hatte, als sie nach Magnolia zurückgekehrt war, schon jetzt ein Schild mit der Aufschrift »Zu verkaufen« an der Hofeinfahrt aufstellen ließ, um potenzielle Käufer darauf aufmerksam zu machen.

Charlotte starrte das Schild an, das sie daran erinnerte, was sie hier eigentlich tat. Ein Gefühl des Bereuens überkam sie. Sie verdrängte es aber schnell wieder, als sie die Treppe zur Haustür hinaufging. Sie weigerte sich, von ihren Zielen abzurücken. Die Erfüllung ihres Traumes war in greifbarer Nähe, und sie würde jetzt definitiv ihre Meinung nicht mehr ändern.

Es war schon spät, aber Sam musste immer noch am Arbeiten sein, da sein Truck vor dem Haus stand. Sie fragte sich, was er hier so spätabends noch trieb. Er wollte doch nur bei Tageslicht streichen, damit es keine Unregelmäßigkeiten beim Auftragen der Farbe gab.

Als sie die Haustür öffnete, holte sie tief Luft. Im ganzen Haus roch es nach Lavendel. Die Dämmerung hatte sich über das Anwesen gelegt, und eigentlich hätte im Innern schon Licht brennen müssen, aber alles war dunkel. Auf jeder Treppenstufe im Flur fand Charlotte kleine lila Kerzen vor, deren Licht ihr den Weg ins Obergeschoss wies und die auch für den Lavendelduft sorgten.

Im Obergeschoss lief leise Musik – ruhiger Jazz, sinnlich und verlockend. Mit einem Lächeln auf den Lippen erklomm sie Stufe für Stufe, wobei sie dem Pfad des Kerzenlichts folgte, als sei es ein Wegweiser. Leise summte sie die Melodie mit, und ihr Körper schwang langsam im Takt des verführerischen Klangs von Saxophon und Piano.

Oben angekommen, wiesen ihr die Kerzen weiter den Weg, sie leuchteten wie eine Startbahn auf beiden Seiten des Flures, bis zu ihrem Schlafzimmer. Sie folgte dem Kerzenlicht und der Musik und inhalierte tief den Lavendelduft.

Charlotte betrat ihr Schlafzimmer und hielt inne. Keine Spur von Sam, aber auch hier standen überall brennende Kerzen – auf ihrer Kommode, den beiden Nachttischen und der Fensterbank. Charlotte fand das Kerzenlicht, in das der Raum getaucht war, unglaublich romantisch. Dann blieb ihr Blick an ihrem Bett hängen.

Ein freudiges Seufzen entglitt ihren Lippen, als sie einen kleinen Strauß Veilchen auf ihrem Kopfkissen entdeckte, ordentlich mit einer Schleife zusammengebunden. Charlottes Herz wurde weich, sie kämpfte mit Tränen der Rührung, als sie den Strauß in die Hand nahm und den lieblichen Duft der Blumen einatmete.

Woher nahm dieser Mann nur die Zeit, all diese Dinge zu besorgen, um ein romantisches Ambiente für sie zu schaffen, und dennoch die Arbeit am Haus zu erledigen? Charlotte war überwältigt von Sams Bemühungen, den Raum mit Düften, Blumen und Musik zu füllen, und sie konnte es plötzlich nicht mehr erwarten, ihn endlich zu finden.

Die Musik kam aus ihrem Badezimmer, sexy Jazzmusik, die ihr unter die Haut ging wie warmer Brandy in einer schneeklaren Nacht. Sie folgte den Klängen, und ihr Herz blieb beinahe stehen, als sie die Tür zum Bad öffnete.

Der Raum war von zahllosen Kerzen in warmes Licht getaucht. Auf jeder möglichen Abstellfläche hatte Sam sie platziert, und der Duft von Lavendel war betörend. Der Rand der großen Badewanne war ebenfalls mit Kerzen bestückt, und die Wanne war fast bis zum Rand mit Wasser und Schaum gefüllt – sowie mit einem sehr attraktiven Mann.

Charlotte lächelte und schüttelte den Kopf. Ein sehr nackter und sehr heiß anzusehender Sam saß mitten in einem Berg von Schaum, umgeben von Lavendelkerzen und sanfter Musik.

»Ich dachte, du hast vielleicht Lust auf ein Bad, auf etwas Musik und ein Glas Wein«, sagte er und hielt ihr ein Glas entgegen. Das Lächeln in seinem Gesicht brachte Charlotte dazu, ebenfalls zu lachen. »Selbstverständlich ist dein persönlicher Masseur zu Diensten, um dich von Verspannungen in den Schultern zu befreien ... oder wo auch immer du massiert werden möchtest.«

Sie ging auf die Badewanne zu, indem sie langsam ihre Bluse aufknöpfte. »Ein Masseur?« Sie beobachtete, wie sein Blick nicht von ihren Händen wich, als sie verführerisch Knopf für Knopf öffnete. »Das ist genau das, was ich jetzt brauche.«

»Baby, ich weiß, was du jetzt brauchst.« Sein Gesicht glänzte im Kerzenschein, während sein heißer Blick sie förmlich durchbohrte. Ihr Körper stand vor lauter Verlangen in Flammen, und sie liebte es, dass sie an seinen Augen erkannte, dass er sie genauso sehr wollte wie sie ihn.

Ihre Brüste schwollen an, ihre Nippel richteten sich auf, und ihr Schritt wurde feucht. Ein Blick reichte aus, und sie war bereit für ihn.

Sie strich die Bluse von ihrem Körper. Zum Glück hatte sie sich heute Morgen für ein sexy Kleidungsstück entschieden – ein seidenblaues Mieder, das ihre Brüste betonte. Charlotte ließ den Rock über ihre Hüften gleiten und stellte sich Sams prüfendem Blick, wobei sie nur das seidene Mieder und den passenden String trug.

»Lass die Hüllen fallen, Baby«, sagte er mit seinem sexy Südstaatenakzent, »und komm zu mir in die Wanne. Sofort!« Er lächelte neckisch, und Charlotte erkannte an seinem funkelnden Blick, was sie erwartete.

Aber schließlich lohnte es sich doch immer, auf gute Dinge ein bisschen zu warten. Und sie verspürte den leichten Drang, Sam ein wenig zappeln zu lassen. Ganz langsam zog sie das Mieder herunter, bis es gerade noch ihre Brustwarzen verbarg.

»Mach weiter«, sagte er und nippte an seinem Wein, ihren spontanen Striptease nicht eine Sekunde aus den Augen lassend.

»Oh, das werde ich, Süßer«, entgegnete sie ihm und setzte ihren eigenen erotischsten Südstaatenakzent auf. Er warf ihr einen gefährlichen Blick zu – voller Ungeduld und Begierde. Charlotte wusste genau, was er wollte. Aber sie ließ Sam und sich selbst noch etwas warten.

Ein Schauder durchfuhr sie, als sie das Mieder weiter hinabgleiten ließ, bis es letztendlich zu ihren Füßen landete. Sams unverhohlene Bewunderung für ihren Körper war genauso erregend, als ob er sie berühren würde. Dann wanderte sein Blick tiefer und blieb einen kurzen Moment lang auf ihrem blauen String hängen, bis er ihr wieder ins Gesicht sah.

»Zieh ihn aus, Charlotte, schnell, ich will dich endlich bei mir haben.«

Sie spielte weiter mit ihm und zögerte, wobei sie ihn schelmisch anlächelte und nur wenige Meter von der Badewanne entfernt stehen blieb. Sie biss sich verführerisch auf die Unterlippe, als würde sie überlegen, ob sie wirklich zu ihm in die Wanne steigen sollte oder nicht.

Sein heißer Blick war so durchdringend, diese umwerfenden Augen voller Begierde. »Ich warne dich. Meine Geduld ist gleich am Ende. Zieh dein Höschen aus, sonst stehe ich auf und reiß es dir vom Leib!«

Diese erotische Drohung entfachte das Feuer in ihr noch stärker. Sie warf ihm ein teuflisches Lächeln zu und ließ ihre Finger leicht über den Saum ihres Strings gleiten, bis ihre Hand ganz darin verschwand.

»So, jetzt reicht's!« Er schoss aus dem Wasser und stand in der Wanne, klitschnass, mit einem großen Ständer. Seine Augen leuchteten erwartungsvoll, als er herausstieg und in nur zwei Schritten bei ihr war. Er presste seine Lippen auf ihre, seine Zunge stieß tief in ihren Mund, und gleichzeitig riss er ihr den String vom Körper, bevor sie in seine Arme sank.

Die Situation brauchte keine Worte. Sie klammerten sich wild aneinander, und die Leidenschaft machte jegliches Verlangen nach einem langsamen, ausgedehnten Liebesspiel zunichte. Dafür würde später noch Zeit sein. Sie wollte ihn jetzt, in diesem Augenblick. Ohne Vorspiel, kein weiteres Ausharren mehr. Sie wollte ihn nur noch in sich spüren.

»Los, Sam, mach schon«, hauchte sie ihm flehend zu.

Sam drückte sie gegen die Wand und legte seine Hände auf ihre Pobacken, dann hob er sie hoch. Charlotte schlang ihre Arme um seinen Nacken und klammerte sich mit den Beinen um seine Taille, während er in sie eindrang. Der Sex war stürmisch und schnell, beide waren heiß und bereit. Sam fiel über ihren Mund her, küsste sie hart und fordernd, und sie gab sich ihm gänzlich hin, krallte sich mit ihren Fingernägeln in seine Schultern und keuchte, als sie nach kurzer Zeit bereit war zu kommen.

Er stöhnte, während er sie wild küsste, stieß ohne Unterbrechung zu und drückte sich an sie, sodass sein Schwanz ihre Klit rieb. Charlotte zersprang innerlich in tausend kleine Teile und jauchzte fast, als die Wellen der Lust über sie hinwegrollten. Seine Finger pressten sich in das weiche Fleisch ihrer Pobacken, und als er mit voller Kraft in ihr explodierte, schrie er laut auf.

Ihr Pulsschlag beruhigte sich langsam wieder, aber sie waren noch immer vereint und nicht in der Lage, sich zu bewegen. Schließlich legte Charlotte ihren Kopf auf Sams Schulter und küsste seine schweißbedeckte Haut, bis er sie wieder auf den Boden hinabließ.

»Bist du jetzt bereit für ein Bad?«, fragte er und grinste zufrieden.

»Ich denke, wir brauchen beide eines.« Sie lachte und ließ ihre schweißnassen Brüste über seinen Brustkorb gleiten.

Sam nahm sie auf seine Arme, trug sie zur Badewanne und stieg mit ihr hinein. Er legte sie behutsam ins Wasser, dann nahm er hinter ihr Platz. Sie lehnte sich entspannt zurück, und er reichte ihr ein Glas Wein, während er einen Schluck aus seinem trank.

»Und? Wie war dein Tag, Liebes?«

Sie kicherte. »Gut, Darling, und deiner?«

»Oh, sehr gut, danke. Ich habe sogar tolle Neuigkeiten für dich.«

Sie drehte sich halb zu ihm um und sah ihn an. »Echt? Was für Neuigkeiten?«

»Ich bin fertig.«

»Fertig womit?«

»Mit dem Haus. Alles ist erledigt. Ich habe am Ende des Tages einen Kontrollgang gemacht, um sicherzugehen, dass nichts übersehen worden ist, alles ist perfekt. Meine Arbeit hier ist beendet.«

»Oh.« Sie wendete sich ab und lehnte den Kopf an Sams Brust. Während sie an ihrem Wein nippte, kämpfte sie gegen die Enttäuschung an, die sie plötzlich überkam. Sam würde also nicht länger Tag für Tag in ihrer Nähe sein. Dieser Gedanke machte sie irgendwie traurig.

»Das ist doch ein Grund zur Freude, Baby. Ich bin schneller fertig geworden als geplant. Jetzt bekommst du kein Problem damit, dass noch Reparaturarbeiten im Gange sind, wenn du das Haus zum Verkauf anbietest.«

»Das Haus ist bereits auf dem Markt. Hast du das Schild an der Hofauffahrt nicht gesehen? Mavis Riley ist Anfang der Woche im Theater vorbeigekommen und hat mir mitgeteilt, dass sie sich das Haus angesehen und zum Verkauf bereit befunden habe, und heute Morgen hat sie das Schild aufgestellt.«

»Aha. Nein, das habe ich nicht gesehen. Ich war den ganzen Tag im Haus und habe sie wohl nicht bemerkt, als sie hier war.« Sam tauchte einen Schwamm in das duftende Badewasser und drückte ihn über Charlottes Schultern und Nacken aus, sodass kleine Rinnsale über ihre Brust liefen. »Du stehst also kurz davor, das Grundstück zu verkaufen. Es ist ein wertvolles Gelände mit einem wundervollen Haus darauf. Ich denke, du wirst es schnell loswerden.«

»Das glaube ich auch.« Sie konnte das Gefühl von Einsamkeit nicht abschütteln, als sie über den Verkauf des Hauses nachdachte. Es war schließlich ihr Zuhause gewesen.

Und sie musste zugeben, dass die letzten Wochen hier in Belle Coeur sich mehr wie ein Zuhause angefühlt hatten, als sie es jemals in ihrem Apartment in New York empfunden hatte.

»Stimmt was nicht?« Sam massierte zärtlich ihre Schultern und spürte die kleinen Knötchen unter ihrer Haut. »Du kommst mir verspannt vor.«

»Nein, alles okay«, log sie. Nichts war okay. Das Haus war jetzt fertig und würde ganz gewiss bald verkauft sein, und dann würde sie Sam nicht mehr sehen. Sie hatte verdammt noch mal überhaupt keinen Grund zur Freude.

Charlotte dachte darüber nach, wie sehr sich die Dinge in nur wenigen Wochen verändert hatten. Als sie in Magnolia angekommen war, wollte sie das Haus so schnell wie möglich loswerden und Sam aus dem Weg gehen. Jetzt war das Gegenteil eingetreten. Sie wollte ihn in ihrer Nähe haben – zu jeder Zeit – und war gar nicht glücklich über ihre ursprüngliche Entscheidung.

Schöner Mist. Aber was sollte sie jetzt tun?

Sie wurde von ihren Gedanken abgelenkt, als Sam seine Zungenspitze leicht über ihren Nacken gleiten ließ und sie ein wonniger Schauer überkam.

»Kalt?«, fragte er und biss ihr zärtlich in die Schulter.

»Nein, im Gegenteil.« Sie neigte ihren Kopf nach vorn, damit Sam besser an ihren Nacken herankam.

»Hmm, ich denke, das könnte dir gefallen.« Er küsste ihren Nacken, dann ihren Hals, und seine Lippen wanderten weiter den Rücken hinab, während er hin und wieder seine Zähne über ihre Haut fahren ließ.

Sie stöhnte und drückte sich gegen ihn. Er biss ein wenig kräftiger zu und gab einen genießenden Laut von sich, als er ihren Körper schmeckte. Gott, war das erotisch!

»Schlaf mit mir, Sam«, sagte sie atemlos, »jetzt.«

Er stand auf, stieg aus der Wanne, hob sie auf seine Arme und trug sie ins Schlafzimmer, wo sie sich beide nass, wie sie waren, aufs Bett legten. Er zog sie auf sich und nahm ihren Kopf in beide Hände, um sie zu küssen. Erregt rieb sie ihren Körper gegen seinen, während seine Hände über sie glitten. Sie wollte ihn, wollte das Gefühl der Einsamkeit loswerden und nicht mehr daran denken, Sam und ihr Zuhause zu verlieren.

Jede ihrer Bewegungen war von purer Verzweiflung angetrieben. Sam ließ sich nicht anmerken, ob er Bescheid wusste. Er streichelte und küsste sie ausgiebig, dann hob er ihre Hüften an, um langsam in sie einzudringen, als hätten sie alle Zeit der Welt.

»Ja, so ist es gut«, stöhnte er und bewegte sie mit festem Griff auf seinem Schaft auf und ab. »Reite auf mir, Baby. Fick meinen Schwanz.«

Charlotte rieb ihre Klit gegen seinen Schwanz, nahm ihn dann tief in sich auf, um sich gleich darauf wieder zu erheben und ihr Liebesspiel von vorn zu beginnen. Lust breitete sich in ihrem Körper aus, und sie fühlte einen verzweifelten Drang, ihn überall in sich zu spüren. Sie hatte das beklemmende Gefühl, als wäre jeder Kuss der letzte, als würde er sie zum letzten Mal zärtlich berühren, als wären sie ein letztes Mal vereint. Und sie brauchte diese Vereinigung, jetzt mehr denn je.

Es war, als würde sie einen Berg erklimmen und jeden einzelnen Schritt zum Gipfel genießen, und sie nahm jeden seiner Küsse und seiner Stöße begierig auf, wobei sie seine Berührungen für immer in ihrer Erinnerung speichern wollte.

»Berühr mich, Sam«, flehte sie, warf ihren Kopf zurück und öffnete sich ihm gänzlich.

Er strich mit seinen Fingern über ihre angeschwollene Perle, bis Charlotte vor lauter Erregung spitze Lustschreie ausstieß.

Sie erreichten gleichzeitig den Höhepunkt, und wieder einmal verlor Charlotte das Gefühl für Raum und Zeit, als sie sich auf einer Welle von unglaublichen Empfindungen wegtragen ließ – ein weiterer Beweis für ihre Liebe zu Sam.

Erschöpft blieben sie auf dem Bett liegen. Charlotte lag voller Zufriedenheit auf ihm, während er ihr liebevoll über Rücken und Hintern streichelte. Sie waren immer noch innig vereint, und keiner der beiden wollte diesen intimen Bund brechen.

Charlotte hatte ihren Hunger nach Sam vorerst gestillt, aber sie war völlig durcheinander und hatte plötzlich wieder Angst. So sehr sie auch versuchte, ihre Gefühle für Sam zu verdrängen, sie wusste trotzdem, dass es viel mehr war als nur ein Sexabenteuer.

Der Schmerz, der sie überfiel, als sie erkannte, dass ihre Zeit in Magnolia sich dem Ende näherte, löste eine Traurigkeit in ihr aus, die sie in dieser Form noch nie gespürt hatte. Obwohl sie sich dagegen wehrte, wurde ihre Liebe zu Sam immer größer.

Charlotte hatte sich unbestreitbar in Sam Tanner verliebt. Schon bald würde sie nach New York zurückkehren und ihn zurücklassen. Der Gedanke daran schmerzte sie so sehr, dass sie sich am liebsten zusammengekauert und geweint hätte.

Und sie hatte absolut keinen Plan, was sie nun tun sollte.

*

Sam hielt Charlotte in seinen Armen und streichelte ihren Rücken, bis sie allmählich einschlief, völlig erschöpft von ihren Liebesspielen. Er bewunderte sie rückhaltlos, diese Frau, die er liebte. Ihr Feuer und ihr leidenschaftliches Wesen passten wunderbar zu ihm, und in ihr hatte er die perfekte Partnerin gefunden. Allerdings hatte er den Endruck, dass sie es noch nicht so recht erkannt hatte. Eigentlich hatte er ihr heute Abend sagen wollen, dass er in sie verliebt war, aber aus irgendeinem Grund hatte er sich nicht dazu durchringen können. Vielleicht war wieder die alte Angst schuld, das Gefühl, einfach nicht gut genug für sie zu sein. Aber in wessen Augen? In seinen oder ihren?

Soweit er wusste, wollte sie immer noch zurück nach New York, sobald das Haus verkauft war. Er glaubte aber, ein gewisses Zögern und Enttäuschung in ihrer Stimme wahrgenommen zu haben, als er ihr berichtet hatte, dass das Haus fertig und zum Verkauf bereit sei. Aber war das wirklich so, oder war es nur sein Wunsch, dass sie enttäuscht war?

Durfte er vielleicht sogar hoffen, dass sie ihre Meinung änderte und das Haus nicht verkaufte? Und Magnolia nicht verließ?

Okay, er hatte ihr nicht wirklich einen Grund geliefert zu bleiben. Er hatte ihr bisher nicht gesagt, was er empfand. Vielleicht würde das ja ihre Pläne ändern. Aber vielleicht auch nicht.

Der Gedanke, Charlotte zu verlieren, war mehr, als er ertragen konnte. Er musste alles auf eine Karte setzen. Ihr sagen, wie es um sein Herz stand. Sie darum bitten zu bleiben. Und dann musste er abwarten, ob das, was er ihr geben konnte, ein ausreichender Grund für sie sein würde, ihren Lebenstraum aufzugeben und bei ihm in Magnolia zu bleiben.

Aber war das fair? Durfte er sie darum bitten, alles aufzugeben?

Natürlich war es nicht fair. Schließlich könnte er ja auch nach New York ziehen, wenn sie ihn darum bitten würde.

Aber was sollte er dort schon machen? Sicher wäre er schrecklich unglücklich, für den Rest seines Lebens. Nein, das würde er nicht tun. Also würde er sie fragen, ob sie bei ihm blieb.

Er brauchte sie, liebte sie und wollte sie behalten. Jetzt musste er sie nur noch überzeugen, dass es genau das war, was auch sie wollte.

Kapitel 12

Das Sommerfest wurde morgens mit einer Parade durch die Stadt eröffnet. Charlotte fragte sich, woher wohl all die Zuschauer gekommen waren. Fast jeder, der in Magnolia wohnte, hatte etwas mit der Parade zu tun, sei es als Teilnehmer, als Jurymitglied oder als Dekorateur. Familienmitglieder säumten die Straße, um einen Blick auf ihre Liebsten zu werfen, die mitmarschierten. Es war nun mal eine Kleinstadt, und für alles Mögliche gab es Preise, zum Beispiel für Umzugswagen, lokale Blaskapellen und Fahrräder, die von Kindern geschmückt worden waren.

Charlotte war schon Stunden vor Beginn der Parade wach gewesen, noch vor Sonnenaufgang war sie zum Theater gefahren, um alles für die große Aufführung am Abend vorzubereiten. Obwohl sie sich immer wieder vor Augen hielt, dass dieses Stück keine große Sache war, hatte sie genauso viele Schmetterlinge im Bauch wie bei einer Premiere am Broadway.

Während der letzten Vorbereitungen hatte sie sich eine Pause gegönnt und war vor die Tür gegangen, um sich die lange Parade anzusehen, deren Weg natürlich auch durch die belebte Main Street und am Theater vorbeiführte.

Sie hatte eine kindliche Freude an den Clowns, die den Kindern am Straßenrand Süßigkeiten zuwarfen. Schon von Weitem hörte sie die Jubelschreie für die Umzugswagen der Highschool, ewiger Favorit unter den Einwohnern. Bei ihrer Ausgestaltung fand immer ein heftiger Wettbewerb statt, da jeder Jahrgang versuchte, die anderen zu übertreffen und so den Preis der Jury einzuheimsen.

»Du strahlst wie ein kleines Kind.«

Charlotte zuckte zusammen. Sie hatte nicht bemerkt, dass Sam sich von hinten an sie herangepirscht hatte.

»Hast du mich erschreckt!«, protestierte sie lächelnd und stieß ihn halbherzig von sich. »Was fällt dir ein, dich so anzuschleichen?«

Sam lachte, zog sie an sich und legte seine Arme um ihre Taille, gemeinsam sahen sie dem Umzug zu. »Ich habe mich nicht angeschlichen. Gib's zu, du bist von diesem kitschigen Kleinstadtzirkus so fasziniert, dass du es nicht mal bemerkt hättest, wenn sich die Königin von England vor dich gestellt hätte.«

Sie kicherte. »Vielleicht.«

»Von wegen vielleicht!« Er gab ihr einen sanften Kuss auf ihren Nacken. Charlotte durchfuhr ein Schauer, als sein warmer Atem sie streifte, und für einen kurzen Moment hatte sie die Parade vergessen. Sie dachte an wesentlich Aufregenderes.

Charlotte lehnte sich gegen Sam und sah zu, wie sich der Umzug durch die Straßen schlängelte. Dabei fühlte sie sich so wohl wie seit Jahren nicht mehr, sie spürte, dass sie sich zur richtigen Zeit am richtigen Ort befand. Allerdings wurde dieses Gefühl getrübt von einer unguten Vorahnung. Das hier sollte eigentlich gar nicht geschehen. Es war nicht das, was sie geplant hatte. Aber es geschah trotzdem.

Stück für Stück hatte sie sich wieder in ihre Heimatstadt verliebt, und das mit Sam hatte sie heftig erwischt. Auch wenn sie sicher war, dass sie bald abreisen würde, hatte sie die Gedanken daran, was sie tun würde, wenn es wirklich so weit war, von sich weggeschoben.

Sieh es ein, Charlotte. Du bist eine Zauderin der schlimmsten Sorte und ein zu großer Feigling, um dich deinen Gefühlen zu stellen.

»Ich liebe dich, Charlotte.«

Sie stand bewegungslos da, traute sich nicht mal zu atmen.

Sicher hatte sie sich nur eingebildet, was sie eben gerade zu hören geglaubt hatte. Hatte Sam ihr wirklich ins Ohr geflüstert, dass er sie liebte? Hatte sie das richtig verstanden? Ihr Herz raste, und ihre Handflächen wurden feucht.

Sie drehte sich zu ihm und sah ihn an. Irgendwas war anders an seinem Blick. Eine Wärme, ein Leuchten, etwas, das sie in seinen Augen noch nie zuvor gesehen hatte.

Liebe. Sam *liebte* sie. Grundgütiger, was sollte daraus werden?

Aber war das wirklich wahr? Oder sah sie in seinen Augen nur das, was sie darin sehen wollte? Die alte Unsicherheit war wieder da, der Zweifel, der nie wirklich verschwunden war. Ihre Mutter hatte damals auch gedacht, dass Charlottes Vater sie lieben würde. Und sie hatte sich getäuscht. Vielleicht war es bei Charlotte genauso. Aber welchen Grund sollte Sam haben, es zu sagen, wenn er es nicht so meinte? Warum konnte sie ihm nicht einfach glauben? Warum konnte sie ihm – und sich selbst – nicht einfach vertrauen, warum der ewige Zweifel?

Er liebte sie. Das hatte er gesagt, also musste es auch so sein. Aber was bedeutete das für sie und ihn? Und was wurde aus ihrem Traum?

Sollte sie ihm sagen, dass sie ihn auch liebte? Jemandem seine Liebe zu gestehen war immer ein großer Schritt. Sie hatte es noch nie getan, hatte auch nie zuvor so gefühlt. Jetzt, da sie dieses Gefühl verspürte, wollte sie es ihn auch unbedingt wissen lassen.

Als Charlotte reden wollte, legte Sam ihr einen Finger auf die Lippen und brachte sie zum Schweigen.

»Sag jetzt nichts, ich brauche keine Antwort. Ich wollte es dir schon seit geraumer Zeit sagen, und ich weiß, dass hier nicht gerade der romantischste Ort ist, um es zu tun, aber ich fühle nun mal so. Jetzt ist es raus, und das ist alles, was du wissen solltest.« Er hob ihr Kinn an und gab ihr einen Kuss auf den Mund, so sanft und süß, dass ihr zum Heulen zumute war.

Dann lächelte er sie an. Gott, wie sehr sie sich in diesem Lächeln verlieren konnte.

»Und jetzt geh und tu, was du tun musst. Du hast heute sehr viel auf dem Programm stehen. Wir haben später noch Zeit zum Reden.« Als er sich umdrehen und weggehen wollte, fiel ihm noch etwas ein. »Oh, das hätte ich fast vergessen«, sagte er mit einem breiten Grinsen, »Hals- und Beinbruch für heute Abend, Baby.«

Jetzt hatte er es ausgesprochen. Und sie wird es ihm auch sagen. Dann würden sie reden und gemeinsam beschließen, was sie als Nächstes tun wollten. Sie schwor sich, ihm heute Abend ihr Herz zu öffnen. Als sie ihm hinterhersah, flüsterte sie: »Ich liebe dich auch, Sam, ich liebe dich auch.«

*

Das Theaterstück wurde ein großer Erfolg. Es war ein wundervoller Juli-Sommerabend, und eine leichte Brise machte die hohen Temperaturen erträglich.

Da die Aufführung draußen in einem Park stattfand, gab es genügend Platz für alle, die sich das Stück ansehen wollten. Charlotte bemerkte, dass wohl die ganze Stadt gekommen war, um der ersten Aufführung ihrer Laientheatergruppe beizuwohnen.

Das Publikum lachte und jubelte, und am Schluss rief es die Darsteller drei Mal zurück auf die Bühne. Die Musik war ebenfalls perfekt. Das ortsansässige Orchester, ein bunt gemischter Haufen von Leuten, die ein Instrument beherrschten, traf jeden Ton und begleitete die Sänger fehlerfrei. Wenn Charlotte es nicht besser gewusst hätte, hätte sie schwören können, eine Broadwayaufführung gesehen zu haben.

Okay, vielleicht war sie ein wenig voreingenommen, da sie ja schließlich die Regisseurin war. Aber gemessen an der Anzahl der Leute, die zu ihr kamen und ihr gratulieren wollten, war sie nicht die Einzige, die fand, dass das Musical ein voller Erfolg war.

Charlotte lehnte sich an einen der Bäume hinter der letzten Stuhlreihe und beobachtete das Zusammenspiel zwischen Darstellern und Publikum.

Über die Theatralik einiger Schauspieler musste Charlotte herzhaft lachen. Ein leichter Hauch von Hollywood wehte durch Magnolia, als die Akteure hervortraten und ihr jubelndes Publikum begrüßten. Sie gaben Autogramme, auch wenn sich nur Freunde und Nachbarn dafür interessierten.

Trotz aller Bedenken hatte Charlotte es geschafft. Sie hatte ihr eigenes Theaterstück inszeniert und aufgeführt. Okay, zwar nur vor einem Kleinstadtpublikum, aber dennoch äußerst erfolgreich.

»Ich bin so stolz auf dich, Baby«, flüsterte Sam hinter ihr. Charlotte drehte sich um und lächelte, als er sie in seine Arme schloss. »Du warst großartig.«

Sie legte ihre Arme um seine Taille. »Die Schauspieler waren großartig, nicht ich. War es nicht wundervoll?«

»Du bist wundervoll. Du hast allen Menschen in dieser Stadt große Freude bereitet. Bist du dir dessen bewusst? Schon seit Jahren haben die Leute versucht, eine solche Sache hinzubekommen, aber sie haben es nie geschafft. Bis du jetzt da warst und es in die Hand genommen hast. Du hast den Einwohnern von Magnolia endlich das bisschen Kultur gegeben, wonach sich alle hier sehnen.«

»Oh, bitte«, sagte sie und merkte, dass sie rot wurde. »Das war doch nur ein kleines Theaterstück. Ein wenig Unterhaltung für das Sommerfest. Keine große Sache.«

Sam schüttelte den Kopf und drehte Charlotte in Richtung der Zuschauer, die den Darstellern zujubelten. »Du unterschätzt dein Talent. Es steckt eine Menge Arbeit dahinter, ein Stück wie dieses aufzuführen, und du hast es sehr professionell umgesetzt. Darauf solltest du stolz sein.«

Charlotte seufzte zufrieden und nickte. »Ich bin stolz. Danke, Sam.«

»Übrigens«, sagte Sam, während beide zur Bühne sahen, »wusstest du, dass Joshua Miller vom *Lincoln Sentinel* heute Abend im Publikum war? Er hat Fotos geschossen und sich Notizen für einen Artikel gemacht, den er in der Zeitung veröffentlichen will.«

»Wirklich?« Der *Lincoln Sentinel* war definitiv nicht mit der *New York Times* zu vergleichen, aber er hatte dennoch eine sehr hohe Auflage. Charlotte fragte sich, warum die Zeitung ausgerechnet einen Artikel über dieses Kleinstadt-Theater drucken wollte. Dann fiel ihr ein, dass Joshua Miller in Magnolia aufgewachsen war.

Sie drehte sich zu Sam um und sah ihn misstrauisch an. »Du hast ihn angerufen, stimmt's?«

Sam riss seine Augen ungläubig auf. »Wer? Ich?«

»Tu nicht so unschuldig! Du hast Joshua angerufen und ihn gebeten, vorbeizukommen und einen Artikel über mein Stück zu schreiben, stimmt's?«

»Na ja, vielleicht ... aber ich habe ihm nicht vorgeschrieben, was er schreiben soll. Seriöse Journalisten würden sich doch niemals bestechen lassen. Das weißt du so gut wie ich.«

»Und? Hat er sich zu dem Stück geäußert? Was ist, wenn er es schrecklich fand? Wie konntest du mir das bloß antun?«

Sam lachte. »Zerbrich dir nicht den Kopf. Er findet es großartig. Er hat zu mir gesagt, dass es mit jedem Theaterstück, das außerhalb des Broadways oder der bedeutenden Theaterhäuser der Metropolen aufgeführt wird, locker mithalten kann. Joshua ist sehr beeindruckt von deinem Können, und das will er auch in seinem Artikel schreiben.«

Charlotte errötete. Okay, es war nicht der Broadway. Aber das war ihr völlig egal. Hier hatte sich eine Gruppe talentierter

Menschen zusammengefunden, sie hatten alle hart gearbeitet und das Lob mehr als verdient. Charlotte war stolz darauf, was sie erreicht hatte. Und sie genoss jede Sekunde ihres Erfolgs.

»Danke.« Sie drehte sich zu ihm um und gab ihm einen warmen, innigen Kuss. »Ich möchte nicht undankbar erscheinen, es liegt wohl daran, dass ich nicht mit so einer positiven Resonanz gerechnet habe.«

»Manchmal ist das Leben voller Überraschungen, und oftmals wünschen wir uns das am meisten, was wir am wenigsten erwarten.«

Das war ein ziemlich mehrdeutiges Statement!

»Sam, was du heute Morgen gesagt hast –«

»Nicht jetzt, Baby«, unterbrach er sie und küsste ihre Stirn. »Deine Fans erwarten dich, und ich habe dich jetzt lang genug in Beschlag genommen. Nun geh schon und stell dich deinen Pflichten, wir haben später noch Zeit genug zum Reden.«

Charlotte konnte sich nicht daran erinnern, jemals so glücklich gewesen zu sein. Nachdem Sam gegangen war, packte sie ein paar Sachen zusammen, unterhielt sich noch mit einigen Zuschauern, die ihr gratulieren wollten, und wurde später von Joshua Miller interviewt.

Sam hatte recht gehabt. Joshua war ziemlich beeindruckt von dem Stück und fand es schade, dass es nur eine einmalige Aufführung geben sollte. Er schlug Charlotte vor, einige zusätzliche Termine für das Musical anzusetzen, da die Zeitung, für die er arbeitete, in vielen Städten und Dörfern der Region verkauft wurde. Joshua glaubte, dass sich viele Leute aus den umliegenden Gemeinden für das Musical interessieren könnten, weil es in dieser Gegend nur selten Aufführungen von guten Stücken gab.

Darüber hatte Charlotte noch gar nicht nachgedacht. Wie wäre es eigentlich, wenn sie hier in Magnolia ein Theater eröffnete? Was würde das für sie bedeuten, beruflich und privat?

Würde sie lieber hierbleiben oder doch besser zurück nach New York gehen wollen?

Bisher hatte es nichts gegeben, was sie in Magnolia halten konnte. Aber plötzlich sah alles ganz anders aus.

Sam hatte ihr seine Liebe gestanden. Allein der Gedanke daran brachte ihr Herz zum Rasen. Er liebte sie. Und sie liebte ihn, auch wenn sie ihm das noch nicht gesagt hatte.

Als Charlotte nach dem Interview auf Sam wartete, kamen Fred und Lois Tanner zu ihr.

»Charlotte, es war zauberhaft«, rief Lois. »Du musst doch richtig zufrieden sein?«

»Das bin ich, Mrs Tanner. Danke, dass Sie beide gekommen sind.«

Lois sah sie überrascht an. »Wieso sollten wir denn nicht kommen? Wir müssen doch die Freundin unseres Sohnes unterstützen!«

Freundin. Sams Freundin. Sogar seine Eltern betrachteten sie und Sam bereits als ein Paar. Charlotte konnte sich ein Lächeln nicht verkneifen.

»Was hast du nun vor? Du bleibst doch hoffentlich in Magnolia, oder?«

Lois sprach aus, worüber Charlotte gerade ernsthaft nachgedacht hatte. Die Möglichkeit, hier zu bleiben, erschien ihr plötzlich nicht mehr so ausgeschlossen.

»Ich weiß noch nicht, was ich tun werde. Aber ich werde darüber nachdenken.«

Da Lois sich nie eine Gelegenheit zum Verkuppeln entgehen ließ, fragte sie: »Und, ist unser Sohn auch ein Teil deiner Pläne?«

Charlotte zögerte kurz, und dann war sie von ihrer Antwort selbst überrascht: »Ja, Ma'am, das ist er.«

Als Lois sie daraufhin umarmte, spürte Charlotte ein überwältigendes Gefühl von mütterlicher Liebe, wie sie es niemals zuvor erfahren hatte. Plötzlich war sie den Tränen nahe, weil sie dachte, wie schön es wäre, eine Mutter zu haben.

»Darf ich dich etwas fragen, Charlotte?« Lois sah sie eindringlich an.

»Natürlich.«

»Wie ernst ist es dir mit Sam?«

Lois hatte anscheinend kein Problem damit, eine Sache direkt anzusprechen. Aber es machte Charlotte überhaupt nichts aus, ihr eine ehrliche Antwort zu geben.

»Ich liebe ihn, Mrs Tanner.«

Das Lächeln in Lois Tanners Gesicht erleuchtete den Nachthimmel.

»Oh, Liebes, ich freue mich so sehr, das zu hören!« Sie riss Charlotte in einer heftigen Umarmung an sich, dann griff sie in ihre Handtasche und holte ein Taschentuch hervor, um sich die Freudentränen von den Wangen zu wischen. »Er braucht jemanden wie dich in seinem Leben. Du bist das Beste, was ihm seit langer Zeit passiert ist.«

Charlotte spürte, wie erneut Tränen in ihr aufstiegen, aber sie riss sich zusammen. »Danke, Mrs Tanner.«

Fred legte seine Hand auf ihre Schulter. »Er ist ein guter Junge, Charlotte. Du wirst es nicht bereuen.« Zwinkernd fügte er noch hinzu: »Mein Sohn ist ein richtiger Glückspilz.«

Als Sams Eltern gegangen waren, kam es Charlotte verdammt schwer vor, die Füße auf dem Boden zu behalten, weil sie am liebsten vor Freude durch die Luft gesaust wäre. Sie hatte nicht nur einen Mann, den sie liebte und der ihr seine Liebe gestanden hatte, sondern auch noch dessen Eltern, die sie mochten.

Was würde geschehen, wenn sie in Magnolia blieb? Die Vorstellung löste in ihr keine Panik mehr aus wie vor einem Monat. Tatsächlich fand sie die Idee hierzubleiben immer ansprechender, je öfter sie darüber nachdachte.

Allerdings würde sie ihre Karriere in New York aufgeben müssen. Was würde dann aus ihren Träumen werden? Der Plan, ein eigenes Theater zu eröffnen, war doch zum Greifen nahe. Sollte sie wirklich darauf verzichten, es in New York zu versuchen?

Vielleicht würde Sam ja auch zu ihr in die Großstadt kommen?

Nein, unmöglich. Das würde er niemals tun. Er hasste Großstädte!

Verdammt. Über all das würde sie später nachdenken müssen. Jetzt war sie wegen des Erfolgs des Theaterstücks noch viel zu aufgeregt dazu.

Ein Schritt nach dem anderen.

Aber wo blieb eigentlich Sam? Er wollte doch schon vor etwa einer halben Stunde hier sein, um sie abzuholen. Charlotte konnte es kaum erwarten, mit ihm über ihre Idee zu reden, in Magnolia zu bleiben.

Offenbar war auf Mr Pünktlich-auf-die-Minute heute Abend kein Verlass. Charlotte beschloss, ihn zu suchen.

Als Erstes wollte sie ihm endlich sagen, dass sie ihn liebte. Dann würde sie ihm erzählen, dass sie darüber nachdachte, bei ihm zu bleiben, und abwarten, wie er darauf reagierte. Wie sie das alles letztendlich regelten, würden sie sich später überlegen.

Charlotte lief durch die Menschenmenge, vorbei an verschiedenen Attraktionen und Imbissständen, die sich bis zum Ende der Main Street hinzogen. Neben der Kirche war ein Riesenrad aufgebaut, höher als der Kirchturm, und von den verschiedenen Karussells konnte man laute Schreie hören. Kinder mit Zuckerwatte und anderen süßen Leckereien liefen durch die Straßen, vorbei an den Losverkäufern, die jeden Passanten aufforderten, sein Glück zu versuchen.

Charlotte wäre gern mit Sam über das Sommerfest geschlendert. Vielleicht hätte er für sie ein Plüschtier gewonnen. Hand in Hand könnten sie gemeinsam durch die Main Street gehen und sich mit Junkfood vollstopfen, bis ihnen schlecht würde. Am liebsten wäre sie aber mit Sam eine Runde Riesenrad gefahren, das unter den Teenagern in Magnolia schon immer sehr beliebt war, weil man in seiner Gondel für kurze Zeit ungestört sein konnte.

Und so wie ein Teenager fühlte sich Charlotte in diesem Moment. Aber es ging nicht mehr um unerwiderte Liebe, diesmal war der Mann ihrer Träume tatsächlich an ihr interessiert.

Am Ende der Straße entdeckte sie Sam, der sich offensichtlich mit jemandem unterhielt. Da er halb im Dunkeln stand, konnte Charlotte nicht erkennen, wer bei ihm war. Vermutlich besprach er irgendwelche geschäftlichen Dinge, und eigentlich wollte sie ihn nur ungern dabei unterbrechen. Aber dann ging sie doch zu ihm, um sich bemerkbar zu machen und ihm zu zeigen, dass sie ihn suchte.

Was sie nun sah, brachte ihre Gefühlswelt zum Einstürzen. Ihr Herz klopfte heftig, und ihre Augen füllten sich mit Tränen. Das konnte nicht sein. Oh Gott, das konnte einfach nicht wahr sein.

Sam stand mit dem Rücken zu Charlotte. Eine kleine blonde Frau, die Charlotte noch nie gesehen hatte, hatte ihre Arme um seinen Hals geschlungen. Charlotte war nun nahe genug an die beiden herangekommen, um zu erkennen, dass die Frau Sam begierig anblickte.

Charlotte hatte plötzlich das Gefühl, wieder zehn Jahre alt zu sein und zu entdecken, dass ihr Vater in den Armen einer anderen Frau lag. Ihre Mutter hatte sie damals an der Hand weggezerrt, damit sie ihren Vater nicht weiter in dieser prekären Situation sah.

Aber sie hatte ihn gesehen. Und sie hatte später am Abend auch den heftigen Streit zwischen ihren Eltern miterlebt, als beide dachten, ihre Tochter würde schon schlafen. Es war derselbe Streit, wie ihn Charlottes Eltern immer und immer wieder austrugen. Charlotte hatte die schmerzerfüllte Stimme ihrer Mutter noch im Ohr, als sie den Vater angefleht hatte, sich nicht mehr mit dieser Frau zu treffen. Ihr Vater hatte nur gelacht und gesagt, dass er verdammt noch mal tun könne, was er wolle.

Jetzt erlebte sie Sam in einem ähnlichen Szenario, und sie konnte vor lauter Panik kaum atmen. Ihr Bauch tat weh, und ihre Beine zitterten so heftig, dass sie befürchtete zusammenzubrechen.

Völlig betäubt sah sie zu, wie sich die Frau an Sams Körper drückte, wie sie sich auf die Zehenspitzen stellte, ihre blutrot geschminkten Lippen sich öffneten und sich Sams Mund näherten.

Wie hatte Charlotte nur so blöd sein können zu glauben, dass Sam wirklich etwas für sie empfand? Er war ja doch nur wie jeder andere Mann.

Sie fühlte sich elend, der Schmerz war so heftig, dass sich ihr der Magen umdrehte. Fassungslos stieß sie einen verzweifelten Schrei aus und lief davon.

*

Als Sam Charlottes Schrei hörte, drehte er sich um und sah nur noch, wie sie wegrannte. Er wollte ihr sofort hinterhereilen, aber seine Exfrau krallte sich an ihm fest und ließ ihn nicht los.

»Verdammt noch mal, Penny, ich sag's dir nicht noch einmal! Lass deine Hände von mir, okay?« Er riss zum dritten Mal ihre Arme von seinem Hals und stieß sie weg.

Penny zog einen Schmollmund und umklammerte Sams Handgelenke, um ihn zurückzuhalten. »Komm schon, Süßer, du willst mich doch auch. Du wolltest mich schon immer. Zwischen uns könnte alles wieder ganz wundervoll werden, du wirst schon sehen. Gib mir bitte noch eine Chance!«

Sam musste verzweifelt zusehen, wie Charlotte in der Menschenmenge verschwand. Er wusste genau, was sie jetzt dachte, und er hatte weder Lust noch Interesse daran, das Gespräch mit seiner Exfrau fortzusetzen. Schließlich hatte er schon die ganze Zeit versucht, sich aus ihren Klauen zu befreien. Penny hatte ihn in die dunkle Hofeinfahrt gezogen und ihm zum wiederholten Male vorgeheult, wie sehr sie ihn vermisste und dass sie ihn zurückhaben wollte.

Der letzte Mensch, mit dem er hier gerechnet hätte, war Penny gewesen.

»Jetzt hör mir zu«, sagte er ungeduldig, als er ihren Arm von sich stieß. »Wir sind geschieden. Das ist genau das, was du wolltest. Du willst nicht mich. Nur weil du mittlerweile absolut pleite bist und genau weißt, dass ich ein erfolgreiches Unternehmen führe, glaubst du, du könntest dir mit meinem Geld ein angenehmes Leben machen.«

Pennys enttäuschtem Gesichtsausdruck schenkte er keine Beachtung und fuhr fort: »Ich empfinde nichts für dich. Es war also reine Zeitverschwendung, hierherzukommen. Ich will, dass du mir jetzt genau zuhörst, weil ich es nicht noch einmal sagen werde: Du widerst mich an. Verschwinde endlich aus meinem Leben und fahr zur Hölle!«

Sam ließ sich vom Schluchzen seiner Exfrau nicht beirren, er drehte sich um und rannte los, ohne sie nochmals eines Blickes zu würdigen.

Charlotte kämpfte indes immer noch mit ihren Tränen, die ihr wie Sturzbäche die Wangen hinunterliefen. Sie rannte den Bürgersteig hinter den Buden und Karussells entlang, da sie nicht wollte, dass jemand sie weinen sah. Als sie hörte, wie Sam einige Meter hinter ihr nach ihr rief, lief sie noch schneller. Aber schon bald hatte er sie eingeholt und hielt sie fest.

»Charlotte, warte!« Sam drehte sie zu sich um und sah sie an. »Ich weiß, was du gesehen hast, aber es ist nicht so, wie du denkst. Lass es mich erklären!«

Charlotte war wütend auf Sam und auf sich selbst, weil sie so dumm gewesen war, sich auf ihn einzulassen. »Du brauchst mir nichts zu erklären«, zischte sie. »Was ich gesehen habe, war deutlich genug.« Sie wollte weitergehen, aber er hielt sie fest.

»Diese Frau ist Penny, meine Exfrau. Sie ist heute in die Stadt gekommen, um mir zu sagen, dass sie mich zurück will. Kurz bevor du uns gesehen hast, kam sie auf mich zu und hat plötzlich ihre Arme um mich gelegt.«

»Na, wunderbar.« Charlotte konnte sich ein gequältes Lachen nicht verkneifen. Mittlerweile hatte sie es auch aufgegeben, gegen die Tränen anzukämpfen, die weiter ihr Gesicht hinunterliefen. »Ich hoffe, ihr zwei seid glücklich bis in alle Ewigkeit.«

»Ich will sie nicht! Ich will dich, Charlotte, und das weißt du auch. Ich liebe dich!«

Sie verschränkte ihre Arme über dem Bauch und versuchte so, die aufsteigende Übelkeit im Zaum zu halten. »Ja, das hast du gesagt. Aber damit eine Frau mit dir schläft, würdest du ihr wahrscheinlich alles sagen, nicht wahr? Du bist genauso wie mein Vater!«

»Das ist nicht wahr, und das weißt du! Ich bin nicht wie dein Vater, genauso wie du nicht wie deine Mutter bist!«

»Stimmt. Nicht so wie mein Vater. Nur dass du mir morgens sagst, dass du mich liebst, und abends sehe ich dich eng umschlungen mit deiner Exfrau.« Sie stieß ihn von sich, als er versuchte, sie zu berühren.

Sam seufzte tief. »Es ist alles ganz anders, als du denkst! Sie kam auf mich zu und sagte, dass sie mit mir über etwas Wichtiges reden müsse. Ich war so blöd und habe mich darauf eingelassen, ihr zuzuhören. Und bevor ich irgendwas dagegen tun konnte, hielt sie mich fest, drückte sich an mich und sagte mir, wie sehr sie mich vermissen würde. Ich habe sie nur angefasst, um sie von mir wegzustoßen.«

So sehr sie ihm auch glauben wollte, sie konnte es einfach nicht. Im Grunde war er genau wie alle anderen Männer, ein Lügner und Betrüger, der sich niemals mit nur einer Frau zufriedengeben würde. Sie hätte es wissen müssen. Liebe war eben doch nur ein Hirngespinst, ein unerreichbares Ding, von dem in Romanen erzählt wurde, das aber im wirklichen Leben nicht existierte.

Sie hätte wissen müssen, dass es so ausgehen würde. Sie hätte sich von Sam fernhalten sollen. Aber sie war ja dumm genug, sich in ihn zu verlieben. Und jetzt hatte der Mann, den sie liebte, ihr das Herz gebrochen – wie es damals ihrer Mutter passierte.

Aber anders als ihre Mutter würde Charlotte niemals auf die Knie gehen und ihn anflehen. Sie würde nie bei einem Mann bleiben, der den Reißverschluss seiner Hose nicht geschlossen halten konnte. Ohne Vertrauen hatte ihre Liebe keine Chance. Und sie konnte Sam kein bisschen mehr vertrauen.

Charlotte verspürte in diesem Moment den Drang zu flüchten, am liebsten sofort.

»Charlotte! Charlotte, ich bin so froh, dass ich Sie gefunden habe!« Es war Mavis Riley, die Immobilienmaklerin. Schnaufend kam sie auf Charlotte und Sam zugelaufen. Zum Glück war es dunkel, sodass Mavis nicht Charlottes gerötete Augen erkennen konnte. »Ich habe Sie schon den ganzen Abend lang gesucht. Uns liegt ein Angebot für Ihr Haus vor! Jemand ist bereit, den gewünschten Preis zu zahlen, und er möchte das Haus sofort kaufen!«

Charlotte starrte Sam an, der ihren Blick erwartungsvoll erwiderte. Dann drehte sie sich zu Mavis, hob ihr Kinn und nickte. »Nehmen Sie das Angebot an. Verkaufen Sie das Haus. Es ist für mich sowieso an der Zeit, nach New York zurückzukehren.«

Mavis bedankte sich und verschwand wieder im Getümmel. Charlotte sah Sam an. Sie fühlte sich leer, ausgenutzt, völlig kraftlos.

Seine Miene war schmerzerfüllt. Aber Charlotte glaubte ihm nicht mehr. Sicherlich freute er sich insgeheim, dass sie die Stadt endlich wieder verließ. Wahrscheinlich war ihm seine Liebeserklärung nur aus Versehen rausgerutscht, und nun war er wohl froh, dass sie ihn nicht darauf festnagelte.

»Du gehst also«, sagte er resigniert.

»Ja, das werde ich.«

»Bitte geh nicht, Baby. Nicht so. Wo es doch so viel zwischen uns gibt!«

Sie schaute Sam an. Auch wenn sie tief im Inneren einen fast unerträglichen Schmerz verspürte, sagte sie: »Okay, wir haben Spaß miteinander gehabt, aber mehr war es nicht. Mein Leben findet in New York statt, und dorthin werde ich bald zurückkehren.«

»Das ist kompletter Bullshit, und das weißt du auch.«

Wenn sie dem Glauben schenken könnte, was sie in Sams Augen sah, müsste sie annehmen, dass er in diesem Augenblick genauso verletzt war wie sie. Aber wahrscheinlich war er der bessere Schauspieler.

»So? Ist es das?« Mit dem Handrücken wischte sie sich energisch die Tränen aus dem Gesicht. Es widerte sie eigentlich an, ihm offen zu zeigen, dass sie ihn verletzen wollte.

»Dein Leben ist hier, bei mir, in dieser Stadt. Ich weiß es, und du weißt es.« Er nahm ihre Hand, aber Charlotte zeigte keinerlei Reaktion. Sie fühlte sich innerlich wie tot, frei von jeglichem Gefühl. Ihr Schutzmechanismus funktionierte, alles andere würde zu sehr wehtun.

»Nichts weiß ich. Vielleicht hast du ja diese grandiosen Ideen gehabt, wie unsere Zukunft aussehen wird, ich nicht. Ich wusste, dass es mit uns niemals klappen würde, und ich hatte recht. Mein Leben findet nicht hier statt und definitiv nicht mit dir. Das hier ist eine Kleinstadt, Sam, und ich hasse den Kleinstadtmief. Besonders hier in Magnolia. Wir beide haben unseren Spaß gehabt, und das war auch alles. Ich wollte dir auch eigentlich nur sagen, dass ich dich nicht liebe. Es tut mir leid, aber ich liebe dich nicht. Was du mir bieten kannst, reicht mir nicht, und mein Leben ist in New York. Selbst wenn ich hierbleiben wollte, wäre ich in weniger als einem Jahr wieder verschwunden.«

Sam ließ ihre Hand fallen, als stünde sie in Flammen. Charlotte sah in seinen Augen tiefen Schmerz, aber für sie war klar, dass er sie anlog. Er litt nicht. Um zu leiden, müsste er etwas empfinden, aber für sie empfand er gar nichts, da war sie sich sicher. Für ihn war sie nur ein weiteres Abenteuer gewesen, ein netter Zeitvertreib, bis er eine Bessere fand.

Er starrte sie verständnislos an, und sein Schmerz verwandelte sich auf einmal in Wut. »Es tut mir leid, dass du mir nicht genug vertraust, um zu wissen, dass meine Gefühle für dich echt sind. Und dass du alles einfach wegschmeißen willst, was wir zusammen aufbauen könnten. Aber ich kann dich nicht zwingen, mir und meiner Liebe zu dir Vertrauen zu schenken, Charlotte. Das musst du mit dir selbst ausmachen.« Er drehte sich um, ging weg und ließ sie auf dem Bürgersteig zurück.

Jetzt war wieder alles beim Alten. Charlotte war allein. So hatte sie es schließlich gewollt. Sie lehnte sich an eine Hauswand und sank dann auf die Knie, vergrub ihr Gesicht in ihren Händen und ließ den Tränen freien Lauf.

*

Sam warf seine Schlüssel wutentbrannt auf den Schreibtisch seines Büros. Er knipste das Licht der Schreibtischlampe nicht an, sondern zog es vor, in der Dunkelheit zu stehen und aus dem Fenster zu sehen.

Charlotte glaubte ihm nicht, sie hatte kein Vertrauen in ihn. Sicher, er konnte sie verstehen, denn diese dumme Szene mit

Penny hätte wohl für jeden fragwürdig ausgesehen, der zufällig in jenem Augenblick an ihnen vorbeigegangen wäre. Aber Sam hatte ihr schließlich gestanden, dass er sie liebte. Charlotte hatte das offenbar nichts bedeutet.

Es war genau wie bei Penny.

Sam verfluchte seine Exfrau. Er schenkte sich ein Glas Whisky ein und setzte sich auf seinen Chefsessel, lehnte sich zurück und legte die Füße auf den Schreibtisch. Verdammt, Charlotte hatte schon immer ein Händchen für mieses Timing gehabt.

Es war typisch für Penny, dass sie dorthin ging, wo das Geld war. Sie war offensichtlich sogar bereit, einen neuen Versuch in Magnolia zu starten. Weil sie angeblich erkannt hatte, wie sehr sie Sam noch liebte. Bei diesem Gedanken musste Sam lachen. Na klar! Und der Papst ist evangelisch.

Sie hatte ihn immer nur für einen Bauerntrampel gehalten. Das war ihr größter Fehler, und offensichtlich hatte sie nichts dazugelernt, seitdem sie beide sich getrennt hatten. Die Liebe betreffend, hatte sie absolut nichts gelernt.

Penny hatte in ihrem Leben niemals etwas geliebt – außer Geld und Partys. Und der Typ, wegen dem sie von Sam fortgegangen war, hatte ihr diese beiden Dinge bieten können, inklusive eines teuren Lebensstils in Dallas, einer Großstadt, nach der sie sich so gesehnt hatte. Bis ihr neuer Lover plötzlich pleite war und Penny auf den großen Luxus verzichten musste. Aber das Wort »Verzicht« gab es in Pennys Wortschatz nicht.

Deshalb hatte sie sich wohl überlegt, ihr Glück doch noch mal mit ihrem Exmann zu versuchen. Aber ohne ihn! Sam war dieses Mal schlauer. Allein Pennys Hände auf seinem Körper hatten ihm Abscheu verursacht. Was hatte er damals bloß an ihr attraktiv finden können? Sie war immer viel zu stark geschminkt und kleidete sich wie ein billiges Flittchen. Und er hatte noch nie zuvor bemerkt, wie kalt ihr Blick war.

Die Kälte in Pennys Augen hatte ihn an die Wärme und den Glanz in denen von Charlotte erinnert. Er hatte an ihre weiche Haut gedacht, die Gefühle, die sie in ihm auslöste, wenn sie ihn berührte, und das Vergnügen, das sie ihm gab, wenn er sie streichelte. Charlotte hatte ihm immer genauso viel gegeben wie er ihr, sie hatte ihren Gefühlen freien Lauf gelassen.

Sam hatte keinen anderen Wunsch gehabt, als von Penny loszukommen und zu der Frau zu laufen, die er liebte. Aber diese Frau glaubte nun, er hätte sie mit seiner Ex betrogen.

Egal wie jene Situation ausgesehen haben musste – jeder, der ihn gut kannte, wusste, dass es nicht seiner Natur entsprach, zu lügen oder zu betrügen.

Verdammte Scheiße!

Vielleicht hatte er sich in Charlotte getäuscht. Vielleicht war sie doch nicht die richtige Frau für ihn. Sie vertraute ihm nicht, hatte es nie getan. Und sie würde es vermutlich auch nie tun. Vielleicht war er doch glücklicher ohne sie.

Aber warum tat es dann so weh? Warum fühlte sich sein Herz an, als würde es von einer Hand umklammert, die das Leben, die Liebe aus ihm herausquetschte?

Weil er Charlotte liebte, egal, wie sie über ihn dachte. Er liebte sie, wie er noch keine Frau zuvor geliebt hatte. Und jetzt verließ sie ihn, verließ Magnolia und ließ ein Loch in seinem Herzen zurück, das nie wieder heilen würde.

Mit einem Schluck leerte er sein Glas und genoss das brennende Gefühl in seiner Brust, das der Whisky ausgelöst hatte. Sam hoffte, dass es den Schmerz in seiner Seele lindern würde.

Kapitel 13

Es klingelte, als Charlotte gerade damit fertig war, ihre Sachen zu packen. Sie rannte die Treppe hinunter zur Haustür in der dummen Hoffnung, dass vor der Tür der stand, den sie insgeheim noch einmal sehen wollte. Auch wenn sie das niemals zugeben würde.

Als sie die Tür öffnete und Katie erblickte, musste sie ihre Enttäuschung verbergen. Sie setzte ihr breitestes Lächeln auf und bat ihre alte Freundin herein.

»Du reist wirklich ab?« Katie warf einen Blick auf die Koffer, die neben der Treppe aufgereiht standen, als sie den Flur entlang in die Küche gingen.

»Ja, es ist an der Zeit, dass ich hier verschwinde. Das Haus ist verkauft, und die neuen Besitzer wollen es sobald wie möglich nutzen. Deshalb muss ich heute noch hier raus sein.«

»Ich kann noch gar nicht glauben, dass du wirklich wieder weggehst. Ich dachte, du seiest glücklich hier, Charlotte. Ich dachte, dass du vielleicht bleiben würdest, nachdem das Musical so erfolgreich war.« Katie setzte sich an den Küchentisch, nachdem Charlotte ihr einen Platz angeboten hatte. »Aber vor allem habe ich geglaubt, dass zwischen dir und Sam etwas Besonderes existieren würde, dass, wenn überhaupt, er ein Grund für dich sein könnte hierzubleiben.«

Charlotte war damit beschäftigt, Eistee einzuschenken, und sie vermied jeglichen Augenkontakt mit Katie. »Es gibt nichts zwischen Sam und mir. Wir haben uns etwas amüsiert, das ist alles.«

»Was ist denn los? Du bist aufgebracht!«

»Ach, nichts. Ich bin nur etwas gestresst, weil ich noch so viel erledigen muss, bevor ich abreise.«

Katie ließ sich nicht ins Bockshorn jagen. »Das ist nicht der Grund. Raus mit der Sprache!«

»Da gibt es nichts zu –«

»Charlotte!«, unterbrach Katie sie. »Sag schon!«

Seufzend setzte Charlotte sich an den Tisch. Sie konnte ihren Schmerz nicht länger verbergen. »Ich habe Sam mit seiner Exfrau auf dem Sommerfest erwischt.«

»Dass Penny in der Stadt ist, hab ich gehört. Wobei hast du sie denn erwischt?«

»Penny hing an seinem Hals, und er hat sich nicht im Geringsten dagegen gewehrt.« Charlotte verdrängte schnell die Erinnerung an den schrecklichen Moment, als sie den Mann, den sie liebte, in den Armen seiner Exfrau erblickte. »Sam erklärte, dass es ihm nichts bedeutete, dass alles nur von ihr ausgegangen sei und er nichts mehr von ihr wolle.«

»Und du hast ihm nicht geglaubt, stimmt's?«

»Nein.«

Katie holte tief Luft. »Ich denke nicht, dass Sam irgendwas tun würde, um dich absichtlich zu verletzen. Er empfindet sehr viel für dich, das konnten wir alle sehen. Außerdem ist er nicht der Typ, zweigleisig zu fahren, vor allem nicht mit Penny. Was sie betrifft, hat er schon vor langer Zeit seine Lektion gelernt. Er will hundertprozentig nichts mehr von ihr.«

»Ich weiß, was ich gesehen habe«, sagte Charlotte trotzig.

»Sicher hast du irgendwas gesehen, und ich würde es Penny absolut zutrauen, sich wieder an Sam ranzuschmeißen. Aber ich weiß, wie Sam ist.« Katie blickte sie mahnend an. »Und du solltest das eigentlich auch wissen.«

Charlotte konnte ihre Wut nicht länger verbergen. »Was sollte ich wissen? Dass er genauso ist wie mein Vater? Dass ich ihm erst gar nicht hätte vertrauen dürfen? Dass ich mich gar nicht erst …«

Sie konnte den Satz nicht zu Ende bringen.

»In ihn hättest verlieben dürfen?«, fragte Katie. »Hast du dich in Sam verliebt?«

Tränen rollten über Charlottes Wangen, obwohl sie mit aller Kraft versuchte, die Kontrolle zu behalten. Sie nickte nur stumm und kam sich dämlich vor, weil sie vor ihrer Freundin Schwäche zeigte. Katie lehnte sich zu ihr hinüber und nahm sie in den Arm. In diesem Moment gab Charlotte auf, sich gegen ihre Gefühle zu wehren, und weinte so hemmungslos, dass sie nur schwer Luft bekam. Katie hielt sie fest, und erst als sich der große Sturm gelegt hatte, stand sie auf und holte Taschentücher.

»Wenn du ihn liebst, musst du ihm vertrauen.«

Resigniert schüttelte Charlotte den Kopf. »Liebe ist bloß ein Hirngespinst. Da glaubt man einem Mann und seiner Liebe, und dann muss man feststellen, dass er gelogen hat. Die Kerle sind doch bloß so lange treu, bis die Nächste dahergelaufen kommt, und schwupp, sind sie weg! Genau wie mein Vater!«

»Sam ist ganz anders als dein Vater.«

»Er ist ganz genauso wie mein Vater!«

Katie seufzte. »Charlotte, wenn du jemals Liebe finden willst – echte Liebe –, dann musst du lernen, Menschen zu vertrauen. Und Sam kannst du vertrauen. Ich weiß es.«

»Ich weiß deine aufmunternden Worte sehr zu schätzen, Katie, das tu ich wirklich. Aber ich … ich kann einfach nicht. Nicht jetzt. Vielleicht auch niemals.« Die Erkenntnis traf sie wie ein Schlag ins Gesicht. Sie würde nie einem Mann vertrauen können.

»Du musst die Vergangenheit einfach mal vergessen. Vergiss, was mit deinen Eltern war. Wie sie sich verhalten haben, war absolut nicht richtig, aber das hat nichts mit dir zu tun. Du kannst nicht alle Männer über einen Kamm scheren, nur weil dein Vater Mist gebaut hat.«

Als Charlotte sich wegdrehen wollte, erfasste Katie sie an den Schultern und zwang sie, ihrer Freundin in die Augen zu sehen.

»Du hast jetzt die Chance, so sehr geliebt zu werden, wie es sich die meisten Menschen nur wünschen können. Als deine Freundin sage ich es dir zum letzten Mal. Reiß dich zusammen und mach jetzt keinen Blödsinn. Hau nicht einfach vor dem Mann ab, der dich liebt. Sonst wirst du immer allein und unglücklich sein.«

*

Allein und unglücklich. Genauso fühlte sich Charlotte. Sie war jetzt gerade seit einer Woche wieder zurück in New York. Eigentlich hatte sie gedacht, dass die große Entfernung das beste Heilmittel für ihren Schmerz sein würde, und hatte es kaum erwarten können, zu den ihr vertrauten Klängen und dem Leben im Big Apple zurückzukehren. Ursprünglich hatte sie sich schnellstens wieder in die Arbeit stürzen, sich beschäftigen und einfach nur von Sam ablenken wollen.

Ihr großer Traum, den sie schon so lange Zeit verfolgt hatte, war nun kurz davor, in Erfüllung zu gehen. Charlotte hatte durch den Verkauf von Belle Coeur genügend Geld, um es in ihr eigenes Theater zu investieren. Aber irgendwie konnte sie nicht genügend Enthusiasmus aufbringen, um ihr Vorhaben zu vollenden. Mittlerweile hatte die ganze Idee für sie sogar völlig den Reiz verloren.

Immer wenn sie an das Geld dachte, musste sie unweigerlich auch daran denken, was sie sich in Magnolia hätte aufbauen können. Ein Laientheater, das etwas Leben in die Kleinstadt bringen würde. Mit den vielen unterschiedlichen Talenten, die dort lebten – ganz zu schweigen von den Leuten, die sie eventuell in umliegenden Gemeinden hätte finden können –, hätte Charlotte ein wundervolles kleines Theater direkt in ihrer Heimatstadt eröffnen können. Aber das war nun mal nicht das, was sie immer gewollt hatte.

Sollte sie denn nicht besser ihre ursprünglichen Ziele verfolgen? Hinter dem Mann herrennen, den sie verloren hatte – das hätte ihre Mutter getan.

Charlotte hatte geliebt, und sie hatte verloren. Und wenn schon. Sie würde darüber hinwegkommen. Sie hatte jahrelang problemlos ohne einen Typen an ihrer Seite leben können. Jetzt war es an der Zeit, sich wieder an die Arbeit zu machen und alles zu vergessen, was mit Liebesabenteuern, Sex oder in irgendeiner Weise mit Sam Tanner zu tun hatte.

Im Moment war sie nur damit beschäftigt, sich wieder einzuarbeiten und sich an ihren neuen Chef, Clive Latrelle, zu gewöhnen. Allerdings war dieser Kerl der reinste Tyrann, er brüllte seine Anweisungen den Mitarbeitern entgegen und war offenbar nie mit irgendetwas zufrieden. Charlotte konnte es kaum ertragen, für ihn zu arbeiten. Clive war der Regisseur für das neue Stück, das in den nächsten Monaten aufgeführt werden sollte, und die Arbeitsatmosphäre würde sich unter ihm im Laufe der Zeit sicherlich nicht verbessern. Typisch für Regisseure wie ihn. Aber Charlotte musste schließlich ihren Job erledigen.

Sie hasste es. Sie hasste ihre Arbeit, sie hasste New York, hasste die Tatsache, dass kein Mensch eine Ahnung davon hatte, was sie gerade tat. Wenn sie sterben würde, würde niemand bemerken, dass sie nicht mehr da war. Sie hatte keine richtigen Freunde. Niemand grüßte sie, wenn sie die Straße entlangging, kein freundliches Gesicht strahlte ihr entgegen, wenn sie ein Geschäft betrat. Hier im Big Apple kannte sie kein Mensch. Hier gab es keine gute Freundin wie Katie, niemand, dem sie sich anvertrauen oder mit dem sie einfach nur Zeit verbringen konnte. Charlotte war hier eine Fremde unter Millionen von Menschen, kein bekanntes Gesicht wie in der kleinen Gemeinschaft von Magnolia.

Aber ihr Leiden hatte noch eine andere Ursache.

Sie vermisste Sam so sehr, dass sie das Gefühl hatte, sterben zu müssen. Die Distanz zwischen ihnen hatte nicht geholfen, den Schmerz darüber zu verdrängen, dass sie nicht mehr bei ihm war. Stattdessen sorgte die räumliche Entfernung nur dafür, dass Charlotte ständig daran erinnert wurde, wie sehr sie Sam vermisste, wie sehr sie ihn brauchte.

Die einsamen Nächte in ihrem Apartment gaben ihr genügend Zeit, über ihn nachzudenken, darüber, was zwischen ihnen beiden geschehen war. Hatte Katie etwa recht? Hatte Charlotte einfach nur falsche Schlüsse gezogen aus dem, was sie an jenem Abend in der dunklen Hofeinfahrt gesehen hatte?

Um glauben zu können, dass Sam ihr die Wahrheit gesagt hatte, musste sie ihm vertrauen.

Aber Vertrauen fiel ihr nun mal nicht leicht, vor allem nicht auf Männer bezogen. Da sie jahrelang hatte zusehen müssen, wie ihre Mutter von einem Mann nach dem anderen verarscht worden war, hatte Charlotte gelernt, nichts von dem zu glauben, was ein Mann sagte.

Ihre Mutter hatte immer gehofft, dass ihr gerade aktueller Lover der Richtige fürs Leben sein würde. Und wenn wieder eine Beziehung in die Brüche gegangen war, hatte sie dennoch immer gehofft, dass der Nächste ein besserer Typ wäre. Vor lauter Hoffen hatte sie ihr Leben geradewegs zerstört. Und jetzt war sie bestimmt ein schrecklich unglücklicher Mensch.

Charlotte würde auf keinen Fall irgendwem blind vertrauen. Niemals.

Aber andererseits war sie überhaupt nicht wie ihre Mutter. Diese hatte zu viel gewollt, sie war ständig unerreichbaren Träumen gefolgt. Sie hatte nach einem perfekten Mann gesucht, den es für sie nicht geben konnte. Als sie ihn nicht hatte finden können, begann sie, an jenen Männern, mit denen sie sich abgab, herumzunörgeln, bis sie einen nach dem anderen vergrault hatte.

War Charlotte Sam gegenüber genauso? War sie so sehr davon überzeugt, recht zu haben, dass sie etwas beendet hatte, was wundervoll hätte werden können?

Warum hatte Sam ihr gesagt, dass er sie liebte, und war nur Stunden später zu einer anderen Frau gerannt?

Das machte keinen Sinn. Sam war nicht der Typ, der sich so verhielt. Oh Gott.

Es fiel ihr wie Schuppen von den Augen. Er hatte ihr die Wahrheit gesagt! Seine Exfrau hatte sich ihm an den Hals geschmissen, weil sie ihn zurückhaben wollte.

Sam hatte keine Schuld an diesem Dilemma. Charlotte wusste, dass es hier nur eine Schuldige gab, und zwar sie selbst. Es waren ihre Ängste, ihre eigene Unfähigkeit, Menschen zu vertrauen. Sam hatte ihr sein Herz geschenkt, und sie war darauf herumgetrampelt, hatte es ihm zurückgeschleudert und ihn dann auch noch als Lügner abgestempelt.

Sie hatte nicht geglaubt, dass er sie liebte.

Wie könnte er das denn? Nicht einmal Charlottes eigene Mutter hatte sie genug geliebt, um bei ihr zu bleiben.

Gott, sie war reif für einen Psychiater. Wie dämlich war sie eigentlich? Sie hatte den Mann ihrer Träume in ihren Händen gehabt, und sie hatte ihn einfach so fallen gelassen wie ein Stück Dreck.

Nun war sie zurück in New York und hatte viel zu viel Zeit zum Nachdenken. Darüber, was in Magnolia geschehen war. Sie vermisste den vertrauten Anblick und Geruch von Belle Coeur, vor allem vermisste sie den Mann, der mit ihr nicht nur das Bett, sondern auch das Leben geteilt hatte.

New York war für Charlotte nicht mehr der sichere Hafen, ein Versteck vor ihren Gefühlen. Wenn überhaupt, erinnerte sie die Stadt bloß daran, wie leer ihr Leben gewesen war, bevor sie sich auf den Weg nach Magnolia gemacht hatte. Sie hatte sich so sehr mit ihrer Arbeit beschäftigt, dass sie vergessen hatte, was wirklich wichtig war. Aber jetzt wurde ihr klar, was ihr fehlte. Freundschaft, Nachbarn, Menschen, die sie kannten und sich um sie kümmerten, und vor allem eines: Liebe.

In den vergangenen Jahren hatte Charlotte sich immer gefragt, wie es wäre, eine echte, traditionelle Familie zu haben. Klar, sie hatte Grandma gehabt, und Grandma hatte ihr all die Liebe und das Gefühl von Geborgenheit gegeben, was ein einzelner Mensch nur geben konnte. Hätte Charlotte ihre Augen und ihren Verstand geöffnet, hätte sie erkannt, dass die ganze Stadt Magnolia ihre Familie war. All die Jahre hatte sie sich gefragt, wie es wäre, jemanden zu lieben. Jemanden, der sie auch liebte. Und das hatte sie jetzt in Magnolia erleben dürfen. Mit Sam.

Katie hatte recht. Diese Art von Liebe, nach der sich so viele Menschen sehnten, war für Charlotte zum Greifen nahe gewesen, und sie war so blöd und hatte die Gelegenheit nicht beim Schopf gepackt. Aber war es nun zu spät? Oder hatte sie immer noch eine Chance, die Liebe zu erfahren, nach der ihre Mutter so sehnsüchtig gesucht hatte? Und noch wichtiger: Hatte Charlotte den Mut, sich darauf einzulassen?

Sie hatte die Nase voll, darüber nachzudenken. Sie war es leid, vor Angst wie gelähmt zu sein und sich nicht zu nehmen, was sie wirklich haben wollte. Sie hatte genug. Es war an der Zeit, endlich erwachsen zu werden, etwas zu riskieren, auch wenn sie damit vielleicht auf die Nase fallen würde. Dann wüsste sie wenigstens, dass sie es versucht hatte. Für Charlotte war die Zeit gekommen, die Fehler ihrer Eltern zu vergessen und ihr eigenes Leben zu leben.

»Miss Weston!«, rief Clive Latrelle von der Bühne des Theaters, während Charlotte in der ersten Reihe saß und sich Notizen machte. »Wo bleibt mein Tee?« Er blickte sie vorwurfsvoll an. »Ich hatte ausdrücklich den Wunsch geäußert, dass man mir

Punkt zehn Uhr meinen Tee bringt. Jetzt ist es zehn nach zehn, und ich sehe hier keinen Tee! Wären Sie so freundlich, endlich ihren Allerwertesten in Bewegung zu setzen?«

Assistenz des Regisseurs, von wegen. Charlotte war keine Assistentin, sie war seine persönliche Dienstbotin.

»Miss Weston, sind Sie taub? Los, Fräulein, hopp hopp!«

Es reichte. Sie legte ihr Clipboard ganz ruhig auf den Sitz neben sich, stand auf und ging zu Clive auf die Bühne. Ihr Chef war ein kleiner, pummeliger Gnom, der nicht mehr besonders viele Haare auf dem Kopf hatte, aber dafür über ein unglaublich großes Ego verfügte. Charlotte vermutete, dass sein Pimmel die Größe eines Radiergummis hatte. Sie grinste ihn keck an und sagte: »Hol ihn dir doch selbst.«

Clive konnte nicht glauben, was er gerade gehört hatte, und sein Gesicht wurde knallrot vor Überraschung und Wut. »Was haben Sie gesagt?«

Charlotte spürte, dass sie in Kürze Zeugin eines Wutausbruchs von epischem Ausmaß werden würde.

»Du hast mich schon verstanden«, sagte sie ruhig. »Hol ihn dir selbst, du aufgeblasener, egoistischer, glatzköpfiger alter Trottel. Ich kündige.« Sie drehte sich um und verließ mit einem breiten Lächeln den Theatersaal, während sie hörte, wie Clive hinter ihr her schimpfte.

»Miss Weston! Wo zum Teufel gehen Sie hin? Miss Weston!«

Charlotte hob ihr Kinn und lachte aus vollem Herzen. »Nach Hause«, sagte sie leise zu sich selbst, als sie durch die Tür trat. »Ich gehe nach Hause.«

*

Sam lenkte seinen Truck auf den Parkplatz von TNT.

Ein weiterer trostloser Tag.

Am liebsten würde er so viel arbeiten, dass er gar keine Zeit zum Nachdenken hätte, danach würde er nach Hause fahren, sich ins Bett legen und versuchen zu schlafen. Das Problem war nur, dass er nicht schlafen konnte, seitdem Charlotte weg war.

Gott, er vermisste sie. Mehr als er gedacht hätte. Seitdem sie ihn verlassen hatte, war er völlig niedergeschlagen. Wütend. Enttäuscht, dass sie ihm nicht genug Vertrauen entgegenbringen konnte. Aber er vermisste sie trotzdem. Er hielt sogar jeden Tag auf der Straße Ausschau nach ihr und wünschte sich so sehr, ihre langen schlanken Beine plötzlich um die Ecke kommen zu sehen.

Aber sie war nicht mehr da, sie war zurück in New York. Dort, wo sie glücklich und so weit weg von Sam war, wie sie nur konnte.

Wach endlich auf, Mann! Reiß dich zusammen, das Leben geht weiter. Sie wird nicht zurückkommen. Deine Liebe war ihr nicht genug, also vergiss sie einfach.

Cookie zwang sich ein leichtes Lächeln ab, als Sam das Büro betrat. Er grummelte ihr ein kaum verständliches Hallo zu, als er an ihr vorbei zu seinem Zimmer ging und hinter sich die Tür schloss.

Sam fühlte sich schlecht, weil er wusste, dass er seine miese Laune an seinen Mitarbeitern ausließ. In den vergangenen Wochen hatte er Cookie grundlos angeschnauzt und seine Crew angebrüllt, und Tony war mittlerweile schon so genervt vom Verhalten seines Partners, dass er Sam angedroht hatte, ihm eine runterzuhauen, sollte er sich nochmals im Ton vergreifen. Jawohl, es war in diesen Tagen eine wahre Freude, in Sams Nähe zu sein. Kein Wunder, dass niemand mit ihm sprach, wenn er morgens ins Büro kam. Es wollte sich einfach kein Mensch mit ihm abgeben. Daran hatte nur er Schuld – er konnte sich ja selbst kaum ertragen.

Und das alles nur wegen Charlotte. Er wollte sie zurückhaben. Aber er hatte bisher noch nichts dafür unternommen.

In seinem von Schlafmangel geplagten Verstand formte sich eine Idee. Eine recht dämliche Idee, die aber einfach nicht verschwinden wollte. Wenn er nach New York fliegen würde, um Charlotte zu sehen, wenn er ein paar Tage dort bleiben und sie von seiner Liebe überzeugen würde, könnte er sie vielleicht zurückgewinnen. Aber was wäre, wenn er es nicht schaffte? Charlotte liebte New York, sie lebte gern in einer Großstadt. War es fair von ihm, eine Frau von ganzem Herzen zu lieben, aber trotzdem von ihr zu erwarten, dass sie für ihn ein so großes Opfer brachte? Warum konnte nicht er das Opfer bringen und nach New York ziehen?

Er hatte sich geschworen, niemals in einer Großstadt zu leben. Sam erinnerte sich daran, dass er vor nicht allzu langer Zeit selber gedacht hatte, dass Liebe nicht fair sei. Er liebte Charlotte und wollte sie zurückhaben. Wenn er dafür in den verfluchten Big Apple ziehen musste, dann sollte es wohl so sein. Er würde genug Geld haben, um sich dort etwas Neues aufzubauen, wenn er seine Anteile an TNT verkaufte. Sam wurde aus seinen Gedanken gerissen, als plötzlich laut an seine Bürotür geklopft wurde und die Tür gleich danach mit einem so gewaltigen Schwung aufflog, dass sie gegen die Wand knallte. Es war Tony. Erschrocken sprang Sam auf, und als er Tony erblickte, ging er wütend in die Offensive.

»Was soll der Scheiß? Lass mich gefälligst in Ruhe!«

Tony ignorierte Sams Tirade wortlos und ließ sich in den Stuhl vor dem Schreibtisch fallen. Er lehnte sich gemütlich zurück und grinste von einem Ohr zum anderen.

»Warum grinst du so blöd? Hast du letzte Nacht wieder eine flachgelegt und willst mir die glorreichen Neuigkeiten verkünden? Nein, danke. Ich will nichts davon hören.«

Tony warf den Kopf zurück und lachte schallend. »Ich lege fast jede Nacht eine flach, Partner. Und ein Gentleman schweigt und genießt.«

Sam konnte nicht anders, als über Tonys Dreistigkeit zu grinsen. Für Sam war er nicht nur ein Geschäftspartner, sondern auch ein Freund, und es war Tony völlig egal, ob Sam schlechte Laune hatte oder nicht. Wenn Tony fröhlich war – was er meistens war –, wollte er seine Stimmung immer mit jedem teilen.

»Setz dich hin und entspann dich. Ich bin nicht hier, um mich mit dir zu streiten. Jedenfalls nicht heute. Aber wenn du mich weiterhin von der Seite anmachst, werde ich mir dich vielleicht morgen vorknöpfen.«

Sam warf Tony einen eiskalten Blick zu, konnte sich das Lachen aber kaum verkneifen. »Ich würde dir gewaltig in den Arsch treten!«

»Träum weiter, alter Sack.«

»Hey, Moment mal. Ich bin nur sechs Monate älter als du!«

»Exakt. Zu alt, um eine Chance gegen mich zu haben.«

Ein Geplänkel wie dieses war genau das, was Sam brauchte, um von seinem Elend abgelenkt zu werden. Immerhin musste er in diesem Augenblick mal nicht an Charlotte denken.

»Was liegt an für heute?«

Tony zuckte lässig mit den Schultern. »Das Gleiche wie gestern. Ach so, abgesehen von einer Sache.«

»Was denn?« Sam hoffte, dass ein neues Projekt anstand. Die Arbeit an etwas Neuem würde dabei helfen, ihn auf andere Gedanken zu bringen und sich nicht länger selbst zu bemitleiden.

»Katie hat gefragt, ob du beim Theater vorbeischauen und dir die Bühne mal ansehen könntest. Offenbar muss da irgendwas repariert werden oder so.«

Na toll. Wieder eine Erinnerung an Charlotte – das hatte ihm gerade noch gefehlt. »Kannst du das nicht übernehmen?«

Tony schüttelte den Kopf. »Nö. Das ist deine Aufgabe. Ich muss eines unserer Teams beaufsichtigen, das an dem London's-Millhouse-Projekt arbeitet. Sie sind bereit, das Gerüst aufzustellen, deshalb muss ich vor Ort sein. Außerdem habe ich Katie schon gesagt, dass du heute Morgen mal vorbeischauen wirst, um dir die Sache anzusehen.«

Nachdem Charlotte abgereist war, hatte Katie kurzfristig deren Platz als Theaterleiterin übernommen, allerdings nur so lange, bis die Gruppe jemanden dafür finden würde.

Sam seufzte. »Okay. Ich gehe mal eben rüber, bevor ich mich an all die anderen Sachen ransetze.« Da Tony immer noch breit grinste, wurde Sam neugierig. »Warum bist du heute Morgen so aufgekratzt?«

»Heute ist ein fantastischer Tag, und ich bin einfach ein fröhlicher Mensch.«

»Na, dann verteil deine gute Laune anderswo«, brummte Sam. »Langsam fängst du an, mir damit auf den Zeiger zu gehen.«

Tony zwinkerte ihm zu. »Das ist der Plan.«

»Da du gerade hier bist – kann ich dich was fragen?«

»Klar. Lass hören.«

»Wenn ich meinen Anteil von TNT Construction verkaufen wollte, wärst du bereit, mich auszuzahlen?«

Tony hob überrascht eine Augenbraue. »Du willst aussteigen?«

»Vielleicht.«

»Warum?«

»Ich überlege, von hier wegzugehen.«

Tony verschränkte die Arme. »Wirklich? Wohin?«

»New York.«

»Verstehe.« Tony schwieg einige Sekunden, und Sam konnte dem Gesichtsausdruck seines Partners nicht ablesen, worüber dieser gerade nachdachte. Dann formte sich ein müdes Lächeln auf Tonys Lippen. »Darüber könnten wir reden.«

Sam nickte. »Okay. Ich werde außerdem für ein paar Tage fort sein. Es gibt da einige private Dinge, um die ich mich kümmern muss. Also lass uns darüber reden, wenn ich wieder zurück bin.«

»Klar, Partner. Was immer du willst. Sag mir einfach Bescheid, wenn du so weit bist.«

Tony stand auf und verließ das Büro, wobei er einen der Songs aus dem Musical *The Music Man* vor sich hin sang. Sam kam nicht so recht dahinter, warum sein Partner ihn so süffisant angegrinst hatte, aber er hatte auch nicht wirklich die Zeit, um sich darüber Gedanken zu machen.

Während Sam hinüber zum Theater ging, fing er an, in seinem Kopf Pläne zu schmieden. Nach dem Treffen mit Katie würde er sich um einen Flug nach New York kümmern, und er würde so lange vor Charlottes Haustür warten, bis sie ihn hineinließ. Dann würde er ihr sagen, dass er sie liebte, immer wieder, bis sie ihm glaubte.

Und wenn er das geschafft hatte, wollte er ihr verraten, dass er nach New York ziehen würde, um bei ihr zu sein.

Sam öffnete die Tür und betrat den Vorraum des Theaters, in dem kein Licht brannte. Als er nach Katie rief, erhielt er keine Antwort. So ein Mist. Das Letzte, was er jetzt gebrauchen konnte, war, dass er warten musste. Es gab noch so viel zu erledigen. Sam betrat den kleinen Theatersaal, der ebenfalls völlig dunkel war, bis auf einen einzigen Scheinwerfer, der auf die Bühne strahlte.

Katie trat hinter dem Vorhang hervor, sie trug ebenfalls ein breites Grinsen im Gesicht, genauso wie Tony ein paar Minuten zuvor.

»Setz dich, Sam!«, rief Katie ihm entgegen. »Ich bin gleich bei dir.« Daraufhin verschwand sie wieder hinter der Bühne. Sam hätte schwören können, Katie leise kichern zu hören.

Er setzte sich und blickte sich um. Alles erinnerte ihn an Charlotte. Immer wenn er am Theater vorbeifuhr, musste er an sie denken. Gott, er konnte sogar ihr Parfüm riechen. Sam ließ den Kopf sinken, bis sein Kinn die Brust berührte, und stieß einen tiefen Seufzer aus.

»Sam.«

Sein Kopf sauste rasch wieder hoch, als er Charlottes Stimme vernahm. Er konnte zunächst nicht glauben, dass sie auf der Bühne im Scheinwerferlicht stand. Aber sie war es tatsächlich. Sie trug ein blaues Sommerkleid und Sandalen, und ihr braunes Haar fiel locker auf ihre Schultern. Es war wie im Traum. Wahr oder nicht, es war ein Anblick, der ihm fast den Atem raubte.

Aber was machte sie hier in Magnolia?

Charlotte holte tief Luft. Sie sah nervös aus, so als hätte sie sich lange Zeit darauf vorbereitet, was sie Sam sagen wollte, aber jetzt plötzlich alles vergessen hatte.

Sam stand auf und ging die kleine Treppe zur Bühne hinauf. Er blieb ein paar Meter von Charlotte entfernt stehen.

»Was machst du hier?«

»Ich bin zurückgekommen«, antwortete sie nervös.

»Warum?«

»Du hast mir gefehlt.«

»So.« Er trat näher an sie heran, nur wenige Zentimeter trennten sie noch voneinander. Charlotte sog seinen frischen, männlichen Duft ein, und es kam ihr vor, als wäre ein Jahr und nicht nur ein paar Wochen vergangen, seitdem sie ihn zum letzten Mal gesehen hatte. Jetzt, als sie in sein gebräuntes Gesicht, in seine wundervollen türkisfarbenen Augen und auf seine vollen, sinnlichen Lippen sah, wollte sie nichts anderes, als sich an ihn klammern und ihn nie wieder loslassen.

»Ich will dich, Sam«, gestand sie ihm. »Ich ... es war falsch von mir, dir nicht zu vertrauen. Meine Beziehung zu meinen Eltern hat mir schon mein ganzes Leben lang im Weg gestanden. Ich habe immer gedacht, dass ich genauso enden würde wie meine Mutter, wenn ich mich in jemanden verliebe.«

»Und? Hast du?«

»Habe ich was?«

»Dich verliebt?«

Sie machte den letzten Schritt, dessen es bedurfte, um sich in seine Arme zu stürzen und ihr Leben zu verändern.

»Ja, Sam. Ich habe mich verliebt. In dich.«

Sie legte ihre Arme um seinen Nacken und presste ihre Lippen auf seine, womit sie ihn wortlos um Verzeihung bat. Er zog sie fest an sich, küsste sie leidenschaftlich, wobei ihr heiß und kalt wurde. Sie erwiderte seinen Kuss mit all dem Verlangen, das sich in den letzten Wochen aufgestaut hatte, und ließ ihn wissen, wie es in ihrem Herzen aussah. Es war all das, was sie ihm an Liebe und Vertrauen geben konnte.

Nach dem langen, intensiven Kuss löste Sam sich schließlich von ihr und wischte mit dem Daumen eine Träne aus ihrem Auge weg.

»Charlotte, ich ziehe nach New York.«

Wovon zum Teufel redete er? »Was?«

»Du hast mich schon verstanden. Ich liebe dich, und ich will bei dir sein. Aber es wäre nicht fair, dich darum zu bitten, deinen Traum für mich aufzugeben. Ich weiß, wie du über New York denkst, wie sehr du dich dort wohlfühlst. Wenn ich meinen Anteil von TNT an Tony verkauft habe, werde ich genügend Geld haben, um eine neue Firma in New York zu gründen. Schließlich wird dort immer irgendwas gebaut.«

Charlotte war zu überrascht, um etwas sagen zu können. Der Mann, der große Städte hasste, dessen Ehe in die Brüche gegangen war, weil er sich geweigert hatte, in eine Großstadt zu ziehen, bot ihr an, sein Leben komplett zu ändern. Und das nur wegen ihr. Als sie das erkannte, fing ihr Herz an zu rasen.

Er liebte sie tatsächlich.

»Ich hasse New York«, antwortete sie, wobei sich ein zartes Lächeln auf ihrem Mund formte.

Sams Augen wurden größer. »Wirklich?«

»Ja. Ich habe es erst bemerkt, als ich wieder zurückgekehrt war. Magnolia ist mein Zuhause, Sam. Ich bin hier, weil das der Ort ist, an dem ich leben möchte. Mit dir. Das ist mein Traum.«

Er zog sie wieder an sich und gab ihr erneut einen zärtlichen Kuss.

»Ich liebe dich«, sagte sie, und die Tränen flossen ihr plötzlich in Strömen die Wangen hinunter.

»Ich liebe dich auch, Kleines. Gott, ich habe dich so vermisst, als du fort warst.«

Sie lagen sich noch einen kleinen Moment lang in den Armen, dann trat Sam einen Schritt zurück. »Ich möchte dich etwas fragen.«

»Okay«, sagte sie leicht verdutzt und beobachtete ihn. Als er Anstalten machte, vor ihr auf die Knie zu gehen, erkannte sie, was er vorhatte. Es lief ihr eiskalt den Rücken hinunter und ließ sie schaudern, als er vor ihr kniete und ihre Hand nahm.

Charlotte konnte nicht glauben, dass dies hier wirklich geschah. Ihre Beine zitterten, und ihr Herz klopfte so schnell, dass sie Angst hatte, ohnmächtig zu werden.

»Charlotte Lee Weston, ich liebe dich von ganzem Herzen. Willst du mich heiraten?«

Zum ersten Mal in ihrem Leben fühlte sie sich – völlig ohne Bedenken – wirklich geliebt.

»Ja«, antwortete sie unter Tränen. »Ich liebe dich auch, Sam Ethan Tanner, von ganzem Herzen. Es wäre mir eine Ehre, dich zu heiraten.«

Plötzlich brach tosender Applaus los. Sie drehten sich um und entdeckten all ihre Freunde am anderen Ende des Saals, die ihnen Glückwünsche zuriefen und Sams Heiratsantrag beklatschten. Alle Darsteller des Theaterstücks waren anwesend, darunter Katie und Tony, die mit verschränkten Armen vor der applaudierenden Menge standen und das Liebespaar zufrieden anlächelten.

Charlotte musste lachen, als sie ihre Freunde sah – dieser verkuppelnde, tratschsüchtige Haufen, der sie einfach nicht ungestört sein lassen konnte. Sie wusste, was sie ihnen zu verdanken hatte. Vor allem Katie hatte ihr die Wahrheit in den Schädel gehämmert.

Als hätten die Leute Charlottes Gedanken lesen können, kamen sie nicht auf die Bühne gestürmt, um dem Paar zu gratulieren, sondern sie verließen den Saal und ließen Sam und Charlotte allein zurück.

»Ich verspüre den Drang, diesen Moment mit dir zu feiern«, sagte Sam und sah sie mit funkelnden Augen an.

Charlotte hob eine Augenbraue. »So, so, feiern, wie? Das kann nur eines bedeuten.«

Er lachte und hob sie auf seine Arme, wobei er ihr Gesicht mit zärtlichen Küssen bedeckte. »Lass uns nach Hause gehen.« Der sinnliche Ton in seiner Stimme verriet ihr, dass er bereit war, ihre Verlobung mit einem ausgiebigen Liebesspiel zu vollenden.

»Wir müssen zu dir gehen«, antwortete sie betrübt. »Ich habe hier kein Zuhause mehr.«

Sam grinste wie ein kleiner Junge, der gerade seinen ersten Home-Run geschafft hatte. »Doch, das hast du.«

»Nein, habe ich nicht. Schon vergessen? Belle Coeur ist verkauft.« Ihr Lächeln war verschwunden. »Das bereue ich am meisten. Dass ich so blöd war und Grandmas Haus verkauft habe.«

Sam küsste ihre Nasenspitze. »Nein, hast du nicht.«

Sie verstand nicht recht. »Was meinst du damit?«

»Ich habe das Haus gekauft. Mir hat der alte Kasten immer gefallen, und als mir klar wurde, dass ich in dich verliebt bin, wollte ich, dass es irgendwann mal unser gemeinsames Zuhause wird.«

Charlotte war sprachlos. Sam hatte Belle Coeur gekauft. Für sie. Für sie beide. Kein Wunder, dass sie ihn so sehr liebte. »Sam, ich kann nicht glauben, dass du das getan hast!« Wieder begannen ihre Tränen zu fließen, aber sie wehrte sich nicht mehr dagegen.

Sam wischte ihr das Gesicht trocken und küsste sie. »Ein verliebter Mann weiß genau, was seine Frau braucht, auch wenn diese besagte dickköpfige Frau nicht immer auf die Vernunft hören will.«

Charlotte musste lachen, ihr Herz war voller Liebe zu ihm. »Ich kann es kaum erwarten, dich zu heiraten, Sam! Ich will Kinder mit dir haben und möchte mit dir das Leben in Magnolia genießen. Ein Leben, das auf Vertrauen und auf der Liebe, die wir füreinander empfinden, basiert.«

Sam hielt sie fest in seinen Armen. »Lass uns nach Hause gehen. Nach Belle Coeur.«

Sie konnte kaum ruhig sitzen bleiben, als sie in Sams Auto die lange Auffahrt zum Haus entlangfuhren. Am Haus angekommen, stieg Sam aus und half Charlotte aus dem Wagen.

Zu Hause. Zum ersten Mal wurde sie nicht von den Geistern der Vergangenheit verfolgt, sondern verspürte einzig und allein die Liebe, die sie seinerzeit von Grandma erhalten hatte, und die Liebe zu dem Mann, der nun ihre Hand hielt und sie die Treppe zur Haustür hinaufführte.

»Ich möchte eigentlich, dass wir das hier auskosten, aber ich kann nicht länger warten«, sagte er, als sie durch die Tür ins Haus traten.

Sie wusste, was er wollte, und sie wollte es auch.

»Na, dann leg mal los«, neckte sie ihn. »Ich habe seit Wochen keinen Sex mehr gehabt!«

Er lachte, hob sie auf seine Arme und ging mit ihr in das große Wohnzimmer. »Ich wollte dich schon immer mal hier ficken, auf der antiken Couch. Ist das nicht unerhört?«

Sie zog die Augenbrauen hoch, wedelte sich mit der Hand Luft zu und setzte ihren Südstaatenakzent auf. »Mr Tanner, Sie wollen doch nicht etwa hier in der guten Stube über mich herfallen, oder?«

»Doch, Ma'am, das will ich!«

Keine weiteren Worte waren notwendig. Er setzte Charlotte ab, drehte sie mit dem Rücken zu sich und schob energisch ihr Kleid hoch, während sie sich über die Rückenlehne der Couch beugte. Mit einem Ruck hatte er sie von ihrem Slip befreit, seine Jeans landeten auf dem Boden, und sie spürte, wie sich sein heißer Körper gegen ihre Pobacken presste.

Seine Hand glitt zwischen ihre Beine und streichelte ihre Muschi, fordernd, unerbittlich, bis er ihre Nässe auf seinen Fingern spürte. Dann brachte er seinen Schwanz zwischen ihren Beinen in Position und tauchte tief in sie ein.

Sie kam augenblicklich, wobei sich all die aufgestaute Angst in Luft auflöste. Charlotte ließ ihren Gefühlen freien Lauf und gab sich gänzlich hin. Aber Sam hörte nicht auf, er stimulierte weiterhin ihre pochende Pussy, fordernd und schnell, bis er sie erneut in ungeahnte Höhen brachte. Als er zum Höhepunkt kam, griff er ihre Hüften, sein Schwanz bohrte sich tief in ihre heiße Muschi, und zuckend entlud er sich in ihr, bis sein heißer Saft ihre zitternden Beine hinunterlief.

Erschöpft blieb sie auf der Sofalehne liegen, bis Sam sie zu sich zog, ihren Rücken massierte und ihren Nacken küsste.

Sie erschauderte, drehte sich zu ihm um und legte ihre Arme um ihn.

»Dieses altehrwürdige Haus wird nie wieder so sein wie zuvor«, neckte sie ihn.

»Es hat unglaublich viele Zimmer. Ich habe vor, dich in jedem einzelnen zu ficken, und das mehr als nur einmal!«

Irgendetwas sagte ihr, dass ihr gemeinsames Leben niemals langweilig werden würde. Anders hätte sie es auch nicht haben wollen.

Epilog

Zwei Jahre später

Charlotte konnte sich ein breites Grinsen nicht verkneifen, als sie die große Schere in ihren Händen hielt.

»Brauchst du Hilfe?«, fragte Sam.

Sie blickte ihren Ehemann liebevoll an, der sie anlächelte und dessen Augen sich mit Liebe und Stolz füllten. Jedes Mal, wenn sie ihn ansah, schlug ihr Herz schneller.

»Da du es gebaut hast, finde ich es nur angemessen, wenn du mir dabei hilfst, das Bändchen durchzuschneiden.«

Er legte seine großen Hände auf ihre, und gemeinsam zerschnitten sie das Seidenband vor dem Eingang des neu eröffneten Zentrums für darstellende Künste in Magnolia.

Tosender Applaus erfüllte die Main Street. Fast alle Bewohner der Stadt waren zur Eröffnung des Zentrums gekommen und klatschten und jubelten Charlotte und Sam zu. Charlotte holte tief Luft und kämpfte gegen ihre Tränen an, während sie auf das imposante Haus vor ihr blickte. Mit dem großen Ziegelgebäude ging ein weiterer Traum für sie in Erfüllung.

TNT Construction hatte fantastische Arbeit geleistet. Das Theater war jetzt viel größer und mit fünfzig Zuschauerreihen ausgestattet. Es gab sogar einen Orchestergraben, und die Bühne konnte mit jedem New Yorker Theater mithalten. Das Zentrum bot alles, was Charlotte sich immer gewünscht hatte.

Und es war ihr Theater. Nicht bloß ein ehemaliges Ladenlokal mit einer selbstgebauten, improvisierten Bühne in einem Hinterzimmer. Nein, es war ein offizielles Zentrum für darstellende Künste. Sie wischte mit dem Handrücken über ihre Wangen, als sie merkte, dass jemand an ihrem langen Kleid zupfte.

»Dammy!«

Sie blickte nach unten und entdeckte Lily, ihre einjährige Tochter. Sam kam zu ihnen und nahm Charlotte in den Arm.

»Dammy!«, rief Lily aufgeregt und streckte ihre Babyarme in die Luft.

»Meinst du, dass sie es irgendwann schafft, Mommy und Daddy getrennt zu sagen? Oder werden die beiden Begriffe für sie immer zusammengehören?«

Sam lachte. »Keine Ahnung. Ist mir auch egal. So oder so, sie ist einfach großartig. Außerdem gehören *wir* zusammen!«

Da musste sie ihm zustimmen. Als sie Sam und ihre gemeinsame Tochter betrachtete, beide mit dunklem Haar und türkisfarbenen Augen, trieb es ihr wieder die Freudentränen in die Augen.

Wie glücklich sie war. Sie hatte alles, was sie sich immer gewünscht hatte. Alles, wovon sie geträumt hatte, gehörte ihr.

Ein eigenes Theater. Freunde und eine Familie. Einen Ehemann und ein Kind, die sie beide mehr liebte als ihr eigenes Leben.

Sam hob Lily auf seine Schultern und schnappte sich Charlottes Hand, dann folgten sie der Menschenmenge ins Theater, um die Eröffnung mit Kuchen und Punsch zu feiern.

»Sam, glaubst du, das Schicksal ist dafür zuständig, dass wir zusammengefunden haben?« Charlotte erinnerte sich daran, wie George Lewiston vor einiger Zeit zu ihr gesagt hatte, dass das Schicksal sie nach Magnolia gebracht habe, aber damals hatte sie ihm nicht geglaubt. Heute war es anders. Sie glaubte jetzt, dass sie dafür bestimmt war, in diese Stadt zurückzukehren, sich in Sam zu verlieben und hier ihr eigenes Theater zu eröffnen.

»Mit dem Schicksal kenne ich mich nicht aus, Kleines, aber mit Träumen.«

Er sah sie liebevoll an, immer noch mit derselben Leidenschaft wie vor zwei Jahren. Dieselbe Leidenschaft, die sie für ihn empfand und die niemals nachließ, sondern immer stärker wurde.

»Ich habe schon mein ganzes Leben von einer Frau wie dir geträumt. Genauer gesagt, habe ich schon mein ganzes Leben von dir geträumt, wollte dich, brauchte dich, sogar als ich es noch nicht mal wusste. Und meine Träume sind wahr geworden.«

Er gab ihr einen zärtlichen Kuss auf den Mund. »Ich werde den Rest meines Lebens damit verbringen, dir deine Träume zu erfüllen.«

Sie lächelte den Mann an, den sie so sehr liebte, und sagte: »Das hast du bereits, Sam.«

»Ich liebe dich.«

»Ich liebe dich auch, Sam. Danke, dass du mir meine Träume erfüllt hast.«

Während sie Hand in Hand in das Gebäude gingen, erkannte Charlotte, dass das Schicksal tatsächlich eine wichtige Rolle in ihrem Leben gespielt hatte. Ihr großer Traum war immer der von einem eigenen Theater gewesen, es war der einzige Traum, den zu träumen sie sich erlaubt hatte. Sie hätte niemals gedacht, dass sie die Liebe und den Mann ihres Herzens finden würde.

Aber das Schicksal hatte ihre Träume verändert und ihr Liebe geschenkt.

Die Autorin

Nach vielen Jahren in einer Anwaltskanzlei hat sich Jaci Burton ihren Traum erfüllt, Schriftstellerin zu werden. Heute lebt sie mit ihrem Mann Charly im ländlichen Oklahoma. Ihr Alltag ist nicht sehr glamourös. Trotz ihrer schriftstellerischen Erfolge muss sie, wie andere Menschen auch, Wäsche waschen, kochen und putzen – und sie würde es sich auch gar nicht anders wünschen, denn sie steht gerne mit beiden Beinen im Leben.

Jaci Burton
CHARLOTTES HEISSER SOMMER
Erotischer Roman
Übersetzt von Malina Sophie Meyer

ANAIS Band 11
ISBN 978-3-89602-558-6

ANAIS ist ein Label des Berliner Schwarzkopf & Schwarzkopf Verlages.

Lektorat: Sabine Tuch
Titelbild: © Suprijono Suharjoto / 123rf.com

Katalog
Wir senden Ihnen gern kostenlos unseren Katalog
Schwarzkopf & Schwarzkopf Verlag GmbH | Leserservice ANAIS
Kastanienallee 32 | 10435 Berlin
Telefon: 030 – 44 33 63 00 | Fax: 030 – 44 33 63 044

Internet | E-Mail
www.anais.de | info@anais.de